席慕蓉散文

前尘·昨夜·此刻

席慕蓉／著

长江出版传媒
长江文艺出版社

推荐席慕蓉

陈义芝

席慕蓉兼备文学创作与美术才艺。我曾看她的画展，看得入迷；也曾听她朗诵诗，听得热泪涌起。而今我读她精选的散文，以天地想像、人世感应，掌握精确之外有属于不可求、包容着美的无尽意。

席慕蓉庄严而敏感，矜持而亲切。她用有情之眼穿透现象面，构图布局，不只是说她自己，不只是写一时一地一景；带着历史意识、壮游的心，她的笔追根究底，问身世、问国族、问天命，心搏如日光牵系着远方的高原，完成代表她的蒙古史诗。

写给穆伦·席连勃

——序《席慕蓉精选集》

蒋　勋

重看了席慕蓉一九八二年以后，一直到最近的散文精选。看到一个颇熟悉的朋友，在长达三十年间，持续认真创作，看到她写作的主题意识与文字力量都在转变。而那转变，同时，也几乎让我看到了台湾战后散文书写风格变化的一个共同的缩影。

席慕蓉第一本散文集是《成长的痕迹》，作者对自己那一时间的文学书写，定了一个很切题的名字。席慕蓉写作的初衷，正是大部分来自于自己的成长经验。她在《成长的痕迹》这本集子中很真实也很具体地述说自己成长中的点滴，围绕着父亲、母亲、丈夫、孩子、学生，席慕蓉架构起八零年代台湾散文书写的一种特殊体例。

读到第一篇《我的记忆》，我就停下来想了很久。

席慕蓉年长我应该不超过四岁，但是她在《我的记忆》里讲到在战争中的“逃难”经验，我愣了一下，那“逃难”是具体的，有画面的，有细节的。我忽然想起来，我一出生就跟着父母逃难，但是，我的“逃难”没有画面，没有我自己的“记忆”，而是经由父母转述的情节。

席慕蓉在《我的记忆》里这么清晰地描述——

> 我想，我是逃过难的。我想，我知道什么叫逃难。在黑夜里来到嘈杂混乱的码头，母亲给每个孩子都穿上太多的衣服，衣服里面

写着孩子的名字。再给每个人手上都套一个金戒指。

我在这里没有看到战争的直接书写，但是看到了战争前“逃难”时一家人为离散落难做的准备。

台湾战后散文书写一直持续着这个主题，是“战争移民”离乱到南方以后，安定一阵子，隔着一点安全距离对“逃难”的记忆。

席慕蓉写《我的记忆》是在八零年代，那个时候，每天早晨，孩子跟父母道别，上班的上班，上学的上学，没有哪一个父母需要把孩子的名字写在衣服里面。

席慕蓉野心不大的散文书写，并不想写战争，甚至也不是写“逃难”，而是在幸福的年代轻轻提醒——我们是幸福的。

我初识席慕蓉是在七零年代的后期，台湾还没有解严，我刚从法国回来，在雄狮美术做编辑，也在大学兼几门课。席慕蓉比我早两年从欧洲回国，结了婚，在大学专任教职，有两个孩子，家庭稳定而幸福。

多年后重读那一时期席慕蓉的作品感触很深，《我的记忆》里写到“母亲”被人嘲笑，因为逃难的时候，还带着“有花边的长窗帘”。别人嘲笑“母亲”——“把那几块没用的窗帘带着跑”。

“谁说没用呢?”席慕蓉反问着——“在流浪的日子结束以后，母亲把窗帘拿出来，洗好，又挂在离家万里的窗户上。在月夜里，随风吹过时，母亲就常常一个人坐在窗前，看那被微风轻轻拂起的花边。”

席慕蓉对“安定”、“幸福”、“美”的坚持或固执，一直传递在她最初的写作里。或许，因为一次战争中几乎离散的恐惧还存在于潜意识中，使书写者不断强调着生活里看来平凡却意义深长的温暖与安定，特别是家庭与亲人之间的安定感。

席慕蓉持续写作画画，然而她的文学与艺术创作，不曾干扰搅乱她幸福安定的婚姻与家庭生活。

不是很多创作者能在两者之间找到平衡，也不是很多创作者在现实生活的安定与艺术之间能够做到兼顾两全。

席慕蓉处理创作时的感性自由，与在处理现实生活时的理性态度，有令人羡慕的均衡。尤其作为她的朋友，除了感觉到她在创作领域任由情感肆无忌惮地驰骋奔泻之外，却也捏一把冷汗，常常庆幸那驰骋奔泻可以适当地在现实生活里不逾越规矩。

喜爱席慕蓉散文和诗的书写的读者，应该读得出她在文字间流露的兼具感性与理性的聪敏智慧。

在精选集收录自《有一首歌》的散文里席慕蓉这样分析自己——

到底哪一个我才是真正的我呢？

是那个快快乐乐地做着妻子，做着母亲的妇人吗？

还是那个在暮色里，手抱着一束百合，会无端地泪落如雨的妇人吗？

是那个谨谨慎慎地做着学生，做着老师的女子呢？

还是那一个独自骑着单车，在迂回的山路上，微笑地追着月亮走的女子呢？

席慕蓉一连串地自我询问，似乎并没有一个确切的答案。事实上，她的“谨谨慎慎”，似乎是为了守护一整个世代在战争离乱后难得的安定幸福吧，而那“谨谨慎慎”对生活安定的期盼也一点不违反她内心底层对自由、奔驰、狂放热烈梦想的追求。

多年前，有一次席慕蓉开车带我和心岱夜晚从高雄县横越南横到台东，车子在曲折山路里飞驰，转弯处毫不减速，幽暗里看到星空、原野、大海，闻到风里吹来树木浓郁的香，一样还要大叫大嚷，惊叹连连，也一样毫不减速。

我坐在驾驶座旁，侧面看着席慕蓉，好像看着一个好朋友背叛着平日的“谨谨慎慎”的那个自己，背叛着那个安定幸福的“妻子”与“母亲”的角色。我好像看到席慕蓉画了一张结构工整技法严谨的油画——(她正规美术学院出身的科班技巧，总使我又羡慕又忌妒，她创作上的认真，也一直使我又尊敬又害怕）但是，她忽然不满意了，把一张可能受众人赞美的画作突然都涂抹去了，狂乱不羁地大笔触挥洒下，隐隐约约还透露着细致委婉的底蕴心事。我想像她坐在画前，又想哭又想笑，拿自己没办法。

我喜欢那时候的席慕蓉，又哭又笑，害怕失去安定幸福，又知道自己自由了，像她在南横山路上的狂飙，像她在大地苍宇间全心的惊叹呼叫，看到一个在安定幸福时刻不容易看到的席慕蓉，看到一个或许在更长久基因里就一直在传承的游牧种族的记忆，奔放，自由，豪迈，辽阔，激情——

我忽然看着车速毫不减缓的席慕蓉说：“你真的是蒙古人唉——”

席慕蓉前期的散文书写里提到的“蒙古”并不多，《飘蓬》应该是比较重要的一篇。读者隐约感觉到席慕蓉应该有另一个名字——穆伦·席连勃。我有一次央求席慕蓉用蒙古语发音给我听。“慕蓉”听起来像一条在千里草原上缓缓流着的宽阔“大河”。我很高兴我的朋友有一个叫“大河”的名字，她，当然是不应该永远是“谨谨慎慎”的。

这一本散文精选，分为三辑，第一辑结束在《写给幸福》、《写生者》。已经到了接近九零年代前后，台湾从戒严走向解严是在一九八八年。公教人员的解严是一九八九年八月一日，席慕蓉在这一年八月底前就到了蒙古高原。

九零年代以后，台湾解严了，一般人容易看到初初解严后社会被放大的失序、混乱、嘈杂，甚至因此怀念起戒严时代的“谨慎”“安定”。

但是，从文学书写来看，九零以后的议题显然多起来了，议题多，绝不是“失序”，绝不是“嘈杂”，而是一种“自由”的开始。

九零年代，台湾的创作者和读者，一起开始经验从刚刚由“威权”控制的“秩序”里解放出来的“自由”，享受那种忍不住的“自由”的快乐与狂喜。

“自由”的初期总是要有一点放肆任性的，每一个人都争相发言，用来挣脱捆绑太久的束缚感，用来表达自己，用来让别人聆听自己、理解自己。

收在这本集子里“辑二”的作品，都是席慕蓉创作于九零年代解严以后的散文。

席慕蓉书写自己家族历史，寻找自己血缘基因的作品多起来了。从书名来看——《我的家在高原上》、《江山有待》、《黄羊・玫瑰・飞鱼》、《大雁之歌》、《金色的马鞍》、《诺恩吉雅》，那深藏在席慕蓉血液里的蒙古基因显露了出来。她一次一次去蒙古，她不断向朋友讲述蒙古，她书写蒙古，要朋友跟她一起去蒙古，一九九一年十六名朋友跟她去乌兰巴托参加了蒙古国的国庆。

或许我们很少细想，台湾解严以前，是不会有“蒙古国”的，我们也不可能去参加“蒙古国”的“国庆”。

文学书写里的个人和她所属的社会一起经历着思想心灵上的“解严”。

在那个时期，席慕蓉一说起蒙古就要哭，像许多人一样激动，迫不及待，要讲述自己，讲述别人不知道的自己。

有一次跟席慕蓉去苗栗一家做客，主人热情好客，亲自下厨做菜，拿出好酒，酒喝多了，私下偷偷问我：“席慕蓉为什么老说蒙古？”

我笑了笑，看着这个从早到晚“爱台湾”挂在口边的朋友说：“你老兄不是也老是说台湾吗？”

喝多了酒，这“老兄”忽然眼眶一红，就哭了起来。

我喜欢台湾的九零年代，我珍惜台湾九零年代的文学书写，我珍惜每一个人一次天真又激动的自我讲述。每一个人都开始讲自己，因此，每一个人也才有机会学习聆听他人。台湾九零年代的散文书写记录着解严以后的真实历史。

收在精选集“辑二”中的几篇作品相对于“辑一”，篇幅都比较长。很显然，席慕蓉的散文书写，到了九零年代之后，由于对历史时间纵深与地理空间的开展，她前期来自于个人成长单纯生活经验的感触，必须扩大，可以容纳更具思想性与资料性的论述，她在“辑一”里比较纯粹个人感性的散文文体风格，也一变而加入了时代深沉感喟的论辩。

对于熟悉席慕蓉前期文体唯美风格的读者，未尝不也是一种新的挑战。

创作者，读者，都在与整个时代对话，一起见证九零年代台湾解严以后的新文学书写的变化。

《今夕何夕》、《风里的哈达》都是席慕蓉第一次回蒙古寻根之后的心事书写。那是一九八九年，解严后的第一年，许多人踏上四十年不能谈论、假装不存在，无从论述的土地，许多人开始回去，亲自站在那土地上，重新思考“故乡”的意义。台湾的散文书写摆脱了假想“乡愁”的梦魇回忆。

《今夕何夕》只是在找一个“家”，一个父亲口中的“家”，父亲不愿意再回去看一眼的“家”，席慕蓉回去了，到了“家”的现场，然而“家”已经是一片废墟。

> 就是那里，曾经有过千匹良驹，曾经有过无数洁白乖驯的羊群，曾经有过许多生龙活虎般的骑士在草原上奔驰，曾经有过不熄的理想，曾经有过极痛的牺牲，曾经因此而在蒙古近代史里留下了名字的那个家族啊！
>
> 就在那里，已成废墟。

以前读到这一段，我就在想，席慕蓉原有散文的篇幅大概已经不够容纳这么复杂的家族故事了。

在席慕蓉对安定幸福生活的梦想中，有一段时间，她也许不知道，也许不想清楚知道，为什么父亲要长年在德国大学教授蒙古历史文化，不愿意回故乡，也不愿意回台湾。

席慕蓉的母亲是中华民国第一届国民大会蒙古察哈尔盟八旗群的代表，母亲一九八七年去世，在散文书写里席慕蓉要晚到二〇〇四年才透露了母亲受到情治单位“监视”的事，收在“辑三”的第一篇《记忆广场》里写到一个家庭多年好友在母亲去世后说出如下的话：“其实我当初接近你的妈妈，是有任务的，你们在香港住了那么多年才搬到台湾来，我必须负责汇报她的一切行动。”

进入二〇〇〇年前后，彻底的思想解严，台湾的散文书写里大量出现自己家族或自身的经验回忆。在这一方面，相对来说，席慕蓉却仍然写得不很多。她的父亲母亲的故事，牵连着蒙古近代在几个政治强权之间求族群存活的血泪历史，牵连着国共两党的斗争，也牵连着中国、俄国、日本或更多列强的利益斗争。

席慕蓉矛盾着，她站立在蒙古草原上，嗅闻着广大草原包围着她的清香，或在暗夜里仰望满天繁星，泪如雨下，她相信那是父亲母亲少年时都仰望过的同样的星空。

然而，她写了篇幅巨大的《嘎仙洞》，追溯到公元四四三年三月一日北魏鲜卑王朝拓拔太武帝的历史，席慕蓉引证史书，参考当代学者的考古报告，亲自到现场勘查，似乎要为一个湮没无闻的被遗忘的族群曾经存在过的强盛做见证。

那曾经是辉煌的历史，但那确实已是废墟。

我更喜欢的可能是“辑二”里的《丹僧叔叔——一个喀尔玛克蒙古人的一生》，席慕蓉用近于口述历史的方式，记录了家族长辈丹僧叔叔的一生，牵连到新疆北部一支蒙古族群从十七世纪以后迁徙流离的故事，牵连到近代二战中这一支蒙古族在中国、俄罗斯、德国纳粹之间求夹缝生存的悲辛历史，他们十几万人东飘西荡，只是要找一个“家”，为了找一个“家”，十几万人死亡流散超过一半。

席慕蓉的散文书写有了更广大的格局，有了更深刻的视野。但是，我相信她仍然是矛盾的，或许她仍然愿意是那个对一切美好怀抱梦想，隔着距离，单纯向往美丽草原的过去的自己，但是，显然书写创作使她一往直前，再也无法回头了。

《异乡的河流》写父亲的一九九八年十一月三十日的逝世，写跟父亲相处的回忆，写父亲的一生，写得如此安静——

> 追悼仪式中，父亲的同事，波昂大学中亚研究所的韦尔斯教授站到讲台上，面对大家，开始讲述父亲一生的事迹之时，我才忽然明白，我一直都在用一个女儿的眼光来观看生活里的父亲，那范围是何等的狭窄。
>
> 我从来没有想过应该也对自己的父亲做一番更深入的了解——

是的，那个在蒙古自治运动遭遇种种险难的“拉席敦多克先生”是席慕蓉散文书写里的“父亲”，席慕蓉不像有些书写者可能更重视历史里的“拉席敦多克”，她毋宁更愿意沉溺在享受莱茵河畔父女依靠着谈话的美好时光。

她愿望那时光停止，凝固，变成真正的历史——

三十年前，初识席慕蓉，我们都有健在的父母，如今，我们都失去了父亲母亲，我们也都有了各自的沧桑。

席慕蓉的散文与诗，在华文书写的世界，为许多人喜爱，带给读者安慰、梦想、幸福的期待。

她的认真、规矩常常使我敬佩，因为是好朋友，我也常常顽皮地故意调笑她的拘谨工整。但是她一直在改变，“辑三”里的最后一篇《玛丽亚·索——与一位使鹿鄂温克女猎人的相遇》，席慕蓉记录了二〇〇七年五月她在大兴安岭北端探访八十岁鄂温克女猎人的故事，叙述一个只有两万多人口的鄂温克人，鄂温克人分为三部，而其中，使鹿鄂温克人又是三个部里人数最少的一支，如今已不到两百人。

席慕蓉看到玛利亚·索，她写道——

山林已遭浩劫，曾经在山林中奔跑飞跃的女猎人，白发已如霜雪，一目已眇，却仍然不肯屈服，寂然端坐在自己的帐篷里，隐隐有一种慑人的气势。

这篇压卷的作品不只是一个女猎人的传奇故事，也在写使“山林浩劫”的现代文明。席慕蓉反复询问着、质问着，一种敬天爱地的传统存活方式，为什么常常被认为与“现代文明”冲突。而巨大国家政策的“封山育林”又将使这些世代狩猎维生的小小族群何去何从?

席慕蓉的散文书写有了更深沉也更现代性的命题。

一本精选集的出版，书写者回头省视自己一路走来，可能忽然发现，原来走了那么久，现在才正要开始。

有了沧桑，不再是父亲的女儿，不再是丈夫的妻子，席慕蓉的文学与绘画，是不是又将要有全新的起点了。

席慕蓉一定知道，说这句话时，我是心里悸动着说的。

我多么希望在自己的书写里永远不要面对沧桑。但是，如果一定要面对，相信这条路上，是有好朋友可以结伴同行的。

二〇〇九年十一月十五日

作者序

这本文选的基础，原是由陈义芝教授主编，台北九歌出版社的“新世纪散文家系列”中的《席慕蓉精选集》所奠定的。

现在由武汉的长江文艺出版社在大陆出版，架构不变，但是从原来的五十二篇增加到七十多篇，这是由于横排方式而让篇幅得以增加的缘故。

对我来说，绘画才是我的正业。然而由于生在乱世，从年少时开始，心中总是有许多疑惑，所以在成长的过程里，一个人总是且行且注记，以文字作为依附，自问自答。是诘问，也是反省；是记录，也是整理。

所以，如果一定要分类的话，我或许可以说，“绘画”是我的理想，“诗”是我的痴狂，而“散文”就是我的生活笔记了。

既是生活笔记，因而，在这一本文选里的文字，从一开始就没有什么所谓的技巧，几十年写下来，也谈不上有些什么文学上的“突破”或者“进步”。

可是，今天晚上，在灯下打开出版社寄来的新书三校稿，逐篇细读之时，恍如与故人重新相见，不禁要感谢那个年少的我了。她一个字一个字写出来的昨日，仿佛清香犹在，光影犹存……

从十几册散文集之中选出来的这些文字，基本上是依着出版的顺序排列下来的，因而也是依着时光流转的顺序，我不需再多言。

不过，由于近二十年来在蒙古高原上的不断行走。“生活笔记”写到此刻，好像也变成是一种对理想的追求了。

那理想，虽然渺不可及，却又是极为真实的存在啊！

感谢每一位让这本《前尘·昨夜·此刻》得以出版的朋友，感谢你们的鼓励和帮助，在此深致谢意。

慕蓉写于 2012 年 7 月 29 日

辑一

前尘(上篇)

辑一

前尘（下篇）

辑二

昨夜(上篇)

辑二

昨夜（下篇）

辑三

此刻

…… ……

我喜欢歲月漂洗過後的顏色
喜欢那沒有唱出來的歌

我喜欢在夜裡寫一首長詩
然後再來在這清涼的早上
逐行逐段地檢視
慢慢刪去
每一個與你有着関联的字

摘自〈我〉1984·9·2

前尘（上篇）

辑一

前程·昨夜·此刻

我的记忆

学生们一向和我很亲，上课时常常会冒出一些很奇怪的问题，我也不以为意，总是尽量给他们解答。

有一天，一个胖胖的男生问我：

“老师，你逃过难吗？”

他问我的时候还是微笑着的，二十岁的面庞有着一种健康的红晕。

而我一时之间，竟然不知道该如何回答。

●

我想，我是逃过难的。我想，我知道什么叫逃难。在黑夜里来到嘈杂混乱的码头，母亲给每个孩子都穿上太多的衣服，衣服里面写着孩子的名字，再给每个人手上都套上一个金戒指……

我知道逃难，我想我知道什么叫逃难。在温暖的床上被一声声地唤醒，被大人们扯起来穿衣服、穿鞋、围围巾、睡眼惺忪地被人抱上卡车。车上早已堆满行李，人只好挤在车后的角落里，望着乳白色的楼房在晨雾中渐渐隐没，车道旁成簇的红花开得惊心。而忽然，我们最爱的小狗从车后奔过来，一面吠叫，一面拼了全力在追赶我们。小小心灵第一次面对别离，没有开口向大人发问或恳求，好像已经知道恳求也不会有效果。泪水连串地滚落，悄悄地用围巾擦掉了。眼看着小狗越跑越慢，越来越远，而五六岁的女孩对一切都无能无力。

然而，年轻的父母又能好多少呢？父亲满屋子的书没有带出一本，母亲却带出来好几幅有着美丽的花边的长窗帘，招得亲友的取笑：“真是浪漫派，贵重的首饰和供奉的舍利子都丢在客厅里了，可还记得把那几块没用的窗帘带着跑。”

谁说那只是一些没用的物件呢？那本是经过长期的战乱之后，再重新经营起一个新家时，年轻的主妇亲自去选购，亲自一针一线把它们做出来，再亲手把它们挂上去的。谁说那只是一些没用的物件呢？那本是身为女人的最美丽温柔的一个希望啊。

在流浪的日子结束以后，母亲把窗帘拿出来，洗好，又挂在离家万里的窗户上。在月夜里，微风吹过时，母亲就常常坐在窗前，看那被微风轻轻拂起的花边。

这是我所知道的逃难，而当然，还有多少更悲伤更痛苦的不同的命运，我们一家相比之下，反倒是极为幸运的一家了。年轻的父母是怎么样牵着老的，带着小的跌跌撞撞地逃到香港，一家九口幸而没有在战乱中离散。在这小岛上，我们没有什么朋友，只是一心一意的等待，等待着战争的结束，等待着重返家乡。

父亲找到一个刚盖好的公寓，门前的凤凰木还新栽下去不久，新铺的红钢砖地面还灰扑扑的都是些细碎的砂石，母亲把它们慢慢地扫出去。父亲买了家具回来，是很多可以折叠的金属椅子，还有一个可以折叠的同样质料的方桌子，摆在客厅里，父亲还很得意地说：

“将来回去的时候还可以带着走。”

全家人都接受了这种家具。尽管有时候吃着吃着饭，会有一个人忽然间被椅子夹得动弹不得。或者晚上做功课的时候，桌子会忽然陷下去。大家的书和本子都混在一起。有人乘势也嘻嘻哈哈地躺到地上，制造一场混乱。不过，大家仍然心甘情愿地用这些奇妙的桌椅，因为将来可以带回去。

一直到有一天，木匠送来一套大而笨重的红木家具，可以折叠的桌椅都不见了。没有人敢问一句话，因为父亲经常锁紧眉头，而母亲也越来越容易动怒了。

香港公寓的屋门上方都有一个小小的铁窗，窗上有块活动的木板，我记得我家的是块菱形的，窗户开得很高，所以，假如父母不在家而有人来敲门时，我们就需要搬个椅子爬上去，把那块木板推开，看看来的客人是谁。

我们的客人很少，但是却常常有人来敲门，父母在家时，会不断地应门，而在有事要出去的时候，总会拿一叠一毛或者五分硬币放在桌上，嘱咐我们，有人来要钱时就拿给他们。

我们这些小孩从来都不会搞错，什么人是来拜访我们的，而什么人是来要钱的。因为来要钱的人虽然长得都不一样，却都有着相同的表情，一种很严肃，很无奈的表情。他们虽然是在乞讨，却不像一个乞丐的样子。他们不哭，不笑，不出声，只在敲完了门以后，就安静地站在那里，等我们打开小窗，伸出一只小手，他就会从我们的手中接过那一毛钱或者是两个斗零（五分），然后转身慢慢走下楼去，从不道一声谢。

在一天之内，总会有七八个，有时甚至十一二个人来到我们的门前，敲门，拿了钱，然后走下楼去。我们虽然对那些面貌不太清楚，但是却知道绝不会有人在一天之内来两次，而且，也知道，在一个礼拜之内，同一个人也不会天天来，有时候也会加上一些新的面孔，而那些面孔，常常都是很年轻的。

我们不知道他们从哪里来，也不知道他们要去哪里。可是，我猜他们拿了钱以后是去下面街上的店子里买面包皮吃的。我看过那种面包皮。是为了做三明治而切下的整齐的边，或者是隔了几天没卖出去的陈面包，有好心的老板。仍然把它们像糖果一样地放在玻璃罐子里，也有些面包店就把它们乱七八糟地堆在店门口的篓子里，给他一毛钱，可以买上一大包。

有时候，在公寓左边那个高台上的修女办的医院也会发放这种面包皮，那些人常常在去过医院以后，再绕到我们家来。我们在三楼，可以看到他们一面嚼着一面低头向我们这边走过来。他们从不会两个人一起来，总是隔一阵子出现一个孤单的人。隔一阵子传来几响敲门的声音。我和妹妹就会争着挤上椅子。然后又很不好意思地打开那扇小门，对着一个年轻却憔悴的面孔，伸出我们的小手。

日子就这样子一天一天地过去。门外的面孔按时出现。夏季过去，我进了家后面山上的那个小学。新学校有一条又宽又长的阶梯，下课时常常从阶梯上跳着走回家，外婆总会在家门前的凤凰木下，带着妹妹和弟弟，微笑着迎接我。

学校的日子过得很快乐，一个学期过去了，又是一个学期，然后妹妹也开始上学，我们在家的时间不多，放了学就喜欢在凤凰木底下消磨，树长得满高的了。弟弟跟在我们身后跑来跑去，胖胖的小腿老会绊跤。

“姥姥，怎么现在都没人来跟我们要钱了呢?”

有一天妹妹忽然想起来问外婆。可不是吗?我也想起来了，这一向都没看到那些人。他们为什么不来了?

外婆一句话也不说，只是深深地叹了口气，然后就牵着弟弟走开了。好像不想理我们两个，也不想理会我们的问题。

后来，还是姐姐说出来的：家里情况日渐拮据，一家九口的担子越来越沉重，父母再余不出钱来放在桌子上。而当有一天那些人再来敲门时，父亲亲自打开了屋门，然后一次次的向他们解释，我们已经没有能力再继续帮助下去了。奇怪的是，那些一直不曾说过谢谢的人，在那时反而都向父亲深深地一鞠躬后才转身离去。

向几个人说过以后，其他的人好像也陆续地都知道了，两三天以后，就再也没有人来我们家，敲我们的门，然后，安静的等待我们的小手出现了。

姐姐还说：

爸爸不让我们告诉你们这三个小的，说你们还小，不要太早知道人间的辛苦。可是，我觉得你们也该多体谅一下爸爸妈妈，别再整天叫着买这个买那个的了……

姐姐在太阳底下眯着眼睛说这些话的样子，我到今天还记得很清楚。

我不知道，我是不是从那天开始长大？

●

我始终没有回答我学生的那个问题。

不是我不能，也不是我不愿，而是，我想要像我的父母所希望的那样，要等到孩子们再长大一点的时候才告诉他们。要他们知道了以后，永远都不忘！

选自尔雅版《成长的痕迹》

旧日的故事

/小红门/

这个世界上有很多事情，你以为明天一定可以再继续做的；有很多人，你以为明天一定可以再见到面的；于是，在你暂时放下手或者暂时转过身的时候，你心中所有的，只是明日又将重聚的希望，有时候甚至连这点希望也不会感觉到。因为，你以为日子既然这样一天一天地过来的，当然也应该就这样一天一天地过去。昨天、今天和明天应该是没有什么不同的。

但是，就会有那么一次：在你一放手，一转身的那一刹那，有的事情就完全改变了。太阳落下去，而在它重新升起以前，有些人，就从此和你永诀了。

就像那天下午，我挥手离开那扇小红门时一样。小红门后面有个小院子，小院子后面有扇绿色的窗户。我走的时候，窗户是打开的，里面是外婆的卧室，外婆坐在床上，面对着窗户，面对着院子，面对着红门，是在大声地哭着的。因为红门外面走远了的是她疼爱了二十年的外孙女，终于也要像别人一样出国留学了的外孙女。我不知道那时候外婆心里在想些什么，我只记得，在我把小红门从身后带上时，打开的窗户后面，外婆脸上的泪水正在不断地流下来。

而那是我第一次看见外婆这样地激动，心里不免觉得很难过。尽管在告别前，祖孙二人如何地强颜欢笑，但在那一刹那来临的时候，平日那样坚强的外婆终于崩溃了。而我得羞耻地承认，在那时，我心中虽也满含着离别的痛苦，但能“出国”的兴奋仍然是存在着的。也就是因为这个原因，才使我流的泪没有老人家流的多，也才使我能在带上小红门以前，还能挥手向窗户后面笑一笑。虽然我也两眼酸热地走出巷口，但是，在踏上公共汽车后，车子一发动，我吸一口气，又能去想一些别的事情了。而且，我想，反正我很快就会回来的，反正我们很快又会见面的。而且，我想，我走时，弟弟正站在外婆的身后，有弟弟在，外婆不会哭很久的。外婆真的没有哭很久，那个夏天以后又过了一个夏天，离第三个夏天还很远很远的时候。外婆就走了。

家里的人并没有告诉我这个消息。差不多过了一个月，大概正是十二月初旬左右，一个周末的下午，我照例去教华侨子弟学校。那天我到得比较早，学生们还没来，方桌上摆着一叠国内报纸的航空版，我就坐下来慢慢地翻着。好像就在第二张报纸的副刊上，看到一则短文. 一瞥之下，最先看到的是外祖父的名字，我最初以为是说起他生前的事迹的，可是，再仔细一看标题，竟是史秉鳞先生写的："敬挽乐景涛先生德配宝光濂公主。"

而我当时唯一的感觉就是手脚忽然间异常的冰冷，而我才明白，为什么分别的那一天，老人家是那样地激动了。难道她已经预感到，小红门一关上的时候，就是永别的时候吗？而这次，轮到我在一个异国的黄昏里，无限懊悔地放声大哭起来了。

/那一条河/

我的祖先们发现这一块地方的时候，大概正是春初，草已经开始绿了，一大片一大片地向四围蔓延着。这一条刚解了冻的河正喧哗地流过平原，它发出来的明畅欢快的声音，融化了这些刚与寒冬奋斗过来的硬汉们的心。而不远处，在平原的尽头，矗起一层紫色的山脉，正连绵不绝地环绕着这块土地。

祖先们就在这里终止了他们疲倦的行程，流浪的人终于有了一个家。春去秋来，他们的孩子越来越强壮，他们的妇女越来越姣好。而马匹驰骋在大草原上，山冈上的羊群像雪堆、像海浪。

很多很多年以后，我的外婆就在这条河边诞生了。这个婴儿在她母亲的眼中一定是最美丽的，外婆一定也很爱她的母亲。因为每一次，在我们不听话，惹妈妈生气的时候，外婆就会说："你们这些孩子真没孝心，我小的时候，总想着法子帮母亲的忙，照顾弟妹。"或者："我母亲对我说什么话，我都从来没有顶过嘴，总是规规矩矩地答应着。"

当时，外婆的这些话总是听过了就算了。真正能体会到她的意思的时候，我已经长得很大，离她也很远了，就像她离开那条河已经很远了一样。

但是，那条河总是一直在流着的。外婆曾在河边带着弟妹们游玩。每一个春天，她也许都在那解了冻的河边看大雁从南边飞过来。而当她有一天过了河，嫁到河那边的昭乌达盟去了的时候，河水一定曾喧哗地在她身后表示着它的悲伤吧。

小时候爱求外婆讲故事，又爱求外婆唱歌。可是每次听完以后，都不能很清楚地把内容完全记下来，等到第二次外婆要我们重述的时候，我们总是结结巴巴地，要不然就干脆一面笑着，一面跑开了。外婆一定很失望吧。

但是，那条河总是一直在流着的。而在外婆黑夜梦里的家园，大概总有它流过的喧哗的声音吧。"大雁又飞回北方去了，我的家还是那么远……"用蒙古话唱出来的歌谣，声音分外温柔。而只要想到那条河还在那块土地上流着，就这一个念头，就够碎人的心了。

所以，她仍然一遍一遍地和我们讲述那些故事，故事之中总有一条河，有一个孝顺的孩子，有一个可爱的母亲。有时候，我们听出她话里的教训的意味，我们就会笑着要求再换一个。每一次，她的故事都没能讲完。大概如果不是因为小孩子们已经跑远了，就是因为她的思绪又在那条河前面停顿下来了吧。

而我今天多么渴望能重听一遍那条河的故事呢！谁能告诉我，六十年前，那十八岁的少女的面貌曾有多少飞扬的光彩？谁能告诉我，那草原上的男孩子们曾几次驰马掠过她的裙边，谁能告诉我，那一颗年轻的心里，曾充塞了多少对这一块土地的热爱？而在她转身离开这条河时，是不是也以为明天又会再回来？我能问谁呢？我想，大概就只有问这一条河了。

于是，这条河也开始在我的生命里流动起来了。从外婆身上，我承继了这一份对那块我从来没有见过的土地的爱。离开她越远，这一份爱也越深，而芳草的颜色也越温柔。而希喇穆伦河后面紫色的山脉也开始庄严地在我的梦中出现，这大概是外婆生前没有想到的吧。

/鸢尾草和石阶/

当然，我也有我自己的童年，我自己的故事。我生在抗战末期的四川乡下，我知道那个地方叫做金刚坡。也许有些曾住在那个地方的读者会惊喜地发现这三个字，而这三个字马上带给你们不少的回忆，那我当然也很替你们高兴。不过，这个地方能给我的唯一的印象，就只是那一朵蓝色的鸢尾草，一朵开在湖边的蓝色的花。

我小的时候，人很胖，头又特别的大。妈妈说：常常在一转眼间就看不到我了，马上就知道，一定又是从山坡上哪一个地方滚到坡下面去了。大家只要到山坡下面的草堆里去找，总会找到我这个小肉球。奇怪的是，我很少哭。每次也很少会受伤，所以每次也都只是让大人们虚惊一场。等到刚把我摆到小椅子上坐定，大人们才刚一转身，我又会没事人似的爬下来，然后，又一个滚，又带着草和泥，滚下山去了。

大概，这朵花就是在那个时候进入我的生命里的，我只记得我身子前面有一丛杂草，头顶上是一片浓密的树阴。我大概是在一个小树林的边缘，林子里面有一个湖，（也许是个池塘，可是儿时所有的池塘对我都像一个大湖。）而这朵花就开在杂草和湖的中间，好蓝好大也好香。

以后我就一直没有见过同样的花，有时候我说给别人听，别人也不知道那朵花该叫什么名字，也并不太感兴趣去替我查植物大全。有更多比这个事情还重要的事要做哪！谁能管那么多闲事。

可是我心中却一直很想念这朵花的。一直到有一天，读大学了，和同学们去北投公园写生，在一条小径的转角处，我看到这一朵花，和我小时候看见的那朵是一个样子，一样的蓝，没有那么大，也没有那么香。可是，我已经很满足了，马上到处去找国画老师，找到他后就赶快问他，在路旁长着的这一朵花叫什么名字？林老师说："这是鸢尾草。"

这就是鸢尾草，我生命里的第一朵花有了名字了。同学们已经走得很远了，我一个人站在这朵花前很久，一阵微风吹来，小花就会颤动几下子，而我的心里忽然觉得空落落地。童年时那朵蓝色的回忆竟然在我心里占了这么大的分量，一旦替它找到了名字，它却在名字前面显得黯淡而模糊了。曾经是那么清晰的一朵蓝啊！

这也就是为什么几年以后，在香港的一个街角前，我犹疑着不敢向前的原因了。

我的另一段童年是在香港度过的，那时候外婆和我们住在一起。每天早上，她总带着我们三个小的出门去散步。我们先走过电器街，然后后面就是星街和月街，走完这两条街，就面对着二马路的一块山坡了。实在算不了是一块山坡，不过，在香港那个寸金尺土的地方，那一块绿色对我们已经很够了。山坡下面有一条石阶，一直通到左边的半山公寓上去。每天早上，外婆就会在山坡前面做一段晨操，然后就在石阶上坐下来，看我们三个小孩在坡上面奔来跑去。我还记得弟弟那时候大概才刚会走，穿着一身紫红色的毛衣裤，跟着我和妹妹的后面转来转去。我们常常故意躲起来，弟弟找不到我们以后也不会哭，总是一转身，两条小腿软软地，向山坡下面的外婆跑去了。当然有时候免不了会在草地上跌一跤，我们就会满怀歉意地跑出来，把他扶起来再和他好言好语地玩上一阵子。

外婆就微笑地坐在那里看我们，一直到觉得太阳太热了时，才带着我们往家里走回去。

后来我和妹妹进小学了，外婆就带着弟弟一个人去做早上例行的散步。后来弟弟也进了幼稚园了，外婆早上送他去上学，上课时她就坐在幼稚园的铁丝围栏的外面，看弟弟和别的小孩子交朋友或者打架，下课后她再带着弟弟走回家。幼稚园是附设在我们的小学里的，所以，我们放暑假总是一起放。一放暑假，我们老少四个又开始我们的晨游了，仍然是那同样的路程，仍然是那个同样的山坡，不同的只是外婆不再把弟弟背在身上，弟弟跑得比我们都快，而他也早已穿不下那一套紫红色的毛衣裤了。

十几年后，我离开外婆，到欧洲来读书，从台湾坐四川轮来到香港，准备坐一星期后的法国客轮到马赛。那时候，有很多小时候认得的朋友都很热诚地招待我。算一算，离开香港去台湾读书竟也是过了十年的光景了，这次过境，十年后的香港当然改变了很多，可是也有很多地方仍然像我小时候所见的一样。那时候，我就渴望着再去一次童年时日日常游的地方。有一天清晨，我就一个人找到那一条电器街了。

我是一个人从秀华台上走下来的，（但我的心中，却有三个人和我一起走下来。）电器街就在前面的左手，街道好像窄了很多，建筑物的墙上贴满了乱七八糟的广告和招贴，只给砖墙露出一点点空隙，在那个空隙上有白漆涂着的十灵丹的大字，那三个字是认得我的。再转过一条街就是星街了，我慢慢地走着，很想像十几年前一样，可是身边怎么多出那么多数不清的人，不像一个清晨该有的样子。而我的高跟鞋的声音又一下一下地在提醒我，我不再是那个牵着外婆的手的年龄了。当然，这也没有什么关系，我来就只是来看一眼那个石阶的，看一眼后，我就会回头了的。但是，我没想到，这是需要勇气的。

就在那条街的转角前，我依稀地认出了那一块山坡的样子。只要再向前走几步，我就会看到那条通向左边的石阶，只要再向前走几步，我就会看见一个老人，精神很健旺地带着三个小孩子坐在石阶上。

可是，我却站住了，呆呆地站住了。我不敢再往前走，因为我怕那条石阶已经不在了，或者就算还保留着，也许已经给改变了形状了。石阶前面的山坡也许还在，也许已经被人铲平，盖起公寓来了。我不知道我将会看见什么，我想，我还是设法保留我曾经看见过的景象吧。于是，我就回身往来路走回去了。走得很快，没有停下来，也没有再转过头去。

/雁阵/

等我再想到这件事情的时候，我的火车正沿着莱茵河岸疾驰着，对岸山上的古堡在月光下显得更加孤独。火车经过罗累莱那块大山岩的时候，我只觉得岩上长满了太多的荒草。山岩默默地蹲踞在河的转角，而那荒草就在月光下郁郁地摇着。而我就想起了我在初中时学会的那首歌："我不知道为了什么，我会这般悲伤。有一个旧日的故事，在心中念念不忘……"

而我就又想到外婆的那一条河，和我心中念念不忘的那些故事。虽然都是些平铺直叙的，可是，它们总是一遍一遍地重复出现着，就像眼前莱茵河的水波；像昨天阿尔卑斯山上的积雪一样；很温柔而又很悲哀地呈现在我的周围。我想，人类已经是一种很孤独的动物了，假如再没有这些旧日的故事来陪伴；再没有些亲爱的人让我去思念；再没有那无边的大地在等待着我的归去；那么就算走遍天涯，我也再不能获得"存在"的意义了。

我的这篇杂记也许该在这个时候告一段落了。我的丈夫说："你写的东西太以小我为中心了。"不过，我想，这个世界就是由无数的小我构成的，就因为小我有一份感情，大我才会产生一股力量。雁阵能够不停地飞过八千里的天空，还不就只是因为每一只大雁都有一颗思归的心而已吗？

选自尔雅版《成长的痕迹》

无边的回忆

/外婆和鞋/

我有一双塑胶的拖鞋，是在出国前两年买的，出国后又穿了五年。它的形状很普通，就像你在台北街头随处可见的最平常的样式：平底，浅蓝色，前端镂空成六条圆带子，中间用一个结把它们连起来。买的时候是喜欢它的颜色。穿了五六年后，已经由浅蓝变成浅灰，鞋底也磨得一边高一边低了。好几次，有爱管闲事的，或者好心的女孩子劝我：

“阿蓉，你这双拖鞋太老爷了。”或者：

“阿蓉，你该换拖鞋啦！”我总是微笑地回答：

“还可以穿嘛，我很喜欢它。”

如果我的回答换来的是一个很不以为然的表情，我就会设法转变一个话题。如果对方还会对我善意地摇摇头，或者笑一笑，我就会忍不住要告诉他：

“你知道我为什么舍不得丢它的原因吗？”

而这是个让生命在刹那间变得非常温柔的回忆。大学快毕业时，课比较少，家住在北投山上，没有课的早上，我常常会带着两只小狗满山乱跑。有太阳的日子，大屯山腰上的美丽简直无法形容。有时候我可以一直走下去，走上一两个钟头的路。最让我快乐的是在行走中猛然回过头，然后再仔细辨认，山坡下面，哪一幢是我的家。

走着走着，我的新拖鞋就不像样了。不过，我没时间管它，我的下午都是排得满满，别有用处的。晚上回家后赶快洗个澡就睡了。

直到有一天，傍晚，放学回家，隔着矮矮的石墙，看见我的拖鞋被整整齐齐地摆在花园里的水泥小路上。带着刚和同学分手后的那一点嚣张，我就在矮墙外大声地叫起来：

“何方人士，敢动本人的拖鞋？”花园里没有动静。再往客厅的方向看过去，外婆正坐在纱门后面，一面摇扇子，一面看着我笑呢。那时外婆住在永和，很少上山来。但来的话就总会住上一两天，把我们好好地宠上一阵子再走。那天傍晚，她就是那样含笑地对我说：

“今天下午，我用你们浇花的水管给你把拖鞋洗了，刚放在太阳地里晒晒就干了。多方便！多大的姑娘啦！穿这么脏的鞋给人笑话。”

以后，外婆每次上山时，总会替我把拖鞋洗干净，晒好，有时甚至给我放到床前。然后在傍晚时分，她就会安详地坐在客厅里，一面摇扇子，一面等着我们回来。我常常会在穿上拖鞋时，觉得有一股暖和与舒适的感觉，不知道是院子里下午的太阳呢，还是外婆手上的余温？

就是因为舍不得这一点余温，外婆去世的消息传来以后，所有能够让我纪念她老人家的东西：比如出国前夕给我的戒指，给我买料子赶做的小棉袄，都在泪眼盈盈中好好地收起来了。这双拖鞋，也就一直留在身旁，舍不得丢。每次接触到它灰旧的表面时，便仿佛也接触到曾洗过它的外婆的温暖而多皱的手。便会想起那在夕阳下的园中小径，和外婆在客厅纱门后面的笑容。那么遥远，那么温柔，而又那么肯定地一去不返。

/一支儿歌/

在我们家里，我排行第三，上面有两个姐姐，下面有一个妹妹，一个弟弟。小时候，我长得很胖，人很糊涂，口齿也很不清晰。妈妈说：有一次，两个姐姐从学校学会一支歌回来，就很兴奋地教我唱，歌词是：

“大姐嫁，金大郎，二姐嫁，银大郎，三姐嫁，破木郎。大姐回来杀只猪，二姐回来杀只羊，三姐回来，炒一个鸡蛋，还要留着黄。大姐回，坐车回，二姐回，骑马回，三姐回，走路回。走一会，哭一会，望着天边流眼泪。天也平，地也平，只有我爹娘心不平。”

妈妈说：大概那时只有四五岁的我，一面含含糊糊地跟着唱，一面就哭起来了。后来上初中了，一唱这支歌还会哭。小时候的事我记不得了。不过初中时为这支歌是哭过的。大概那时正是发育时期，对未来存着恐惧之心。又觉得在家里处处受委屈，觉得父母偏爱姐姐。于是，伤心人别有怀抱，唱着唱着，就会哭了。至于将来会不会嫁个破木郎之事，大概当时还没有放在心上。

人长大以后，很多事情都会慢慢地忘了。可是姐妹们却不饶我。1966 年的圣诞节，也就是我和他订婚的那个晚上，她们三个人就在慕尼黑爸爸的公寓里唱起来了。一面唱，一面笑，还一面问我：

“怎么不哭呢？”

其实，我当时是有点被感动了。被圣诞树上的烛光，被父亲眼中的爱意，被眼前那三个唱着歌的女孩子的酡红的双颊，被窗外无声的瑞雪，被身旁的他环抱着我时给予我的温暖，被这一切；尤其是被这突来的儿歌的单纯的调子感动了。

而那些没有根的回忆，就又在泪珠中显现了。

/没有见过的故乡/

缠绕着我们这一代的，就净只是些没有根的回忆，无边无际。有时候是一股汹涌的暗流，突然冲向你，让你无法招架。有时却又缥缥缈缈地挨过来，在你心里打上一个结。你却找不出这个结结在哪里，也不知道是为了什么原因，也不知道是为了哪一个人。

三年以前，在瑞士过了一个夏天，认识了好几个当地的朋友，常常一起去爬山。有一天，其中一个男孩子请我们去他家玩。他家坐落在有着大片果园的山坡上，从后门出去，就可以看到后山下一大块树林围着一个深深的湖。这个男孩子指着他家院墙外的一棵大樱桃树说：

“你看见那个从下面数左边第五枝的枝子了吗？那根枝子歪得很特别的，看见没有？那是我爸爸七岁时候的事了，他爬到树上采樱桃，也是这样一个夏天，被我祖父看见了，罚他就在那根枝子上坐了一个下午，不准下来。那根枝子从此就歪了。”

也许是他在唬我，也许是他父亲唬了他。可是他对家的眷恋，对儿时的追怀，对时光逝去的否认，都可以由这一棵大树，甚至由这棵大树上的一根歪歪的枝干上获得满足了。因此，他说话时甚至带了一点骄傲。而我呢？我给他看我的拖鞋吗？我或许可以给他唱那支儿歌，但是他听得懂吗？就算他终于懂了，那份量能抵得住就在眼前的这一棵他曾祖母手植的庞然大物吗？能抵得住他立足于上的这块生他又育他的土地吗？

而我就越发怀念那我从来没有见过的故乡了。

小时候最喜欢的事就是听父亲讲故乡的风光。冬天的晚上，几个人围坐着，缠着父亲一遍又一遍地诉说那些发生在长城以外的故事。我们这几个孩子都生在南方，可是那一块从来没有见过的大地的血脉仍然蕴藏在我们身上。靠着父亲所述说的祖先们的故事，靠着在一些杂志上很惊喜地被我们发现的大漠风光的照片，靠着一年一次的圣祖大祭，我一点一滴地积聚起来，一片一块地拼凑起来，我的可爱的故乡便慢慢成型了。而我的儿时也就靠着这一份拼凑起来的温暖，慢慢地长大了。

/渴望/

去年春天，我们在卢森堡那个小小的国家里，享受了我们的蜜月旅行。那时正是五月天气，公路上繁花似锦。我们两个人轮流开车，每遇到一个绿草如茵的山坡，我们就会停车跑上去玩一玩。我总禁不住那青草的诱惑，总要在草坡上打几个滚。有一次，天已傍晚了，他心急想赶路，可是我还沾着一身一头的花絮和野草，赖在树底下不肯走。他又好气又好笑地对我说：

“我看哪，你就干脆留在这里放羊算了!”

他的这句话，就和眼前的夕阳一样，有哪一点相连贯的地方呢？为什么给我一种似曾相识的感觉呢？这傍晚的青草的幽香……

对了！我本来应该是一个在山坡上牧羊的女孩子，那大地的血脉就流在我身上。迎着夕阳，一个穿红裙子的女孩从青青的山坡上下来，温驯的羊群在她身旁挤着擦着，说着些只有他们自己听得懂的话。而那傍晚青草的幽香，那只有在长城外的黄昏里才有的幽香啊！

但是，我本来应该是的，我现在并不是。我所拥有的，仅仅是那份渴望而已。

而我所拥有的，只有那在我全身奔腾的古老民族的血脉。我只要一闭眼，就仿佛看见那苍苍茫茫的大漠，听见所有的河流从天山流下。而从山黯暗，那长城万里是怎么样地从我心中蜿蜒而过啊！

选自尔雅版《成长的痕迹》

四　季

/夏　云/

刚到欧洲，少女急于等待一个晴朗的日子。

“可是，在鲁汶，夏天就是这样的。”他们说。

阴天，毛毛雨，穿一件毛衣，撑一把伞。运气好，会有一两个晴天，运气不好，会下上一个暑假的雨。湿淋淋的人行道上的落叶由青转黄，然后：“夏天已经过去了！”他们说。

可是，她还没看过一朵云彩哩，那一小朵、一小朵飘拂过天空的云彩，这里难道没有吗？

于是，她孤独地投身在人群里，人群也以孤独还掷向她。可是，她本来并不一定要这样做的。属于她的夏天并不是这样的，躺在家屋后青青的山坡上，有微醉的南风，开得太乱了的扶桑，和一整个下午的金色阳光。

还有，还有那人从山坡下静静地向她走来。映影在他微仰着的年轻的脸上，便是蓝天里的云彩。

而她本来可以拥有这样的夏天的。

/秋　雨/

她高中毕业时，他曾来向她道贺。

脱下了白衫黑裙，换上了一件姐姐做了又不喜欢穿、转送给她的粉色衣裳，女生宿舍的门在她身后变得灰黯了。

到了晚上，下过一场雨，他们还在河滨公园散步。树梢还存着满盈的雨珠，走过一棵树下时，她用手摇了摇枝干，然后轻巧地往前一跳，再回头，走在身后的他刚好站在树下，雨珠洒了他一身，在路灯的光晕里，她笑弯了腰，他也陪着傻笑。

六年过了，也是一个细雨的午后，从福莱堡新城区一个圆形的教堂走出来，弥撒完了，瑞士人呼朋唤友，嘻哈地离去。在欧洲是客，在瑞士她更是客，于是，她又一次孤独地走上归途。红褐色的高跟鞋踩着红褐色的落叶，在一个转角处，一丛横生的低枝拂过她的肩膀，整棵树上的雨珠霎时洒满了她一身，她不禁想起了什么似的站住了。

等她再回到圆山的河滨公园时，又是六年过去，小树已长成亭亭华盖，她也变成了少妇，而粉色衣裳不知到哪里去了。

啊！年华，逝水年华。

/冬　雪/

婚后，体贴的丈夫送给她一只安哥拉猫。

丈夫去实验室的时候，她就坐在长窗前画画，猫就安静地坐在窗台上陪着她。有很多时候，她都只是拿着画笔，凝视着窗外，那灰沉的天空下，正是她几年以前梦寐以求的布鲁塞尔。当年她曾什么都不要，只求能远走高飞，而现在，少妇什么都不想，只求能重闻南国的馨香，这是一种什么样的安排呢？

而有一天，天空越来越暗，终于，雪下来了，猫轻巧地跃上窗台，隔着玻璃，把头仰得高高的来迎接飘下来的大片雪花，然后眼睛跟着它旋转、落下。然后又抬起头来看另外一片，全神贯注地追踪着它们的飞舞，它的静止的黑色身影与跃动的白色雪花衬着大而明亮的玻璃产生了一种纯粹的素描才有的美感。

她停下画笔，屏息地注视，她忽然明白，假如有一天能回家，她也许又会想念这一刹那了。

而事情果然是这样地发生了。

/春　雷/

撑着雨伞，进入教室，开始了她回国后的第一节课。她以为会看到一群陌生的面孔。

然而，在她走上讲台，静下来一望以后，她看到的，是几十个光彩焕发的面孔，几十个像她从前那样充满了憧憬与渴望的面孔，几十个她……

窗外，春天的第一声雷响了，拿起粉笔，她很迫切地，想把这种感觉抓紧。怎么样，才能使自己明白，奔走天涯所寻求的东西，就在家乡。怎么样，才能让另外一代的“她”明白，不要再走一条被愚昧的自我所安排了的路？

怎么样，才能让她们知道，她们本来可以拥有的，是多么美丽的一个春天。

选自尔雅版《成长的痕迹》

猫　缘

/1/

女孩有一个很甜蜜的家。在高高的山坡上，有一个很大的庭园。父亲和姊姊们都爱养狗，因此院子里总有一两只小狗跑来跑去。女孩也很喜欢狗，不过，她最爱的，恐怕是一只尾巴折起来的小黄猫。

那是上大学时，一个男同学送她的，刚带回来的时候，又瘦又丑，一副不讨喜欢的样子。她耐心地喂食，慢慢地调理，过了一个春天，居然也长得很有模有样了。猫大概自己也知道，坐在墙上晒太阳时，总装得很威武，金黄色的毛闪闪发光。只是母亲有令，猫狗一律不准进屋子，父亲和孩子们只好趁母亲不在家时，偷偷地把宠物抱进来玩一玩。

女孩那时候想出国，晚上常去上西班牙文课，或者法文课，回家总是很晚了，她的猫常常会跑到巷口来等她。有月亮的晚上，刚刚爬上坡，离家门还有好远的距离的时候，猫就认出她来了。巷子里空无一人，忽然之间，从墙上跳下一个东西，在地上打起滚来，虽然明知是她的猫，可是，每次还是会吓一跳。

然后，就会想到这小东西不知道从什么时候就开始等在这里，从高高的墙上引颈等待它的主人，不禁从心里对它又爱又疼起来。就一路咪咪咪咪地叫过去，猫大概也知道主人的心，所以总是躺在地上撒娇，一直到女孩走近，把它抱起来，才心满意足呼噜呼噜地靠在她怀中。

/2/

出国以后，想家想得紧，女孩唯一能解乡愁的方法就是给父母亲写一封又一封的长信，最后总会带上一句，拜托多抱一抱小黄猫。

刚离家，心里总是慌慌的，也不大出去玩，中国同学会的会长硬到她宿舍把她请出来，带她到学生中心去过周末。有中国人的地方是比较温暖，大家挤在厨房里包饺子，女孩虽然不会包，但是跟着打杂，心里也高兴起来了。

“嗨！老兄，怎么不吃饭就走?”会长向餐厅那个方向大声说话，大概有个同学有事要先走。

“抱歉，我约好了去车站接人，等会儿再来，给我留点儿饺子好吗?”那个同学一面回答一面打开门走了。他大概是北方人，说得一口标准国语，声音也非常好听，好像是有一种磁性的男低音。

女孩下意识地从厨房伸头出去看看，却刚好看到关上的门，心中不禁有点失望。她实在有点好奇，想看看有这么好听的声音的人，长得是什么样子。

不知道是车子误点，还是朋友把他带走了，一直到最后一个饺子都被人吃光了为止，那个声音都没出现。女孩想问会长为什么不替他留几个饺子？却又不知道该怎么开口。

有一点怅然，想着下个礼拜还要来。

/3/

接下来的几个礼拜，学校功课很多，到了周末还要赶作业，加上女孩生性好强，考试想出人头地，于是，更没有时间出去玩了，早已把这件事情忘记得干干净净。一直到夏天都到了，会长的一个电话，才又让她去了一趟学生中心。

火车到站时，她自己已认得路，慢慢地找过去。时间还早，图书馆里没人，乒乓球室也没人，餐厅也是空的。到了厨房，只看到有一个高大的男生蹲在角落里忙着，她走过去一看，在刚做好的舒适的窝里，四只圆滚滚的小猫睡成一堆，有白有黑有黄，可爱极了，她不禁叫起来：

“哎呀！好可爱哟!”一面就要伸手去抱。

“小姐，别碰！让它们的妈妈把这碗饭吃完好吗？”

那个男生伸手拦住她，同时还指一下在窝旁不安的老猫，那个老猫可真瘦！

“好可怜的老猫，没东西吃还要喂小的，你看，几天就瘦下来了。”

还是那个男生在讲话，这时候，女孩想起来了，这就是那个她很想看一下的男低音，不禁好奇地对男生看过去，那个男生也正好转过脸来。

于是，故事就这样开始了。

/4/

两年以后，他们订了婚，再过两年，他们结了婚。

在结婚的前夕，女孩问男孩，他想不想知道，她为什么嫁给他。新郎说想听，于是，新娘就说了，很郑重其事地：

“第一，我爱听你的声音，你的标准国语。第二，因为你爱猫。我想，一个那么爱猫的男生，一定有一颗善良的心，将来除了爱猫之外，一定也爱太太，爱小孩。”

新娘果然没有猜错，她的新郎极爱她，婚后没多久，就给她带回一只很小的安哥拉猫来。

母亲不在身边，新娘极度地纵容这只又小又凶的猫，整天开着房门让它进进出出，到超级市场买婴儿食品回来喂它，让它睡在沙发上它还不知足，总是在新娘刚洗好烫好的衣服堆上睡觉，为了怕寂寞，还买了几只小鸟，在客厅里做了一个大鸟笼来陪它。

猫也很聪明，能够分辨得出男主人回家的车门开关的声音，一听到那个声音，马上会从鸟笼顶上跳下来，走到屋门前，站起来抓住门把，把门打开。男主人兴奋得很，每次有客人来就要叫他的猫出来表演，可是见了生人，猫每次都怯场，客人也只好将信将疑地回家了。

要回国时，女主人流着泪把鸟笼拆了，小鸟分送给朋友，猫送给了一个外国老太太，听说也极宠它。

/5/

回国好多年，他们也有了自己的孩子，女人没猜错，丈夫也很爱孩子。

但是，有了孩子以后，女人变成一个有了洁癖的主妇，整天不停地洗这洗那，常常为了抱一次婴儿而洗上两三次手，总要确定手是完全干净以后，才敢碰孩子。孩子的床一定要没有灰尘，孩子的房间一定要没有虫蚁，猫和狗忽然变成世界上最可怕的东西了。

可是，丈夫却继续爱他的猫，只是，每次他抱一只猫回来她都会大叫，丈夫只好又送回去。

孩子们慢慢长大了，也跟父亲一样爱猫，有时候也跟着他们的父亲向她哀求，留下一两只猫。

有一天，在房间里给自己的母亲写信，她听到女儿在向邻居介绍：

“这是我们的大咪、二咪。它们还有一个爸爸咪不常回来，它们的妈妈咪让我的妈妈送走了。有时候会有一只母猫跟着爸爸咪回来，我们就叫它情妇咪。那边那个小小的是孤儿咪，是自己跑来的。还有一只丑咪常常来偷饭吃，还有一只客人咪。不过，平常在家的，只有大咪、二咪两兄弟，我爸爸天天喂它们，跟它们讲话。”

“不过，我妈妈很讨厌猫，猫一进屋子她就大叫，我们跟爸爸只好趁她不在家的时候，把猫偷偷地放进来，抱一抱。”女儿的声音带着稚气，却还是一本正经的。

女人对着信纸，不禁微笑起来。傍晚的室内，有一种温馨的柔光。

选自尔雅版《成长的痕迹》

我们去看煙火好嗎
去 去看那
繁花之中如何再生繁花
夢境之上如何再現夢境

讓我们並肩走過荒涼的河岸仰望夜空
生命的狂喜和刺痛
都在這頃刻 宛如煙火

〈請柬〉 1989·5·22

慕容手抄於2016·6·21 夏至

成长的痕迹

/山百合/

也许事情总是不一定能如人意的。可是，我总是在想，只要给我一段美好的回忆也就够了。哪怕只有一天，一个晚上，也就应该知足了。

很多愿望，我想要的，上苍都给了我，很快或者很慢地，我都一一地接到了。而我对青春的美的渴望，虽然好像一直没有得到，可是走着走着，回过头一看，好像又都已经过去了。有几次，当时并没能马上感觉到，可是，也很有几次，我心里猛然醒悟：原来，这就是青春！

那一个夏天，我快十八岁了，和大学的同学们到横贯公路去写生，住在天祥。夏日的山绿得逼人，有一个下午，我和三个男同学一时兴起，不去和别的同学写生，却什么也不带的，往一座被我们端详了很多天的高山上爬去。那是一座非常清秀的山，被众山环绕，隐隐然有一种王者的气质。

而当我们经过一个多小时累人的攀爬，终于到了一处长满了芳草的斜坡时，天已经慢慢暗下来了。面对着眼前起伏的峰峦，身后一片挺秀斜斜地延展上去的草原，风从下面的山谷里吹上来，我们惊讶地发现，在这高山上，在这长满了荒草的高山上，竟然四处盛开着洁白的百合花。

而在那一刻，我心里开始感到一种缓慢的痛苦，好像有声音在我耳旁，很冷酷地告诉我：你只能有这一刹那而已。在这以前，你没料到你会有，在这之后，你会忘掉你曾有。百合花才是完完全全属于这里的，而你只不过是一个过客，必得走，必得离开。不能像百合一样，永远在这座山峦上生长、盛开。

黄昏时的山峦有一种温柔而又凄怆的美丽，而我心何所归属？三个男孩子躺在我身后的草坡上，大声地唱着一些流行的歌曲，荒腔走板地，一面唱一面笑。青春原该是这样快乐无忧的，而我，我为什么不能和他们一样呢？为什么却怔怔地站在这里，对这些在我眼前盛开着的山百合怀着那样一份忌妒的心思呢？

是怀着那样一份强烈的忌妒，我叫一位男同学替我采下一大把纯白的百合，我把它们紧紧地抱在怀里，带下山去。

可是，没有用，真的没有用。正如那声音所告诉我的一样，我仍然无法把握住那些逝去的时刻。而那些被我摘下的百合虽然很快地都凋谢了，可是，在我每次回想起来的时候，它们却总是依旧长在那有着淡淡的斜阳的高山上，盛开着，清纯而又洁白，在灰绿色的暮霭里，对我展现出一种永不改变和永远无法触及的美丽。

/那一轮月/

因此，在那个晚上，当月亮照进那古老的山林里的时候，我必也曾深深地感动过吧。

当时那样的年轻，总以为这些时刻是本来就会出现的，是我该享有的，心里的感动只是因为它们出奇的美丽而已。却一点也没想到，能有那样的一个晚上，能在初春的季节来到那样高的一座山上，能有那样一大片郁郁苍苍的林木，能有那样一整夜清清朗朗的月光，实在是一种人间稀有的遇合，一场永不会再重现的梦境。

那天晚上，站在那条曲折的山径前的时候，我刚刚二十岁，月亮刚刚从山边升起。

那是怎样的一轮月啊！

在它还没出现的时候，世界一片阴暗，小径显得幽深可怕，我几乎没有勇气举步。而当月亮从山后升起来的时候，就在那一刹那之间，所有的事与物都和月亮一样，对我发出一种如水般清明透亮的光泽，我的心也在那刹那之间，变得饱满、快乐和安详。

幸福有时候就只是一种非常单纯的感觉而已。在那一夜，当我顺着那一条长满了羊齿植物的小径，缓缓地往山上走去的时候，也许是因为路的迂回，也许是因为心中的快乐，竟然一点也不觉得攀爬的辛苦和费力。

走到一块林木稍微稀疏的空地上，刚好有几块大石头可以让我们坐下来休息一下，当我抬头仰望天空的时候，只觉得那些树怎么长得那样直，那样高。月光在那样清朗的天空上如水银般直泻下来，把我整个人都浸在月光里，觉得心也变得透明起来了。青春真如醇酒，似乎都在那夜被我一饮而尽，薰然而又芬芳。

那是怎样的一种青春啊！

而并不是夜夜都能有那样一轮满月的，也并不是人人都能遇到那样的一轮满月的。青春的美丽与珍贵，就在于它的无邪与无瑕，在于它的可遇而不可求，在于它的永不重回。

而今日的我，在怅然回顾时的我，对造物的安排，除了惊讶与赞叹之外，还有一份在年轻的日子里所没能察觉到的，一份深深的信服与感激。

/八里渡船头/

说不上来是为了什么。每一次，在眼前的工作越积越多的时候，在又忙又累的拼过一阵子以后，或者，在心里若有所失的时候，我就很想一个人再去一次淡水。

只想去走一趟那条长长窄窄的老街，想去坐一趟渡船，再渡一次，渡我到对岸。

对岸就是那个古旧的地方，那个很早很早的时候就有的地方，那个有着一个很朴拙温柔的名字的地方——八里渡船头。

在这世界上，很多事与物都会改变，而且改变得很快，改变得很大，因此，我已经开始提防起来了。每次在碰到那样的时刻的时候，心里早已筑起一座厚厚的墙，把最柔弱的一处保持起来，竭力使自己不要受伤。几次之后，墙越筑越厚，在日子久了以后，竟然会忘了在自己心中，曾经有过一处不能碰触的弱点了。

可是，当有一次，不能置信的一天，在面对着经过那么多年，仍然坚持着，怎样也不肯改变，并且依然如年轻时那样对我微笑，爱怜地俯视着我的那一座山峦时，我心中最柔弱的那一点忽然苏醒了，并且以惊人的速度膨胀了起来。

那是一个初冬的下午。好多年没有来了。在一个偶然的机缘之下，我坐上了渡船。心里本来是很烦躁的，因为要应付那么多陌生的人，要说出那么多客套话，那样的勉强和不情愿。可是，当我走到淡水港边那个古旧的码头前时，忽然觉得有些什么东西似曾相识，有些什么非常安静的气氛进入我的心中，使得我整个人也逐渐地安静了下来。

上了船以后，船慢慢地往对岸过去。海风就一直吹着我的脸和我的衣裳，水鸟从船头掠过。我静静地凝视着对面的观音山，那对我逼近的山色，忽而灰蓝，忽而碧绿，忽而淡紫，而每一种变化与每一种颜色都似曾相识。

是了！那就是一直萦绕在我心中的那种记忆和那种颜色。无法叙述、无法描绘也无人能相信的那种心事，还有，还有那在很年轻的时候就有的那种忧伤。

隔了那么多年，重来过渡，忧伤竟然仍然在那里。在暮色苍茫的渡口前，在静静地俯视着我的山峦之间，忧伤竟然仍然在那里等待着我。而那一刹那，我心里最柔弱的那一部分终于被触痛了，伤口重新裂开，热血迸出，泪如泉涌。

原来，原来世间的一切都可伤人。改变可以伤人，不变却也可以伤人，所有的一切都要怪那颗固执的怎样也不肯忘记的心。

原来，年轻的时候感觉到的那种不舍，那种对造物安排的无奈，在二十年后，竟然又重新而且非常强烈地来到心中。尽管周遭有些事物确然已经改变了，尽管有许多线索与痕迹都已经消失了，却仍然有些不变的见证还坚持地存在着。那就是迎面而来高高耸立的观音山，和陡峭狭窄长长地延伸到海中的——八里渡船头。

从此，这一处地方就变成了我的一种隐秘的疼痛，也因而更变成了一种隐秘的安慰。每当我想逃离永远堆积在眼前的工作的时候，每当我心里觉得非常疲倦的时候，我就很想一个人再去一次淡水。

想去走一趟那条长长窄窄的老街，想去再坐一趟渡船，再渡一次，渡我到对岸。

渡我到我的对岸。

/在南下的火车上/

有时候，对事物起了珍惜之心，常常只是因为一个念头而已，这个念头就是：这是我一生中仅有的一次，仅有的一件。

然后，所有的爱恋与疼惜就都从此而生，一发而不可遏止了。而无论求得到或者求不到，总会有忧伤与怨恨，生活因此就开始变得艰难与复杂起来。

而现在，坐在南下的火车上，看窗外风景一段一段的过去，我才忽然发现，我一生中仅有的一次又岂止是一些零碎的事与物而已呢？

我自己的生命，我自己的一生，也是我只能拥有一次的，也是我仅有的一件啊！

那么，一切来的，都会过去，一切过去的，将永不会再回来，是我这仅有的一生中，仅有的一条定律了。

那么，既然是这样，我又何必对某些事恋恋不舍，对某些人念念不忘呢？

既然是这样，为什么在相见时仍会狂喜，在离别后仍会忧伤呢？

既然没有一段永远停驻的时间，没有一个永远不变的空间，我就好像一个没有起点没有终点的流浪者，我又有什么能力去搜集那些我珍爱的事物呢？搜集来了以后，又能放在哪里？

而现在，坐在南下的火车上，手不停笔的我，又为的是什么呢？

我一直觉得，世间的一切都早有安排，只是，时机没到时，你就不能领会，而到了能够让你领会的那一刹那，就是你的缘分了。

有缘的人，总是在花好月圆的时候相遇，在刚好的时间里明白应该明白的事，不多也不少，不早也不迟，才能在刚好的时刻里说出刚好的话，结成刚好的姻缘。

而无缘的人，就总是要彼此错过了。若真的能就此错过的话倒也罢了，因为那样的话，就如同两个一世也没能相逢的陌生人一样，既然不相知，也就没有得失，也就不会有伤痛，更不会有无缘的遗憾了。

遗憾的是那种事后才能明白的“缘”。总是在“互相错过”的场合里发生。总是在擦身而过之后，才发现，你曾经对我说了一些我盼望已久的话语，可是，在你说话的时候，我为什么听不懂呢？而当我回过头来在人群中慌乱地重寻你时，你为什么又消失不见了呢？

年轻时的你我已是不可再寻的了，人生竟然是一场有规律的阴错阳差。所有的一切都变成一种成长的痕迹，抚之怅然，但却无处追寻。只能在一段一段过去的时光里，品味着一段又一段不同的沧桑。可笑的是，明知道演出的应该是一场悲剧，却偏偏还要认为，在盈眶的热泪之中仍然含有一种甜蜜的忧伤。

这必然是上苍给予所有无缘的人的一种补偿吧。生活因此才能继续下去，才会有那么多同样的故事在几千年之中不断地上演，而在那些无缘的人的心里，才会常有一种似曾相识的模糊的愁思吧。

而此刻，坐在南下的火车上，窗外的天已经暗下来了。车厢里亮起灯来，旅客很少，因而这一节车厢显得特别的清洁和安静。我从车窗望出去，外面的田野是漆黑的，因此，车窗像是一面暗色的镜子，照出了我流泪的容颜。

在这面突然出现的镜子前，我才发现：原来不管我怎样热爱我的生活，不管我怎样惋惜与你的错过，不管我怎样努力地要重寻那些成长的痕迹；所有的时刻仍然都要过去。在一切痛苦与欢乐之下，生命仍然要静静地流逝，永不再重回。

也许，在好多年以后，我唯一能记得的，就是在这列南下的火车上，在这面暗色的镜前，我颊上的泪珠所给我的那种有点温热又有点冰冽的感觉了吧。

选自尔雅版《成长的痕迹》

几何惊梦

总是会做这样一类的梦：知道这一堂要考试，但是在大楼里上上下下，就是找不到自己的教室；要不然就是进了教室，老师来了，却发现自己从来没有上过这么一门课，也没有课本，坐在位子上，心里又急又怕。

还有最常梦到的一种，就是把书拿出来，却发现上面一个字也看不懂，而其他的人却笃定得很。老师叫我起来，我张口结舌，无法出声，所有的同学都转过头来，用一种冷漠、不屑的眼光看我，使得我在梦里都发起抖来。

醒来的时候常常发现整个人紧张得都僵住了，要好半天才能缓过气来，心里好像压着一块重东西，非要深呼吸几次才能好转，才能完全恢复清醒。醒了以后，在暗暗的夜色里，自己会在床上高兴得笑起来，庆幸自己终于长大了。

终于长大了，终于脱离了苦海了。那个苦海一样的时代，噩梦一样的时代，要上数学、上物理的时代，我终于不必再回去了。

初中二年级，从香港来考联合招收插班生的考试，考上了当时的北二女（现在的中山女高），被分到初二义班，开始了我最艰难困苦的一段日子。奇怪的是，在香港的小学时代，我的脑子好像还可以，算术课也能跟得上，可是，进了北二女后，数学老师教的东西，我没有一样懂。

那是一种很不好受的滋味：老师在台上滔滔不绝，同学在台下听得兴味盎然，只有我一个人怔怔地坐着，面前摆了一本天书。我尽量想看、想听，可是怎么也进不去她们的世界里。我唯一能做的事，就是用一支笔在天书上画图。一个学期下来，画出一本满满都是图画的几何或者代数，让我家里的补习老师叹为观止，还特意拿了一本回去给他的同学看。那些在理工学院读书的男生看过以后，都没有忘记，隔了快二十年的时间，还有人能记得我的名字，还会跑来告诉我，他们当年曾经怎样欣赏过我的数学课本。

当然，在二十年后的相遇里，提起这些事情实在是值得开怀大笑一场的，不过，在那个时候，在我坐在窗外种满了夹竹桃的教室里的那个时候，心情可是完全不一样的。

在那个时候，数理科成绩好的，才能成为同学羡慕的好学生，而文科再好的人，若是数理差，在班上就不容易抬起头来。记得有一次，我得了全初三的国文阅读测验第一名，名字公布出来，物理老师来上课的时候，就用一种很惋惜的口吻说：

“可惜啊！国文那么通，怎么物理那么不通呢？真是可惜啊！”他一面笑一面摇头。

同学们也都回过头来对我一面笑一面摇头，大概因为我刚得了奖的关系，班上还弥漫着一股温和友爱的气氛。可是，有一次却不是这样的。

那一次，也是全班都回过头来对着我，我的座位是最后一排最靠窗边的一个位子，数学老师刚刚宣布了全班上一次月考的成绩和平常分数，我是最后还没有揭晓的一个人，老师问我：“席慕蓉，你知道你得了几分吗？”

她的声音很冷，注视着我的眼光也好冷。全班同学一起回过头来盯着我，我整个人僵住了，硬着头皮小声地回答：

“不知道。”

“让我告诉你，月考零分，平时零分。”

一霎时，四十多个人的眼光里，那种冷漠，那种不屑，那种不耻与我为友的态度都很明显地表现出来了。对一个十二三岁的女孩来说，实在是需要一点勇气才能承担起那样一种无望与无告的困境的。奇怪的是，本该落泪的我那时没有流一滴泪，只是低下头来等着那一刹那过去，等着让时间来冲淡一切、补救一切。

表面上，日子是一天一天地过去了，而在夜晚，冰冷的梦境从此一次次地重演，把我拉进了最暗最无助的深渊。

那个时候，好恨老师，也好恨自己。家里为了我，补习老师是不断的。可是，当时没有一个人知道，我是个天生的“数字盲”。假如世界上真有这种病症的话，我就是这种人。和“文盲”不同，文盲只要能受教育，就可以治愈，而数字盲却是永远无药可救的。

跌跌撞撞地混到初三下，数学要补考才能参加毕业考。补考的头一天晚上，知道事态严重，一个晚上不敢睡觉，把一本几何从头背到尾，心里却明白，这样并没有什么用，不过只是尽人事而已。

第二天早上，上数学课时，讲到一半，老师忽然停下来，说要复习，就在黑板上写了四题让全班演算。我是反正照平常的样子在数学簿子上把数目字乱搬一气，心里却一直惦记着下午的补考。

下课以后，老师走了，班上的同学却闹了起来。她们认为，这四题和正在教的段落毫无关系，没头没脑的四条简单的题目出在黑板上，老师一定别有用心。

数学补考定在下午第一堂，地点是在另外的一个教室里，我们班上要补考的人有七个，忽然之间成了全班最受怜爱的人物了。

三十几个优秀的同学分成七组，每一组负责教会一个。教了半天没有效果，干脆把四题标准答案写出来教我们背，四道题之中，我背会了三题，在下午的补考试卷上得了七十五分，终于能够参加毕业考，终于毕了业。

那么多年过去了，那天的情景却也始终留在我心中。假如说：初中两年的数学课是一场噩梦的话，那么，最后的一堂课却是一段温馨美丽的记忆。我还记得那些同学一面教我们，一面又笑又叹气的样子，教室里充满了离别前的宽容和依依不舍的气氛，那样真挚的友爱温暖了我的心，使得从来不肯流泪的我在毕业典礼上狠狠地哭了一场。而在讲台上坐着的数学老师和国文老师一样，都在微笑地注视着我，她们一样关切和一样怜爱的眼光，送我离开了我的初中时代。

终于逃脱了那场噩梦，我是绝不肯再回去的了。所以，高中就非要读台北师范的艺术科不可，因为我仔细查过他们的课程表，一堂数学课也没有。

当然，现在有很多人会说：我是从小就喜欢画画，加上初中时美术老师的鼓励，所以毅然决然地选择了这一条路的。其实，事情并不全是这样，我其实并不一定要学画画的，与其说是美术老师鼓励我，倒不如说是数学老师逼着我走上这一条路的，因为，除此以外，我无路可走。

不过，我现在无论怎么向人家解释，人家都不会相信，他们总是微笑地说：

“哪里！你太客气了，你太谦虚了。”

而只有在我常做的那个噩梦里，他们才会相信我，才会一起转过头来，用那种冷冷的目光注视着我，使我一次又一次地重新掉进那无望无告的深渊。

选自尔雅版《成长的痕迹》

莲座上的佛

风声是很早就放出去了，因为，我很爱看朋友们那种羡慕得不得了的样子：“真的要去尼泊尔啊？”

朋友的眼睛好像在刹那间都亮了起来。于是，我就可以又得意又谦逊地回答他们：“是啊！不过还不知道手续办得怎么样？假如办成的话，我们还要去印度，去喀什米尔哩！”

是一种什么样的心情！当年去欧洲读书的时候，好像还都没这么兴奋。向别人说起那些遥远的地方的名字时，真有种陶陶然、熏熏然的感觉。

我一直想去那种地方，遥远、神秘和全然的陌生。不管是金碧辉煌的古老，或者是荒芜脏乱的现代，一切都只是在一种道听途说的传言里存在，和我没有丝毫痛痒相关，我可以用欣赏童话的那种心情去欣赏那块土地，不必艳羡，不必比较，也不必心伤。

而飞机飞到加德满都盆地上空时，也真给了我一种只有童话里才能有的那种国度的感觉。从特别白、特别厚的云层掩映下，一点点地向我们逐渐展露出来的丰饶的绿色高原，有那样干净美丽的颜色，房屋、树木、山峦都长得恰像我梦里曾经臆测过的模样，又好像一张年代稍有点久远、可是笔触仍然如新的透明水彩画。

在那个时候，我并没想到，有一件事情正在等待着我。在事情发生之前，我是一点也没能料到的。

到了加德满都，住进了“香格里拉”旅馆，稍事休息，喝了旅馆特别为我们准备的迎宾酒后，我们就开始参观活动了。第一站就是城郊东方的山上那座“四眼神庙”，那是世界上最大也是最古老的一座佛塔。同行的尼泊尔导游很热心地为我们讲解：塔是实心的，底下的圆座代表宇宙，而上面四方座上画的四面佛眼代表佛在观看注视着众生，然后，然后……他的英文带有很重的土腔，听起来很费力，于是，我们就一个两个地慢慢溜开了。要溜就要赶快，否则，只剩下你一个人时，就很不好意思而必须硬着头皮听下去了。

我溜到佛塔旁边一个卖手工艺品的小店里，霎时间目迷五色，把外面的佛塔、寺庙全都忘了。小小的店里，摆满了精致美丽的东西：镶着银丝套子的弯刀，缀满了彩色石头的胸饰，还有细笔画在画布上的佛画，还有拿起来叮当作响的喇嘛教的法器，我简直迫不及待地想问："怎么卖？多少钱？"

不过，同行的爱亚比我早，已经拿起一个银镯子来问价钱了。她要店主翻译那镯子上刻着的文字是什么意思。看他们两个说得正热闹，我只好在旁边先挑一些东西出来，等他们说完话。

可是，他们两个大概碰到难题了，僵在那里半天，爱亚过来叫我，要我给她翻译一下，因为有一句话她怎么也听不懂。

面孔黝黑的尼泊尔店主指着手上拿着的那个银镯子说：

"这是一句经文，我念给你听，它的意思是说：莲座上的佛。"

他念出了那句经文：

"唵嘛呢叭咪吽。"

然后，我整个人就呆住了。

爱亚在旁边等着我的翻译，店主也在旁边等着我翻译，店里还有几个同行的朋友也在看着我，可是，我就是说不出话来。

我无法说话，因为我心里在霎时之间忽然觉得很空，又忽然觉得很满。

那样熟悉的一个句子，却在那样陌生的地方，从那样陌生的一个人的嘴里说出，怎么可能？怎么可能！多少年了！

多少年以前的事了？外婆还在的时候，在我还很小的时候，我就常常听到外婆念这句经文。常常是傍晚，有时候是早上，外婆跪在干干净净的床上，一遍又一遍地俯拜、叩首。长长的蒙古话的经文我听不懂，可是，这一句反复地出现，却被我记住了。

而当时的我，甚至，过了这么多年的我，并不知道我已经把它记住了。在这一刹那之前，我是一点也不知道，我已经把这句经文记住了。

外婆只有我母亲一个女儿，我们这几个孩子是她心中仅有的珍宝。不管我们平常怎么淘气、怎么不听话、怎么伤她的心，在她每天晨昏必有的日课里，在她每天向佛祖祈求的时候，一定仍是一遍遍地在为我们祷告，为我们祈福的吧。

隔了这么多年，我仍然能清晰地记起外婆在床上跪拜，我在门外注视着她时的那些个安静而遥远的清晨或傍晚。我还能记得从院子里飘进来的桂花的香气，巷子里走过的三轮车的铃声，还有那个年轻的我，有点惭愧又有点感激的我，装着是不在意似的倚在门边，心里却深深地知道，知道外婆永远会原谅我、永远会爱我的。

一定是这样的吧。所以，隔了这么多年，要我走了这么多路，就只是为了在这里，在这个时候，再向我证实一次她对我的爱吧。一定是这样的吧！

我竭力想把这些思绪暂时放下，竭力想恢复正常，好来应付眼前的局面。可是，我的声音还是出不来，然后，眼泪就成串地掉了下来。

人生遇合的奇妙远超过我所能想象的。在那一刹那，胸臆之间充塞着的，似乎不单只是一种孺慕之情而已，似乎还有一些委屈，一些悲凉的沧桑也随着热泪夺眶而出。

事情就是这样了。在一两分钟后，我终于能够哽咽地把这句经文译了出来，也终于能用几句简单的话把我的失态向爱亚解释了一下。爱亚真正是能体贴我心的好友，她一直安静、忍耐地等在旁边，当时并没有急着要来安慰我，事后也没有再提过一句，却能让我感受到她的了解与关怀。

从那一刻以后，加德满都盆地的美丽风光对我就变得不再只是神秘遥远的香格里拉而已了。从那一刻以后，有些庄严而又亲切的东西将我系绊住了，我与那一块仙境似的土地之间竟然有了关联。

莲座上的佛啊！这一切，想必是你早已知道，并且早已安排好的吧？

选自尔雅版《成长的痕迹》

那串葡萄

以前一直是很恨史坦因的，当然也恨那个王道士，每次一碰到些什么有关敦煌的报导，读到这一段，我总会跳过几页，躲着不去看它。想着那些被英国人一批批运走的珍宝，心里就急了起来。其实，也已经是好几十年、好几十年以前的事了，可是，只要一提到这件事，仍然像有把火在什么地方猛然烧了起来一样，整个人就慌乱气闷得不知如何是好。

而今年夏天，在印度新德里的国家博物馆里，我却与他们碰个正着。

事先，我和同行的朋友们都以为要参观的是古老的印度文物。开始时也确是如此，从史前时代的石器、铜器开始，我们一个展览室一个展览室的闲逛着。离我们那样遥远的生活，被标上了年代放在大柜子里，就变得更遥远和更冷漠了，不过，博物馆不是一向就是如此的吗？

所以，当我怀着同样冷漠而淡然的心走上了楼梯，走进了二楼的一个展览室之后，忽然觉得有些什么感觉不大一样了。在还不太能分辨得出来到底是什么缘故的时候，只觉得室内的灯光变得柔和了，墙上缤纷的艺术品也跟着发出一种温柔和细致的光彩，我好像置身在一个似曾相识的梦境里。

“好像在哪里见过。”

果然是见过的。墙上挂满了敦煌的绢画、佛幡，柜子里成列的都是从高昌的古墓里发掘出来的遗物，都是史坦因找到的，在运回英国的途中，留了一部分在新德里的国家博物馆。

而那串葡萄，就放在一个密闭的玻璃盒子里。盒子再放在一个密闭的玻璃柜子里，旁边的标示写着，是公元七到八世纪，隋朝高昌故址阿斯塔那（Astana）古墓里的祭物。

那就是说，这一串葡萄是在一千多年以前，被人从树上摘下来放在墓园里的了。是那种传说里晶莹甜美的吐鲁番的马奶葡萄吗？是那种入口爽脆而又有着玫瑰香味的碧绿葡萄吗？在一千多年以前把它从枝上摘下来的人是谁呢？不知道是男子还是妇人？不知道摘下它的那一天是个什么样的天气？而在我眼前，在密闭的玻璃盒子里，葡萄已经干枯皱缩，分辨不出什么颜色来了，却仍然枝连着枝，果连着果，在一千多年以后，在我的眼前，庄严地坚持着它原来该有的形状和名字。

生命到底是脆弱的还是永久的？留下来的，究竟是一些什么？

"葡萄美酒夜光杯，欲饮琵琶马上催。"应该是真有其事的了。喝酒的征人容或已经消失了，可是，这么多年来，只要想起他们，他们就会在你眼前在你心中不停地饮，不停地醉，不停地弹着琵琶，不停地上马；而他们的豪情，伴着那夜里漠上的风沙，就会不停地向你扑过来，你想一想，他们什么时候消失过呢？和他们比，我们现在似乎是实，他们似乎是空，但是，再过几十年，我们会变成空，而在我们子孙的心里，他们却仍然是实的。只要我们子孙中任何一人读起这首诗，他们就会重新出现、重新开始不停地饮，不停地醉，不停地弹着琵琶，不停地上马；而我们，我们又会到哪里去了呢？

一千多年以来，在这块土地上，烽火没有停过，天空却照样晴朗，葡萄在那样晴朗的天空下熟过多少次？酿了多少杯？醉过多少征人？熙熙攘攘的形象最后都复归于尘土。可是，在那天，被一只也许是极为温柔的手所摘下的这串葡萄，被安置在燥热的沙土之下，却在几万个日夜的时光之后，被一只也应该是极为温柔的手所发掘了出来，重新走进了人世，走进每一个见过它，被它说服的人的心中。我在这里用了"说服"这两个字，是因为我找不到别的可以代替的字眼。因为，是这一串葡萄说服了我，让我重新认识了生命的另外一种温柔而又不变的坚强。

在那一刹那，我几乎要感谢史坦因了。也许，一个考古学者最大的愿望，就是要让很多人看见他所看见的，因而也就能相信他所相信的吧。也许，他也不过是一个和我一样的人，在初见这串葡萄时，觉得它的坚持的可笑，离开这串葡萄时，领悟了它的坚持的庄严，而最后，在回想起这串葡萄时，却终于发现了它的坚持中所含的温柔和美丽了吧。

他应该也不过是一个和我一样的人吧？

选自尔雅版《成长的痕迹》

槭树下的家

我先是被鸟的鸣声吵醒的。

是个夏日的清晨，大概有几十只小鸟在我窗外的槭树上集合了，除了麻雀的叽喳声之外，还有那种小绿鸟的嘤嘤声。我认得那种声音，年年都会有一两对小绿鸟来我的树上筑巢，在那一段时间里。我每天都能听到它们那种特别细又特别娇的鸣声，听了就让我想微笑、想再听。

屋子里面还留有昨夜的阴暗和幽凉。窗帘很厚，光线不容易透进来，可是，我知道，窗户外面一定有很好的太阳，因为，从鸟的鸣声里，可以听得出它们的雀跃和欢喜。

而且，孩子们也开始唱歌了，就在我的窗下。仔细分辨，唱歌的人有的是坐在矮墙上，有的是爬在树上。他们一面唱一面嬉笑，那种只有孩子们才能发出的细嫩的歌声，还有不时因为一种极单纯的快乐才能引起的咭咭格格的笑声，让睡在床上的我听了也不禁微笑起来。

原来，早起的孩子和早起的小鸟一样，是快乐得非要唱起歌来才行的啊！

在这些声音里，我也听出了我孩子的声音，对一个母亲来说，自己孩子的声音总是特别突出、特别悦耳的。一早起来不知道有些什么事情让他们觉得那么好笑的，那样清脆和圆润的笑声，真有点像荷叶上的露珠，风吹过来时就滑来滑去，圆滚滚的、晶亮亮的，一直不肯安静下来。

然后，忽然间传来一声低沉的喝止：

“小声一点，你妈妈还在睡觉。”

那是一种低沉而宽厚的男中音，是比我起得早的丈夫出去干涉了。其实，这个时候我已经完全醒了，可是我愿意假装安静地躺在床上，享受着他给我的关怀。

在阴暗和幽凉的室内，在我们干净而舒爽的大床上，我一个人伸展着四肢，静静地微笑着。把脸贴近他的枕头，呼吸着我最熟悉的气息，枕头套的布料细而光滑，触到我的脸颊上有一种很舒服的凉意。这是我的家，我的亲人，我热烈地爱着的生命和生活。我虽然知道在这世间没有持久不变的事物，虽然明白时光正在一分一秒地逐渐流失，可是，能够在这一刻，能够在这个夏天的早上清楚地感觉到自己的幸福，一种几乎可以听到、看到和触摸到的幸福，我恐怕是真要感谢窗外那十几棵的槭树了。

在房子刚盖好的时候就种下的这些槭树，长得可真是快，七八年前只有手臂样粗细的幼树，现在却个个都是庞然巨物了，跟着四季的变化，把我们这栋原来非常普通的平房也带得漂亮起来。它们实在很漂亮也很尽责，春天时长出好多软软的叶子，绿得逼人，一簇簇的小花开得满树，在月亮底下每一小朵，每一小簇好像都会发亮。夏天时给我们整片的浓荫，风吹过来，说要多凉就有多凉。秋来时可以变得很黄很红，几乎所有路过的人都会忍不住摘下一两片。到冬天的时候，满树的叶子都落了，屋子里就会变得出奇的明亮，而那些小绿鸟留下的窝巢就会很醒目地在枝丫之间出现了。孩子们爬上树去拿了下来，当作宝贝一样地献给我，小小的鸟窝编织得又圆又温暖，拿在手上虽然没有一点重量，却能给人一份很扎实的快乐。

对我来说，我的这一个槭树下的家，和它的小小窝巢也没有什么不一样啊！

我越来越爱我这个家了。仔细想一想，从小到大，我好像从没能在一个地方久住过。年少的时候，爱向朋友吹嘘，扳着指头向他们数我走过的地方和搬家的次数，越数越多，越数越兴奋、让那些从来没离开过家的朋友们听得一怔一怔的，我就会越发地眉飞色舞起来。

长大了以后，慢慢地懂了，遇到有人问起，也不大爱说了。心里面有了一种说不出来的闷闷的感觉，好像有一种委屈，也有一种不安，更有一种渴望。

渴望的是什么，自己也不大清楚，不过倒是常常会做着一种相似的梦。在那种梦里，我总是会走到一扇很熟悉的门前，心里面充满了欣慰的感觉，想着说这次可是回到家了，以后再也不会离开了，再也不会走了，然后，刚要伸手推门，梦就醒了。

每一次都是这样。只要是梦到回家，每一次都是这样，刚要推门、刚要看清楚家的面貌、刚要享受归来的快乐，梦就醒了。

在小的时候，家对于我来说，就是父母所告诉我们的那些祖先所传下来的美丽的故事，就是那一片广大的原该属于我们的土地，小小的心灵因而总觉得自己和身边的其他人是不一样的。等到长大了以后，出了国门去到欧洲读书的时候，才恍然于民族之间真正的异同，才发现，原来不管我怎样恋念于那些美丽得如神话般的故事，不管我怎样耿耿于怀那失去的塞外芬芳的草原，命运既然把我安置在这里，一定有它的寓意，我真正的家应该就是这里了。我和所有的朋友一样，从小一起长大，说着相同的话，怀着相同的心思，背负着相同的负担，我实实在在是一个和身边的朋友们完全相同的人啊！

因此，在欧洲的学业告一段落以后，就强烈地想要回来。开始的时候，长辈们并不太谅解，大家都希望我们能再考虑一下。丈夫和我，两个人求学的过程一直很顺利，如果再多留几年，也许还能再多有一些发展。可是，我们两人一封又一封的信写回家，只希望能让我们回来工作。

终于，他的母亲同意了。接到信的那天晚上，布鲁塞尔正下着大雪，我和他牵着手在漫天雪花的马路上飞奔而过，一面跑一面笑，路旁有行人停下来微笑地注视着我们，我就向他们挥手，大声地说："我们要回家了！我们可以回家了！"

真的，我那时候心里只有这一个快乐的念头；我没有什么远大的志向，更不认为我能有些什么贡献，我想回来的原因其实是非常自私的，流浪了那么多年，终于发现，这里才是我唯一的家。我只想回到这个对自己是那样熟悉和那样亲切的环境里，在和自己极为相似的人群里停留下来，才能够安心地去生活，安心地去爱与被爱。

所以，这个槭树下的家，就该是我多年来所渴望着的那一个了吧。不过是一栋普普通通的平房，不过是一个普普通通的家庭，不过种了一些常见的花草树木。春去秋来，岁月不断地重复着同样的变化，而在这些极有规律的变化之中，树越长越高，我的孩子越长越大，我才发现，原来平凡的人生里竟然有着极丰盈的美，取之不尽，用之不竭，我的心中因而常常充满了感动与感谢。

昨天傍晚，因为不放心后院里新移植的荷花，尽管从台北忙了一天回来，尽管天色已经很暗了，我仍然开了后门去探视。院子里很安静，荷花也无恙，这个时候，我听到在我身后的芭乐树上，在浓密的枝叶间，有小鸟扑着翅膀的声音。晚霞已从暗紫变成深灰，其他的小鸟们早就睡着了，只有这只小鸟在翻来覆去地扑着翅膀，大概是一只新来的吧，也许还不习惯。我屏息地站在树下，聆听着它小小的微弱的声音，好一会儿之后才慢慢静止，它终于睡着了。在我的已经开始结果的高大芭乐树上，它终于有了一个还算满意的窝。

我想，到了早上，它一定会和那几十只在我窗前喧闹的鸟群会合，在槭树上唱一些快乐的歌的吧，而在槭树下的孩子们，恐怕到时候也是一样会忍耐不住的。

我想，对着那样美丽的一个早上，任谁都不得不从心里唱起歌来的啊！

选自洪范版《有一首歌》

夏天的日记

/1/

痖弦说："世界上唯一能对抗时间的，对我来说，大概只有诗了。"

可是，我想，其实时间本身是没有什么改变的，四季总是依着一定的节拍，周而复始地唱过来。

山茶花开了以后，就可以等待紫荆，紫荆谢了以后，百合就会盛开，等百合都累了，就换上小朵的茉莉，而茉莉还在我窗前一朵一朵地散着清香的时候，后院的荷花就该已亭亭出水了。

而不论是在千年以前或者千年以后，不管是在印度的喀什米尔或者在中国的江南，只要夏天到了，在浅水的塘里，荷花总是欢然开放。每一年、每一季，总是按着秩序，没有一朵花会忘记，没有一片叶子会犹疑。

大自然里很多事物都不会改变，改变的只是人的心情。所以，不管采下花来是为了供在佛前或者是为了远方的友人，花永远是一种模样的。而在这一千年中，时间也如花朵一般，本身既没有改变，也就不会有错误，更因而不会有优伤了。

而我们人类，却不幸地刚好是相反的一类。所以我要这样说："能够与错误和忧伤对抗的，在这世界上，恐怕也只有诗了。"

温厚深沉如痖弦，我想，他也许也会同意的吧。

/2/

有很多朋友并不太了解我，以为我是一个喜欢活在过去的日子里的人。

其实，我并不是这样的，我并不真的希望时光能倒流，让我好重新再去活一次，不是的，我没有这个意思。

也许，在诗里，在某一行某一段里我曾经这样写过，可是，那只是为了语气上的一种需要罢了。亲爱的朋友，在现实生活里，我并不是这个意思。

我所要的，我所真正要的，只是能从容地坐在盛夏的窗前，映着郁绿的树荫，拿起笔，在极白极光滑的稿纸上，享受我内心的悲喜而已。

在这个时候，多年以前的那些时刻就会回来，年轻时那样仓皇度过的时刻就会慢慢出现。就好像小时候在玻璃窗前就着光慢慢地描着绣花的图样一般：一张纸在下，一张纸在上，下面的那张是向同学借来的图样，上面的那张是我准备好的白纸，窗户很高，阳光很亮，我抬着双手仰着头，聚精会神一笔一笔地描绘起来，终于把模糊的图样完全誊印到我的白纸上来了。等到把两张纸并排放在桌上来欣赏的时候，觉得我描摹出来的花样，比它原来的底稿还要好看，还要出色。

事情就是这样了。我越来越觉得，世间很多安排都自有深意，年少时不能领会，只能留下一些模糊的轮廓，要到今天才能坐下来，细细地再重新描绘一次，让自己在逐渐清晰逐渐成形的图样前微笑而神往。

而能做这样的事，能有这样的享受，也和童年时描花样一般，是需要一扇很亮很温暖的窗户的。我很幸运，在这世间，有一个温柔敦厚的男子给了我所有的依靠，他给了我一扇美丽又光亮的窗户，为我在窗前栽下所有我喜爱的花和树，并且用一颗宽容和智慧的心，含笑地审视我所有的作品。

所以，坐在窗前的我，是知足并且充满了感激的。所以，我虽然常常会用整个漫长的下午来玩这种描图的游戏，常常可以独自一人微笑或者落泪，可是，我仍然会时时留意聆听孩子们的声音，他们若需要我，呼唤我时，我就会马上放下纸笔，转身用我的孩子所熟悉的安详和慈和来面对他们，在这一刹那，窗外仍然是蝉鸣荫浓，而我微笑地将刚刚过去的一切锁回心中。

亲爱的朋友，我所要的，我所真正要的，也就是如此了。

/3/

昨天晚上，打开浴室的后门，看见用纱窗纱门罩着的晒衣房里，竹竿上挂着孩子们小小的衣服，忽然有所感触。孩子们现在这样幼小，这样可爱，这样单纯地依赖着我们，竹竿上晒着的他们的小衣服，和父母的衣服挂在一起，好像衣服也有着一种特殊的语言，一个阶段一个阶段地显示给我看，我孩子生活中的种种面貌。

才不过是去年夏天而已，竹竿上还会常晒着凯儿的幼稚圆的小白围兜。而现在，白围兜不见了，换上和他姐姐一样的小学生的白衬衫和黄卡其制服了。等再过一阵子，等他的姐姐上了中学以后，竹竿上又会出现不同式样的衣服了吧。他们逐渐地长大，我们逐渐地老去，五年、十年、二十年其实不也都是像这样，像这样白昼与黑夜相互交替着，一天一天地过去的吗？

而我这样热衷于写诗和画画，不也是为了想抓住一些什么，留下一些什么来的吗？

孩子们穿不下的衣服，大部分我都会送给别人，不过，每一个阶段里。我都会留下一两件特别好看的，或者对我有特别意义的，把它们洗干净了以后，就好好地收进母亲给我的大樟木箱子里面。

我想，等孩子长大以后，会很惊喜地发现，所有童稚时的欢笑与悲哀部被他们的母亲仔细地收藏起来了。只要打开箱子，就如同打开了那芬芳的往日，在每一件惹人怜爱的衣服上，都能记起一段惹人怜爱的故事。

而生命不也是这样吗？我有着那样多的奇妙和馨香的记忆，我渴望能有一个角落把它们统统都容纳进去。

/4/

画画与写诗，都是我极爱的事，不过，在做这两件事时，我的心情截然不同。

从少年时就开始接受的专业训练，这么多年来又始终改不过来的争强好胜的心，使我在画画时，痛苦远远地超过了快乐，但你若要我远离它，我却又是舍不得的。放进了我二十多年岁月的油画，就像一个不断地折磨着我的狂热的理想一样，我这一生注定是要交付给它了。

和狂热的理想相比，诗就如一些安静而又美丽的短短的梦，是我能从这尘世中抽身而出的唯一的途径。我一直以一种局外人的心情来写诗，因为我知道，若要认真地去做诗人，我必然又将陷入另外的一种痛苦之中。对那些认真地写了一辈子的诗人，我总怀有无限的崇敬之心，他们所做的，是我永远做不到的，因为，他们所担负的担子，比每一个人所担负的都要沉重啊！

敻虹写了一段极美的诗句——不受约束的是生命，受约束的是心情。

我很感动，忍不住打电话告诉她，在话筒的那一端，她笑着说："其实，也可以反过来说——受约束的是生命，不受约束的是心情。"

真的啊！不是吗？世间事不也都可以做如是观吗？

我对佛经一点也不了解，却总是觉得可亲可敬。读完敻虹的赞诗十三帖，只觉得心明神静，愿效她：

合掌为朴素的礼敬

微启又如莲花

/5/

因此，在窗前的我，应该是知足并且感激的了。

年少时仓皇走过的道路，在今日回头看去，应该是只见苍苍横着的翠微，不再见愁容了。

所有的挫折与悲伤，在发生的当时都能使我们受苦流泪，可是，隔了一段距离再来省视，却能觉出一丝甜蜜的酸楚来。当年的失，竟然成为今日的得。只要我们肯耐心地等待，让时光慢慢地工作，慢慢地流成一条宽阔的河流，在那个时候，隔着远远的距离，再端详年少时的你与我，便会看出那如水洗过一般的清明与洁净，那像天使一般美丽的面容了。

可惜的是，那隔岸的距离是一段永远无法跨越的距离，身在美丽的如神话一般的故事里的我们，当时却总是不能自知，而等到看清楚了、心里明白了的时候，真实的故事却早已变成神话，只能隔着岸远远地观看，再也回不去了。

因此，这是在窗前的我，幸运的我，一直在被宠爱与被保护的环境里面成长起来的我，仍然会流泪的原因了吧。我尽管为今日的我的成熟觉得欣喜与感激，可是也仍然忍不住要依恋少年时那颗单纯的心吧，那样一颗饱满如迎着风的白帆一样的心啊！不也如我手边这一叠稿纸一样的崭新与美丽吗？

那样单纯的日子已是不可再得的了，可是，那样单纯的心境却是可以唤得回来的，让我拿起笔，摊开纸，再来细细地描绘吧。我可以描出一朵又一朵的荷花，一朵十四岁时候的，给我一朵十七岁时候的。给你……

窗外，正是盛夏，蝉鸣荫浓，昨日的一切又重新回到我的心中。

选自洪范版《有一首歌》

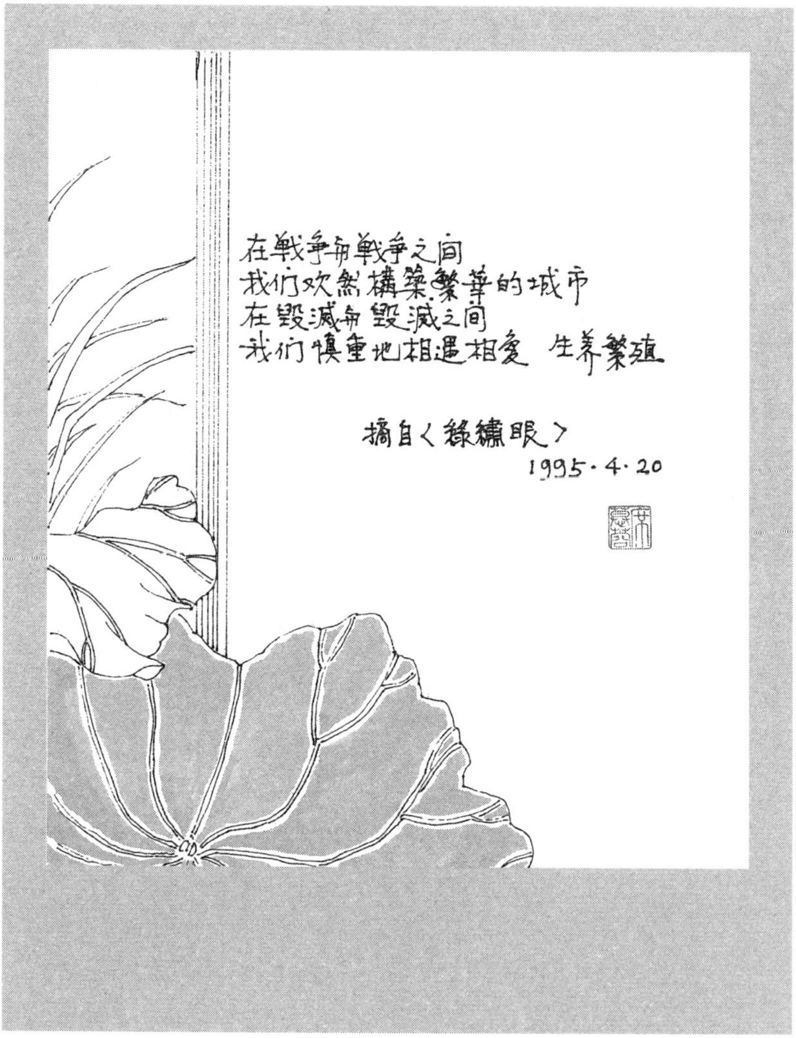
在戰爭與戰爭之間
我们欢欣構築繁華的城市
在毀滅與毀滅之間
我们慎重地相遇相爱 生养繁殖
摘自〈綠繡眼〉
1995·4·20

主妇生涯

/一家之主/

嫁给他是因为一念之差：

“爱猫的丈夫一定爱家、爱孩子。”

爱猫的他果真很爱家、很爱孩子，不过，我没能预知的一点是：他爱孩子的方式，可跟他爱猫的方式大大地不一样。

对猫，他是纵容溺爱到连我也要生气要吃醋的程度。孩子们和我常常叫家里那只泰国猫是“爸爸的姨太太”。那真是一只很会看人脸色也很会下功夫的坏猫，偏偏男主人一看到它就浑身骨头都会发酥，无论它做了什么错事，闯下多大的祸，都不准我们骂它一句。下班后第一句话，通常都是问：

“猫咪吃饱了没有？”

可是，孩子们所受的待遇却不同了，虽然不能说是一个命令，一个动作，却时常是一些连我也觉得不忍的严格要求。说也奇怪，两个孩子从小也很听爸爸的话，偶尔赖皮一下，只要他们爸爸的浓眉一挑，马上乖乖地照做了。于是，有时候我也会利用这种态势，在我下达了好几次都无法成功的命令之后，我也会说：

“再不听话，我就打电话叫爸爸回来。”

这个方法，到目前为止，还是每次都很有效验，通常都是在我拿起话筒开始拨号的时候，孩子就赶快表示出愿意合作的态度来了。

女儿三年级的时候。从学校里拿回一张家庭访问表，里面有一栏是填写父母对子女的管教方式，分成“严厉”、“民主”、“放任”等等几种不同的等级，我以为她会填“民主”那一格，因为，我觉得我们几年来的努力还算够标准。谁知道，八九岁的女儿拿起笔来毫不考虑地就填上：

“爸爸：严厉。”

“妈妈：放任。”

站在她旁边的我当时就笑出声音来了。可不是吗？谁说过的：十岁以下的孩子是“真人”。真的一语就道破了她父母的作为与心态。可不是吗？我和她的父亲什么时候才能做到真正的“民主”呢？我们不过是一直在她的生活里扮演着“黑脸”和“白脸”的角色，哪会真正给过孩子们一些什么民主的待遇呢？

看他把孩子骂哭了的时候，我总会心软，总急着想去安慰孩子。其实，孩子就是在哭着的时候，心里也是明白的，明白爸爸这样做是为了他们好。爸爸虽然严厉了一点，而妈妈的安慰有时候却实在是一种放任，一种纵容啊。

因此，我越来越觉得，他爱孩子爱得其实比我要深多了。所以，在他动怒的时候，我也和孩子们一样，赶快乖乖地照他的要求去做。儿子有一次小声地问我：

“妈妈，你也怕爸爸吗？”

“是呀！爸爸生气的时候我也会怕啊。”

“可是，他都是为我们好啊！你不信，你看下次要是你不再乱花钱卖东西，我和姐姐都乖乖吃饭的话，你看爸爸还会不会生气？”

有时候，我想，能够把太太和孩子调教成这样，他这一家之主也实在很足以自豪了。

/反复的心/

每次在两个孩子把我吵得受不了的时候，我就渴望能有和丈夫单独出游的机会。

好怀念那些过去了的日子。新婚后的那些个周末假日，我们两个人总是会手拉手去看一场电影，然后在布鲁塞尔的街头闲逛一阵，再去买些零食带回家，在灯下对坐，可以聊上一个晚上。

日子虽然过得很拮据，但是，春天的时候，他总会带我去荷兰看郁金香，夏天我们会去山上或者湖边野餐，秋天一起去不断落着叶的森林里散步，捡一些奇形怪状的树枝回来钉在墙上，冬天雪下得太大的时候，我们就会在屋里生起火来，他在桌前写他的实验报告，我在旁边一针一针地缝我新做的衣裳。

只有两个人相对的日子是多么逍遥啊！

回国以后，孩子来了，在初为人父母的那几年里，心里和眼里都是孩子，从来没想到过要出去玩的事，有五六年都没进过电影院，更别提去爬山或者划船了。

可是，等孩子大一点的时候，就很想带他们出去玩了。只是，每次在帮两个人都穿戴好了以后，还没走出门，我就已经疲累不堪；出门之后，这个要吃冰，那个要喝水，要东要西的，使我穷于应付，最后总是会又累又气地回到家来。

结婚十年纪念那一天，带上两个孩子去日月潭住了几天，整个行程里，他们竟然打去打回。在洗出来的相片上，我或者丈夫总是皱着眉站在两个嬉笑扭打的孩子后面，整整两卷底片，竟然没有一张是眉头舒开的。

那次下定决心了，我对孩子说：

“下次如果再带你们一起出来玩，妈妈就是猪！”

下一次，发了狠，把孩子托给朋友照顾，我和丈夫单独跑了一趟花莲和中横。

风景仍然秀丽、山川并没有改变，可是，尽管我们手拉手，一副潇洒甜蜜的样子，却再也回不到以前那种逍遥的心境里去了。

白天在山上跑的时候，看到好看的风景，我们就会不约而同地说：

“下次一定要带他们来看一看。”

晚上在旅馆里，总忍不住想打个电话回去，问问他们睡了没有？就算电话里朋友一再保证孩子很乖，已经早早上床睡了，我们仍然会胡思乱想，不知道家里会发生什么事。

玩了两天，没什么兴头，草草结束，赶快飞车赶回家去。一路上都在自责，觉得自己实在太自私了，把那样乖巧可爱的两个孩子放在家里，实在是很荒唐的事。孩子们多么无辜啊！在最应该出来吸收自然界里种种知识的时候，却被自私又愚昧的母亲抛在家里。

于是，下一次的旅行计划，当然是以他们为主了。甚至在刚上路的那一天里，我还确实引导过他们对自然界观察的兴趣和方向，尽量做好一个温柔、耐心而又有智慧的母亲该做的事。

问题是，他们并不很合作，三天下来，终于还是像以前那样打打闹闹地回到家来。

把行李都卸下来以后，我对孩子说：

“下次如果再带你们一起出去玩……”话还没说完，两个孩子一起抢着接下去：

“妈妈就是猪!”然后哈哈大笑起来。

是啊！他们已经把我看透了，知道在这一生里，我是会不断地反复着我自己的错误。知道在这一生里，无论如何，父母与子女之间的种种恩怨与牵绊，是永远也理不出头绪来的了。

/多出来的一天/

平常按部就班地过日子，倒也没什么烦恼，只是总觉得时间不够用，有很多想做的事情一直来不及做。

今天早上。赶着赶着到了学校，原来该上课的学生却停课受训去了，忽然发现，眼前竟然多出来整整的一天!

好兴奋，可以做好多我一直想要做的事了。于是，先去花店，买了一大把荷兰紫新，一簇一簇的细碎小花，像绣出来的深紫浅紫的云霞。可以画水彩、粉彩，还可以画一张十二号左右的小小油画，用白色做背景，再配上新做的金色古典的画框，正好可以挂在客厅那一面空了很久的墙上，该有多好。

而且，我还可以整理一下我的旧稿，里面有几段早就想重新改写的，也许可以写出点什么来。想一想，有整整一天是我可以自由支配的、可以做多少事啊！

买好了花，经过菜场，看着那么多新鲜的菜蔬和瓜果，忍不住停了下来，想着平日难得那么早上菜场，就顺便买了一些回去吧。

当然，还要给孩子买些夏天的薄衣服和袜子，女儿前几天还嚷着头发夹子都不见了，眼前的小摊子上摆得可是琳琅满目，我就好好地选了几样。

等开车经过高速公路回到家来，已经是正午了，把花插进瓶里，赶快去冰箱里找些东西来果腹。孩子们都在学校，一个人的午餐很容易解决，草草吃完，正准备动笔，却发现了丈夫昨夜为我带回来的冰淇淋。

怎么办呢？当然是先来享受冰淇淋了，顺便翻一下买来的杂志和新书。屋子里安静又清爽，躺在长沙发上，一页一页地翻着，时间就这样一页一页地翻过去了。

等到我发现的时候，下午已经过去一大半了。赶快收心养性，洗笔调色，刚坐到画架前，就有人来收水费，有人来收电费，孩子也放学了。女儿问我跳舞衣服洗好没有？晚上学校要表演，才想起来该去洗衣店，顺便还要送些衣服去干洗，到了洗衣店，除了拿回女儿的舞衣之外，还拿回两块大地毯。于是，为了要把地毯放回原位，总得先要把那两间房间整理一下才行。

然后，天就黑了，丈夫也下班回到家来。吃完晚饭后就送大的孩子去学校表演，回来再催小的去洗澡上床，等到一切的纷纷乱乱都就绪了之后，才发现，我这多出来的一天仍然和平常的日子一样，只剩下在晚上在灯下的那一点点时间了。花仍然在瓶里像云霞一般的盛开着，稿纸仍然雪白雪白的摊在桌上，我这一天虽然好像也做了不少事，可是，原来兴致勃勃计划着要做的事却一样也没做到。

忽然想到，我的一生也许也会就像这样地过去，在灯下的我，不禁悚然一惊。

选自洪范版《有一首歌》

有一首歌

/1/

我是不到五岁就进了小学一年级的，在南京，在逸仙新村附近的一个小学里，我什么都不会，什么也不懂，却学会了一首老师教的歌：

一二三四五六七，
我的朋友在哪里？
在上海，在南京，
我的朋友在这里。

这么多来，我不单牢牢地记住了这首歌，并且还记住了教室里地板上温暖的阳光，和窗外对着我微笑的外婆的笑容。

我的女儿是在新竹上的幼稚园，三岁多的小女孩，每天早上去混两三个钟头，也不过是去混吃混喝，随便地唱唱玩玩罢了。所以那天下午，当她说要唱一首新歌给我听的时候，我并不太在意，埋头在书桌前的我，也不过如平日那样，随口地应答着她罢了。

然而，我小小的女儿却认真地唱起来了，用她那稚嫩的童音：

一二三四五六七，
我的朋友在哪里？
在台北，在新竹，
我的朋友在这里。

刹那之间，几十年来家国的忧患，所有的流浪、所有的辛酸都从我心中翻腾而出，我几乎要失声惊呼了。转身站起来面对着幼小的女儿，我小小的不解人事的女儿还抬着头问我：

“妈妈，宝贝唱得好不好听？”

我小声地回答她：“好听，宝贝唱得好听。”

孩子没有听出我声音里的哽咽，她高高兴兴地一边唱一边跑出去找小朋友玩了，我一个人站在屋子的中间，发现热泪已流得满脸。

/2/

我想，这也是为什么我会对那个后山上开满了油桐花的小小学校里的孩子们，对他们那样羡慕的原因吧。

是今年五月初的时候，我们新竹师专美术科的师生一起下乡，到苗栗县南庄小学办一场“艺术服务社会”的活动。我们带了一些作品展览出来，再放一些电影，再请邻近的国校学生们来一起写生，送给他们一些奖品和纪念的礼物。虽然天气一直很阴沉而且不断地下着小雨，但是，所有的活动也都热热闹闹地办起来了。

南庄小学实在很小很小，紧紧地贴在山边。周围全是山，全种满了油桐，正开着一簇一簇的白花，风吹过来，后山上的白花就一瓣一瓣地飘落下来，有的飘到山上人家的屋顶上，有的就飘落到学校的操场上来了。

学校里的老师和小朋友们原来大概也是企盼着这样一天的，所以，他们也排演了一些节目来娱宾客的，没想到会下这样的细雨，一会儿阴又一会儿晴，让人捉摸不定。在走过走廊的时候，我不止一次地听见小朋友在问他们的老师：

“老师，要不要换衣服？要不要换嘛？”

为了礼貌的关系，声音是压得很低很轻的，可是仍然可以感觉得出那语调里面所含的焦急与失望。

幸好十点多钟的时候，天气开始稳定了，甚至露出了阳光，扩音器里传出了让小朋友回教室去换衣服的消息，三面走廊里都有了欢呼的回响。我们被请到操场正面的走廊下，先看了中年级的国术操，然后再看低年级的毛巾舞，最后是高年级的山地舞。

这些在山间长大的孩子们，有着和城市里的小孩们一样的自信，跳得好极了。我注意到他们的面容都长得很饱满，身体也很结实，低年级那些跳毛巾舞的小朋友们，更是扭得很自在、笑容可掬，一副自得其乐的样子。

在他们跟着音乐节拍舞动的时候，后山上的人家，也都站出来从高高的街边俯瞰着我们。有老人，也有抱着幼儿的妇人，也有荷锄而过的农夫，都靠在街道的红栏杆上，笑嘻嘻地往下看，并且一边还指指点点的。

我想，他们一定是在指着哪一个特别高大的是谁家的儿子，哪一个扭得特别厉害的是谁家的小女儿吧。在这样一个小小而安定的社会里，操场上一半的小朋友，他们大概都认得出的，虽然也许叫不出名字，但总知道是哪一家的孩子或孙子的吧。

在这个满山都种满了油桐的小小世界里长大的孩子，有多少他们自己无法体会出来的幸福？可是说不定，他们反而会找出成打的缺点来，他们会觉得这里太偏僻、太闭塞，生活太死板，太缺少变化，因此，在他们成为少年以后，这样安定与安静的气氛反而会使他们觉得烦躁和苦闷，恨不得能冲出去，到另外一个广大无边的世界里，去做一个潇潇洒洒的流浪者的吧。

可是，他们哪里会知道，有多少流浪的人渴望能找到这样一个安静而美丽的小小角落？有多少流浪的人捧着一颗憔悴的心却找不到可以安歇的地方呢？

活动开始的时候，曾经有过一个小小的开幕式，师生们聚在一起听教育部的一位司长讲一段话，他对小朋友说：

“我三十年前第一次走出校门来教书就是在这个学校，面对着和你们一样年龄的小朋友，所以，今天看到你们，就好像又回到三十年前一样……”

他对小朋友说话的声音特别温柔，和他平常公事公办甚至有点盛气凌人的语调完全不一样，站在礼堂的后面，我不禁动容。每个人的心里，都会有较为软弱的一点吧，面对着和三十年前一样的天真纯洁的小面孔，再刚硬的人也不由得要变成极为温柔的吧，而我是要羡慕他还是要妒忌他呢？经过了这样悠长的岁月，还能回来细数他少年时的脉络，还有同样的山，同样的树，同样的校舍，同样的操场，甚至差不多同样的小小面孔来迎接他，他的幸福真是难以衡量的了！

而我是要羡慕他还是妒忌他？

/3/

在我的心里，一直有一首歌。

我说不出它的名字，我也唱不全它的曲调，可是，我知道它在那里，在我心里最深最柔软的一个角落，每当月亮特别清朗的晚上，风沙特别大的黄昏，或者走过一条山路的转角，走过一片开满了野花的广阔原野，或者在刚亮起灯来的城市里，在火车慢慢驶开的月台上；在一个特定的刹那，一种似曾相识的忧伤就会袭进我的心中，而那个缓慢却又熟悉的曲调就会准时出现，我就知道，那是我的歌——一首只属于流浪者的歌。

我并不怨怪我的父母，我也不怨怪我的国家，可是，命运给我的，是多么奇怪的一种安排啊！我有一个很美丽的汉文名字，可是，那其实是我的蒙文名字的译音而已，我有一个更美丽的蒙文名字，可是却从来没有机会用它。我会说国语、广东话、英文和法文，我可以很流利地说、写甚至唱，可是我却不能用蒙古话唱完一首歌，我熟读很多国家的历史，我走过很多国家的城市，我甚至去了印度和尼泊尔，可是我却从来没见过我的故乡。

察哈尔盟明安旗，一个多遥远的地方！父亲说：明安在蒙文里的意思是指一千只羊，就是说那是一个很富裕的地方，那里羊多，草又肥美。

而今夜，在灯下，我实在忍不住要揣想，如果我能在一块广阔而肥美的草原上出生长大，今天的我，又会是一种什么样的命运？

在我的心里，会不会有一首不一样的歌了呢？还是说，我也许会和那些在满山都种满了油桐的小小世界里长大的孩子一样，觉得日子太单调、生活太平凡，因而对外面的一切有了无法抑止的激情，甚至在梦里也希望自己能够变成一个永远的流浪者？

梦与现实，到底哪一样能够令人满意呢？

选自洪范版《有一首歌》

飘　　蓬

/1/

据说，在我很小的时候，本来是会说蒙古话的，虽然只是简单的字句，发音却很标准，也很流利。

据说，那都是外婆教我的，只要我学会一个字，她就给我吃一颗花生米。

据说，我那个时候，很热衷于这种游戏，整天缠在外婆身边，说一个字，就要一颗花生米。家里有客人来时，我就会笑眯眯地站出来，唱几首蒙古歌给远离家乡的叔叔伯伯听。而那些客人们听了以后，常会把我搂进他们怀里，一面笑着夸我一面流眼泪。

可是，长大了以后的我，却什么都记不起来，也什么都说不出来了。

每次有同乡的聚会时，白发的叔叔伯伯们在一起仍然喜欢用蒙古话来交谈，站在他们身边，我只能听出一些模糊而又亲切的音节，只能听出，一种模糊而又遥远的乡愁。

而我多希望时光能够重回，多希望，我仍然是那个四五岁的幼儿，笑眯眯地站在他们面前，用细细的童音，为他们也为我自己，唱出一首又一首美丽的蒙古歌谣来。

可是，今天的我，只能默默地站在他们身边，默默地，独自面对着我的命运。

/2/

当然，有些事情仍然会留些印象，有些故事听了以后也从没忘记。

童年时最爱听父亲说他小时候在老家的种种，尤其喜欢听他说参加赛马的那一段。

父亲总是会在起初，很冷静很仔细地向我们描述，他怎样渴望着比赛那一天的来临，怎样怀着一颗忐忑的心骑上那匹没有鞍子的小马，怎样脸红心热地等着那一声令下，怎样拼了命往前冲刺，怎样感觉到耳旁呼啸的风声与人声，怎样感觉到胯下爱马的腾跃与奔驰。说着说着，父亲就会越来越兴奋，然后不自觉地站了起来，我们这几个小的也跟着离凳而起，小小的心怦怦地跳着，小小的脸儿也跟着兴奋得又红又热，屏息等着那个最后的最精彩的结局，一定要等到父亲说出他怎样英勇地抢到了第一，怎样得到丰厚的奖赏之后，我们才会开始欢呼赞叹，心满意足地放松了下来。那个晚上，总会微笑着睡去，想着自己有一个英雄一样的父亲，多么足以自豪！

长大了以后，想起这些故事，才会开始怀疑，为什么父亲小时候样样都是第一？天下哪里会有那样不可一世的英雄呢？

好几次想问一个究竟，每次却都是话到唇边又给吞了回去。

有一次，父亲注意到了，问我是不是有话想说？我一时找不出别的话来，就撒娇地坐到他身边，要他再说一遍小时候赛马的事给我听。

想不到父亲却这样回答我：

“多少年前的事了，有什么好提的？”

我以后就再也没有提这件事了。

/3/

十几年来，父亲一直在德国的大学里教蒙古语文。

那几年，我在布鲁塞尔学画的时候，放假了就常去慕尼黑找父亲。坐火车要沿着莱茵河岸走上好几个钟头，春天的时候看苹果花开，秋天的时候爱看那一块长满了荒草的罗累莱山岩。

有一次，父女俩在大学区附近散步，走过一大片草地，草是新割了的，在我们周围散发出一股清新的香气。

父亲忽然开口说：

“这多像我们老家的草香啊！多少年没闻过这种味道了！”说完深深地呼吸了一口。

天已近黄昏，鸟雀们在高高的树枝上聒噪着，是他们归巢的时候了，天空上满是那种黄金色的温暖的霞光。

我心中却不由得袭过一阵极深的悲凉。远离家乡这么多年的父亲，却仍然珍藏着那一份对草原千里的记忆，然而，对眼前这个从来没看过故乡模样的小女儿，却也只能淡淡地提上这样一句而已。在他心里，在他心里藏着的那些不肯说出来的乡愁，到底还有多少呢？

我也跟着父亲深深地呼吸了一口，这暮色里与我有着关联的草香，心中在霎时闪出了一个句子：

“那只有长城外才有的清香。”

又过了好几年，有一天晚上，在我石门乡间的家里。在深夜的灯下，这个句子忽然又出现了。我就用这一句做开始，写出了一首诗，没怎么思索，也没怎么修改，所有的句子都自然而顺畅地涌到我眼前来。

这首诗就是那一首《出塞曲》。

/4/

以前，每当看到别人用“牧羊女”这三个字做笔名时，心里就常会觉得，这该是我的笔名才对。

不是吗？倘若我是生在故乡、长在故乡，此刻，我不正是一个在草原上牧着羊群的女子吗？

每次想到故乡，每次都有一种浪漫的情怀，心里一直有一幅画面：我穿着鲜红的裙子，从山坡上唱着歌走下来，白色的羊群随着我温顺地走过草原，在草原的尽头，是那一层一层的紫色山脉。

而那天，终于看见那样的画面了，在一本介绍塞外风光的杂志里，就真有那样的一张相片！真有那样的一个女子赶着一群羊，真有那样一片草原，真有那样远远的一层又一层绵延着的紫色山脉。

我欣喜若狂地拿着那本书给母亲看，指着那一张相片问母亲，如果我们没离开过老家，我现在是不是就是这个样子。

母亲却回答我：

“如果我们现在是在老家，也轮不到要你去牧羊的。”

母亲的口气是一种温柔的申斥，似乎在责怪我对故乡的不了解，责怪我对自己家世的不了解。

我才恍然省悟，曾在库伦的深宅大院里度过童年的母亲，曾吃着一盒一盒包装精美的俄国巧克力、和友伴们在回廊上嬉戏的母亲，恐怕是并不会喜欢我这样浪漫的心思的。

但是，如果这个牧羊的女子并不是我本来该是的模样，如果我一直以为的却并不是我本来该是的命运，如果一切又得从头来起的话，我该要怎么样，才能再拼凑出一幅不一样的画面来呢？

有谁能告诉我？有谁能为我再重新拼凑出一个不一样的故乡？

我不敢问我白发的母亲，我只好默默地站在她身边，默默地，独自面对着我的命运。

选自洪范书店版《有一首歌》

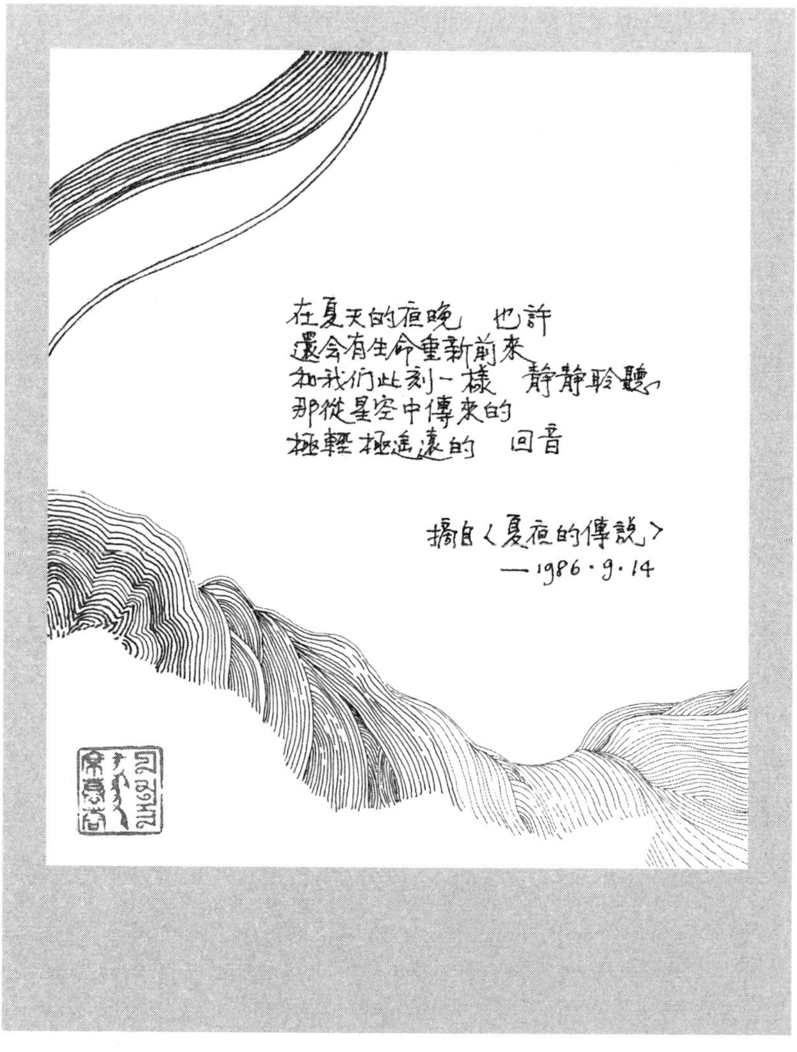
在夏天的夜晚 也許
還會有生命重新前來
和我們此刻一樣 靜靜聆聽
那從星空中傳來的
極輕極遙遠的 回音
摘自〈夏夜的傳說〉
—1986·9·14

前尘（下篇）

辑一

时　　光

暑假后要读四年级的凯儿，这几天开始看福尔摩斯了。到处都可以看到他拿着书聚精会神地研读，在墙边、在树阴下、在大沙发椅的角落里，我的小小男孩整个人进入了福尔摩斯诡异神秘的世界，任谁走过他的身边，他都来不及理会了。

但是，偶尔他会忽然高声呼唤我：

“妈妈，妈妈。”

我回答他之后，他就不再出声了。有时候，我在另外的房间里，没听见他的呼唤，他就会一声比一声高地叫着找过来，声音里透着些微的焦急和害怕，等他看见我的时候就笑开了，一言不发地转身又回去看他的书，我在后面追着问他找我有什么事？他说：

“没事，只是看看你在不在。”

我不禁莞尔，这小男孩！他一定被书中的情节吓坏了，又不肯向我透露，只好随时回到现实世界来寻求我的陪伴。只要知道妈妈就在身旁，他就可以勇气百倍地重新跟着福尔摩斯去探险了吧。

因此，这几个炎热的下午，我都故意找些事在他的身旁走来走去，心里觉得很平安，知道我的小小男孩还需要我的陪伴，我是个幸福的母亲。

●

我以前总认为母亲并不爱我。

那是因为我一直觉得，我是五个孩子里最不值得爱的一个。

我没有两个姐姐的聪慧与美丽，没有妹妹的安静柔顺惹人怜爱，又不像弟弟是全家唯一的男孩。我脾气倔强又爱猜疑，实实在在是这家里多余的一个。

但是，我又很希望母亲能爱我。

从她那里，我多么渴望能听到一句温柔的话，得到一次温柔的爱抚，我多么希望母亲能够把我紧紧抱在怀里，对我说：

“你是我最爱最爱的宝贝。”

然而，母亲一向是个沉默的妇人。从我有记忆开始，我总是跟在外婆的身旁，母亲好像从来也没搂抱过我。她总是怀里抱着妹妹或是弟弟，远远地对我微笑着，我似乎从来也没能靠近过她。

长大了以后，有时候觉得不甘心，也会拐弯抹角地想一些问题来问母亲，想从她那里得到一些证明，证明我也是有优点，也是值得爱的一个。

可是母亲对我的怪问题总是笑而不答，问急了，她就会轻轻地骂我：

“傻瓜，都是我生的，我怎么会偏心?”

我有时候也会撒娇似的赖在她身边，希望她能回过身来抱我一下，或者亲我一下。可是，无论我怎么缠绕着她、暗示她，甚至嬉皮笑脸地央求她，母亲却从不给我任何热烈一点的回应，她总会说：

“别闹！这么大的人了，也不怕别人看了笑话你!”

我每次都安静地离开她，安静地退回到我自己的角落里去，心中总会有一种熟悉的不安与怨怼，久久不能消逝。

一直到我自己也有了孩子。

孩子刚生下来的那几个月里，和母亲住在一起，学着怎样照料小婴儿。有一天，母亲给我的孩子戴上一顶遮风的软帽，粉红的帽檐上缀着细小的花朵，衬得我孩子的面容更像一朵温香的蔷薇，母亲忽然笑出声音来：

“蓉蓉，快来看，这小家伙和你小时候简直一模一样啊!”

说完了，她就把我的孩子，我那香香软软的小婴儿抱进她怀里，狠狠地亲了好几下。

我那时候就站在房门口,心里像挨了重重的一击,一时之间,又悲又喜。

我那么渴望的东西，我一直在索求却一直没能得到满足的东西，母亲原来在一开始的时候就给了我的啊!

可是，为什么要在这么多年之后，才让我知道，才让我明白呢?

为什么要安排成这样呢？

●

我收拾书桌或者衣箱的时候，慈儿很喜欢站在旁边看，因为有时候会有些她喜欢的物件跑出来，如果她软声央求，我多半会给她。有时候是一把西班牙的扇子，有时候是一本漂亮的笔记簿，有时候是一串玻璃珠子，她拿到了之后，总会欣喜若狂，如获至宝。

这天，她又来看热闹了，我正在整理那些旧相簿，她拿起一张放大的相片来问我：

“这是谁？”

“这是妈妈呀！是我在欧洲参加跳舞比赛得了第一时的相片啊！”

“乱讲！怎么会是你？你怎么会跳彩带舞？”

相片上的舞者正优雅地挥着两条长长的彩带，站在舞台的正中，化过妆后的面容带着三分羞怯七分的自豪。

“是我啊！那个时候，我刚到比利时没多久，参加鲁汶大学办的国际学生舞蹈比赛，我是主角，另外还有八位女同学和我一起跳，我们……”

话还没说完，窗外有她的同学骑着脚踏车呼啸前来，大声地叫着她的名字，女儿一跃而起，向着窗外大声回答：

“来了！来了！”

然后回身向我摆摆手，就高高兴兴地跑出去了。我走到门口，刚好看到她们这一群女孩子的背影，才不过是中学生而已，却一个个长得又高又大，把车子骑得飞快。

我手中还拿着那一张相片，其实我还有很多话想告诉我的女儿听。我想告诉她，我们怎样认真地一再排练，怎样在演出的时候互相关照，在知道得了第一的时候，男同学怎样兴奋热烈地给我们煮消夜吃，围着我们照相；其实不过是一场小小的校内活动而已，但是因为用的是中国学生的名字，在二十几个国家之中得了第一，就让这一群中国学生紧紧地连接在一起，过了一个非常快乐的夜晚了。

我很想把这些快乐的记忆告诉我的女儿，可是我没有机会。在晚餐桌上，是她兴奋热烈地在说话，她和她的同学之间有那么多有趣和重要的事要说出来，我根本插不进嘴去。

整个晚上，我都只能远远地对她微笑。

●

台湾的户口名簿可以是一种很温暖，也可以是一种很无情的东西。

每个人的动态，每一次的迁进迁出都仔仔细细地记在上面，既琐碎又冗长。在同一个地方住久了之后，资料太多，还会在原来的本子上贴上一些附页，拿进拿出的时候十分麻烦，我们当年在新北投的户口名簿就是那样的一份。

我现在很怀念那一份，因为那种热闹已经不再回来了。

母亲在几年以前，还常常出国到各地去探看，有时候住在父亲那里，有时住在姊妹的家里，偶尔也会去弟弟的家里住上几个月；要办这些探亲手续的时候，就会写信回来，要我去新北投的户政事务所去申请以前那份全户的户口誊本，每次都会在信末注明：

“要多申请几份，别弄丢了。”

因为我们都已迁出，房子也转卖给了别人，所以，我们这户的资料都已经收起来了，只剩下一个档案号码。我去申请的时候，报上那个号码，户政人员就会找出那个已经变旧变黄的档案，给我影印一份。我才能重新看到我以前的那个家，那些亲爱的名字，还有跟随着那些亲爱的名字回来的，所有几乎要忘记了的温柔记忆。

我想，我也许能明白母亲总要我多申请几份誊本的那种心情了。因为，她现在的那分户口名簿非常干净，非常简单，母亲回国以后就住在我家对面，自成一户，因此户口名簿上只有户长一个人的名字。

整本户口名簿上，只写着我母亲一个人的名字。

●

在把病情向我详细地分析了之后，医生忽然用一种特别温柔的语气对我说：

“无论如何，你想再要回从前的那个妈妈，是绝对不可能的事了。”

医生年纪大概也有六十开外了，穿得很讲究，有种温文的气质，也有一种老年人特有的智慧和洞察力。他说完这句话以后，有一段极短的停顿，好像知道在这个时候我应该已经开始流泪了。

可是，我不上当，我就是不肯上当，我一滴泪水也没让它显露出来。

我是不会轻易上当的。

在这世间，有些事你可以相信。有些事却是绝对不能相信的。

绝不能流泪，一流泪就表示你相信了他的话，一流泪就表示你也跟着承认事实的无法改变了。

母亲虽然是再度中风，但是，既然上一次那样凶猛的病症都克服了，并且还能重新再站起来，那么，谁敢说这一次就不能复原了呢？

谁敢对我说，我不能再重新得回一个像从前那样坚强和快乐的妈妈？

我冷冷地向医生鞠躬道谢，然后再回到母亲的病床旁边。母亲正处在中风后爱睡的时期，过几天应该就会慢慢好转的。等稍微好了一点之后，就可以开始做复健运动，只要保持信心，应该就不会有什么问题了。父亲和姊妹们都打过长途电话来，说是会尽快回来陪她。我想，这位医生并不太认识我的母亲，并不知道她的坚强和毅力，所以才会对我说出这样一个错误的结论来。

到了夜里，我离开医院一个人开车回家，心里仍然在想着医生白天说的那一句话，忽然之间，有什么从脑子里闪了过去，我整个人因为这突来的意念而惊呆住了。

医生说的，其实并没有错啊！

从前的那个妈妈，从前的那个妈妈，医生说的其实并没有错啊！日子一天一天地过去，从前的那个妈妈一天一天地在改变，从来也没能回来过啊！

到底哪一个才是我从前的那个妈妈呢？

是第二次中风以前，在石门乡间，那个左手持杖一步一顿满头白发的老太太？还是再早一点，第一次中风以前，和夫婿在欧洲团聚，在友人的圣诞餐会里那个衣衫华贵的妇人呢？还是更早一点，在新北投家门前的草地上，和孩子们站在一起，笑起来仍然娇柔的那个母亲？还是更早一点，在南京的照相馆里，怀中抱着刚刚满月的幼儿，在丈夫与子女的环绕之下望着镜头微笑的那个少妇呢？还是更早一点，在重庆乡间的田野里，仓皇地躲避着敌人的空袭，一面还担心着不要惊吓了身边孩子，不要压伤了腹中胎儿的那个女子？

还是更早、更早，在一张泛黄的旧相片上，穿着皮领黑呢长大衣，站在北平下过雪的院子里，那个眼睛又黑又亮的少女呢？

还是更早、更早，我只是不经意地听说过的，在蒙古的大草原上，那个十岁左右，最爱在河床上捡些圆石头回家去玩的小女孩呢？

从前的妈妈，从前的妈妈啊！日子就这样一天一天地过去了，为了我们这五个孩子，从前的那些个妈妈也就一天一天地被遗落在后面，从来也没能回来过啊！

现在的妈妈当然是可以再复原，然而，却也绝对不能再是我从前的那个妈妈了。

“妈妈，妈妈。”

在深夜的高速公路上，我轻轻呼唤着在那些过往的岁月里对我温柔微笑的母亲，我从前那些所有的不能再回来的母亲，不禁一个人失声痛哭了起来。

车子开得飞快，路好黑好暗啊！

选自九歌版《同心集》

有月亮的晚上

我一个人走在山路上。

两旁的木麻黄长得很高很高，风吹过来，会发出一种使人听了觉得很恍惚的声音，一阵强一阵弱的，有点像海潮。

海就在山下，走过这一段山路，我就可以走到台湾最南端的海滩上。夜很深了，路上寂无一人，可是我并不害怕，因为有月亮。

因为月亮很亮，把所有的事物都照得清清朗朗的，山路就像一条回旋的缎带，在林子里穿来穿去，我真想就这样一直走下去。

假如我能就这样一直走下去的话，该有多好！

不过，当然，我是不能这样的。我应该回到旅馆房间里去。因为，这个白天我已经在海边画了一天了。明天早上，还要和另外几位朋友一起到山里面去写生的，我现在最需要做的事情就是回房间去洗澡、睡觉，好准备明天的来临。

可是，我实在不想回去，这样的月夜是不能等闲度过的。在这样的月夜里，很多忘不了的时刻都会回来，这样的一轮满月，一直不断地在我生命里出现，在每个忘不了的时刻里，它都在那里，高高地从清朗的天空上俯视着我，端详着我，陪伴着我。

白昼的回忆常会被我忘记，而在月亮下的事情却总是深深地刻在我心里，甚至连一些不相干的人和事也不会忘。

就好像有一年在瑞士，参加了一个法文班的夏令营，在山里一幢古老的修道院里住了十天，学生里有东方人也有西方人，几天下来就混熟了。有个晚上，十几个人一起到教堂后面的树林里去散步。那天晚上月亮就很亮，可是在林子里的我们起先并不太觉得，等到从林子里走出来面对着一大片空阔的草原时，才发现月亮已经将整座山、整片草原照耀得如同白昼。比白昼更亮的是一种透明的水绿色的光晕，在山间在草丛里到处流动着，很亮可是又很柔，像水又有点像酒。

我们都静下来了，十几颗年轻的心在那时都领会到一点属于月夜特有的那种神秘的美丽了。没有人舍得开口，大家都屏息地望着周围，好像都希望能把这一刻尽量记起来，记在心里。

然后，一个从爱尔兰来的男孩子忽然兴奋地叫起来：

“跑啊！看谁先跑到那边的林子里去！”

是啊！跑啊！在这一片月色里，在这一片广大的草坡上，让我们发狂地跑起来，用我们所有的力气，一直跑到对面的林子里，对面的阴影里去吧！

大家都尖叫着往前冲出去了，我动作比较慢，落在他们后面，可是仍然嘻嘻哈哈地跟着跑。这时候，前面人群里的一个男孩子回头对我笑着喊了一句：

“快啊！席慕蓉，我们等你！”

我怔了一下，不知道他怎么会晓得我的名字的。我只知道他是在苏黎世大学读工科的一个中国同学，白天上课时他总是坐在角落里，从来没和我说过一句话。

那时候，我连他姓什么也不清楚，而在他回过头来叫我的那一刹那，我却忽然觉得有一种似曾相识的感觉。月光下他微笑的面容非常清晰，那样俊秀的眉目是在白昼里看不到的。我说不出来是什么原因，可是，在那天晚上，月下的他回头呼唤我时的神情，我总觉得在什么时候见过一样的：一样的月、一样的山、一样的回着头微笑的少年。

当然，那也不过只是一刹那之间的感觉而已，然后我就一面挥手，一面脚下加劲地赶上，和他们一起横越过草原，跑进了在等待着的那片阴暗的树林里了。

那天晚上以后的事我都记不起来了，我想，大概不外乎风比较大了，天比较冷了，夜比较深了；然后，就会有比较理智的人提议该回去了，大概就是这样了吧？世间每一个美丽的夜晚不都是这样结束的吗？

我以后一直没再遇到过那个男孩子，但是，有时候，在有月亮的晚上，我常会想起一些相似的月夜，也就常会想起他来。好多年也这样过去了。

回国以后，有一次，在历史博物馆开画展，一对中年夫妇从人丛中走过来向我道贺，交谈之下，才知道男的曾和我在瑞士的夏令营里同过学，忽然间想起来他就是那天晚上那个月光下回头向我呼唤的少年，眉目之间，依稀仍留有当年的模样。我一下子兴奋起来，大声地问他：

“你记不记得？有一天晚上，我们在月亮底下赛跑的事？”

他思索了一下，然后很抱歉地说：

“对不起，我完全想不起来了。我倒记得在结业典礼上我们中国同学唱茉莉花唱走了音，你又气又笑的样子。”

我记得的事情他不记得，他记得的事情我却早都忘了，多无聊的会晤啊！他的太太很有耐心地听着我们交谈，也露出了感兴趣的笑容，可是，有些话，我能说出来吗？面对着眼前这一对衣着华丽、很有风度的夫妇，我能说出我那天晚上的那种感觉吗？如果我说了，会引起一种什么样的误会呢？

当然，我没有说，我只是再和他们寒暄几句就握别了，听男的说他们可能要再出国，再见面又不知道会是哪一年了。当时，在他们走后，我只觉得很可惜，如果能让他知道，在如水般流过的年华里，有一个人曾经那样清晰地记得他年轻时某一刹那里的音容笑貌，他会不会因此而觉得更快乐一点呢？

月亮升得很高，我已经快走到海边了，木麻黄没有了，换成了一丛一丛的苎麻，在岩石间默默地虬结着。它们之中有好多开花了，又长又直的花梗有一种很奇怪的造型，月亮在它们之上显得特别的圆。

海风好大，把衣服吹得紧紧地贴在身上，我恐怕是该往回走了，到底，我已不再是年轻时的那个我了。

心里觉得有点好笑，原来，不管怎么计划，怎么坚持，美丽的夜晚仍然要就此结束，仍然要以回到房间里、睡到床上去作为结束。这么多年来，遇到过多少次清朗如今夜的月色，有过多少次想一直走下去的念头，总是盼望着能有人和我有相同的感觉，在如水又如酒的月色里，在长满了萋萋芳草的山路上，陪着我一直不停地走下去，走下去，让所有的事物永远不变，永远没有结束的一刻。

而从来没有一次能如愿。总是会有人很理智又很温柔地劝住了我，在走了一半的路上回过头去。总是会有人告诉我，我该怎么做才对。总是会有人笑我，说我所有的是怎样痴傻的念头啊！

而今夜，没人在我身旁，我原可以一直走下去的。可是，我仍然也只能微笑地停了下来，在海滩与近在咫尺的海水之前停了下来。浪潮轻轻地打到沙岸上，发出叹息一样的嘶声，而我对一切都无能为力，唯一能做的事，仍然只有转过身来，往来路走回去。

不过，今夜的我，到底是比较成熟些了吧，我想，其实，我也不必为一些没能说出的话，或者没能做到的事觉得可惜。我想，在我自己的如水般流过的年华里，也必然会有一些音容笑貌留在一些不相干的人的心里了吧。日子绝不是白白地过去的，一定有一些记忆是值得珍惜，值得收藏的。只要能留下来，就是留下来了，不管是只有一次或者只有一刹那，也不管是在我知道的人或者不知道的人的心里。

世事应该就是这样了吧。

月亮在静静地端详着我，看我微笑地一个人往来路走回去。

选自尔雅版《写给幸福》

灯　火

在夜雾里，请你为我点起这所有的灯火。

/1/

他曾经在她五岁那年，来过她家。

他们两家原是世交，然而那次会面的实际情形到底如何，经过了这几十年，真是怎么也记不起来了，只是两人都因而有了一种朦胧的认定：在她五岁那年，他们就已经见过面了。

在父执辈的筵席上，她偶尔会遇到那样的场面：父亲举杯向一位朋友劝酒，那位伯伯坚决不肯喝，父亲就会说：

“怎么？五十年前就认得了的朋友，竟然连一杯酒的交情都没有了吗？”

说也奇怪，原来千推万辞说是有心脏病有胃病的伯伯忽然什么话也说不出来，马上举杯一饮而尽，并且容光焕发地在众人的鼓掌声中转过来笑着要父亲再来干一杯了。

那时候，她的心里总会有一种温热的感动。五十年！五十年！而且是怎样流离颠沛的五十年啊！在那样漫长艰困的岁月之后还能与年轻时的朋友再相见，再来举杯，这样的一杯酒怎能不一饮而尽呢？

她慢慢能体会出这种心情了。在已经进入中年的此刻，能够有个像他那样的朋友坐在面前，听她一五一十的把最近种种苦乐的遭遇都说了出来，实在是一种幸福。

而无论她说了什么，他都会默默聆听，间或插进一两句话，剩下的时间，他总是用一种宽容的眼神瞅着她，唇边还带着笑意，好像是在说：

“随你怎么闹吧，反正，我是从你五岁的时候就已经知道你了。”

在那种时刻里，她不禁要感谢那一直被她怨恨着的飞驰的时光了。就是因为时光飞驰，她才能在短短的几十年里，一次再次地印证着这种单纯的幸福。她喜欢这种感觉，就好像无论在多么阴沉的天空里，总有人肯为她留下一块非常干净又非常透明的蔚蓝。

那是只有五岁时的天空才能有的颜色吧，而五岁时所有其他的朋友们呢？

/2/

他是她的朋友里最有学问的一个，因为他知道所有花树草木的名字。

认得他不过才两三年，却很快就熟识得象相交了一辈子的老朋友那样。那是因为只要看到一种不知名的花草，就会让她想起他来，想他一定会知道这棵植物的名字。

而他从来都没让她失望过。只要她把植物的形状颜色特征说了出来，在电话那一端的他立刻就会有回答，不但会说出植物的名字，还会告诉她在那一本书里去查对。那些书都是他送给她的，里面收藏着这个岛上所有芬芳珍奇的植物资料。

他也常带她和朋友们一起上山下海去看这些植物。那天，下着好大的雨，他们到北部一座山上去看“红心杜鹃”，那是一种只长在悬崖峭壁上濒临绝灭危机的高大花树。雨下得好大，阴暗的山林中又湿又滑，向上攀爬不知道要向哪里着力，跌进泥泞中时又不知道该怎样才能再爬起，不过一会儿工夫，她的身上就因为出汗和雨水而变得又湿又滑了。

他却一直谈笑自若地在前面带路，还随时回过头来指点她观察那些长在岩石下和树根旁的小小植物，时时还弯身去拔弄一下，看看它们开花了没有。她心里好羡慕，羡慕这个朋友能够拥有一种极为美丽与丰盛的世界。

终于走出丛林，来到了这座山的边缘，雨停了，阳光把对面山上所有的草木照耀得闪闪发光。在两面峭壁之间，喜欢生长在岩石缝隙上的红心杜鹃正是怒放的时候，高大而又盘曲的树木在顶梢上开满了粉白粉白的花朵，她不禁雀跃欢呼了起来，而他却在旁边轻声地说：

“可是，你要知道，我们也就只剩下这么几棵了。”

她回头看他，忽然间开始明白他从来很少说出的那一面了。眼看着一种又一种珍贵的植物在我们这一代里消失绝灭，在他心里承担着的，是怎样的悲愁和寂寞呢？

对这个美丽与丰盛的世界知道得太多了以后，也必然会爱得太多和担忧得太多的吧？那么，他那博渊的学问在这种时刻里似乎不再令她羡慕，却反倒要让她觉得无限同情起来了。

/3/

每次与他交谈之后，她的心里都会觉得比较平安，也比较能够重新珍惜自己。

原来，在这个纷纭杂乱的世间，能够保有一些不变的感觉和心情其实是不可能的。岁月在变，周遭在变，自己本身也是逐渐而缓慢地在改变，所谓永远所谓永恒似乎是非常脆弱的假象了。

但是，他是那种能够让你重新认识自己，重新对一切有了信心的朋友。

那夜，在山路上与他道别之后，她和朋友们缓步走回去的时候，心里就是这样在感激着他的。那夜并没有月亮，周遭却有着一层淡淡的月光，整座山林安静沉寂。有人在白天烧过杂草，入夜之后那种灼热的焦味还留在空气里，风吹过来，似清凉却又带着一丝温热，朋友们开始轻声地唱起歌来。她想，生命里一些无法触及的东西应该就藏在这样美丽的夜晚里了吧？

这么多年来，对于自己的创作生活，她一直怀着一种矛盾的心情，好像是在夜雾里摸索。作品没有完成之前，不知道自己的要求是什么，但是一旦完成了，她马上能够确定这里有多少是她所喜欢的，有多少是她所不喜欢的。所以，她同时是一个能够容忍一切而却又会在突然间变得爱憎分明的人，日子就这样不断反复地过去。

他却可以用短短的几个句子让她能回过头来省视自己，知道这世间其他的人也和她一样，也是要在长路上跋涉，也是要在夜雾里摸索，也是要在变动与不安里逐渐寻找自我的面貌。路很长，雾很浓，但是，如果肯保有一颗谦卑与洁净的心，一定会在前路上找到一个更为开阔的世界，在那里，生命另有一种无法言传的尊严与价值。

她愿意相信他，也愿意相信这个世界。

/4/

和她们在一起，总有一种隐隐的豪情，好像总想向生命争夺出一些什么来。

那天。她说：

“在这一生里，好想去交一场朋友。好想去走一趟丝路。

交一场那种能为你生为你死的朋友，走一趟那条能令你欢呼令你落泪的丝路。

走一趟丝路，去塔克拉玛干大沙漠，去克里雅河，去楼兰，去罗布泊，就这样一路携手走下去。假如身边的朋友是男的，都么，风沙袭来的时候，能有宽阔的肩膀为你阻挡，在枯萎的红柳树丛和野生的白杨树之间，想象着千百年前曾经有过的充满了柔情的春天，再怎样艰难困苦的的跋涉也会像神话一样美丽的吧?

假如身边的朋友是女的，那么，在三四个人一起走着的时候，就可以不断地唱起歌来。在湛蓝的星空下，披着一式手织的黑毛线披风，对着有限的岁月无限的江山，我们必然会怀着同样苍凉而又同样豪迈的胸襟的吧？”

听了她的话，她们开始笑了起来，笑声里藏着一些轻微的叹息。是啊！她们每个人的梦里不是都一直有着那样的一条丝路吗？然而，那样的梦，那样的豪情什么时候才会成真呢？

于是，只有在相聚的时候安排一些小小的意外或者一些突发的奇想。在有限的时间里，只能偶尔与生命做一些小小的争夺。也许是走上一条陌生的山径，也许是去到一处无人的海边，只能偶尔去走上一回，去看上一眼，偶尔在一个她们原来也可以享有却永远无法享有的世界里稍作流连。

而在深夜的画室里，她开始把那条丝路画在画布上，在涂抹之间，想像着万里之外那繁星下的沙漠，心里像有烈火在烧灼。

/5/

也同样是一个有着淡淡月光的晚上，他指着山坡下的万家灯火向她说：

“你知道‘小王子’的作者吗？他是个飞行员。常常飞过沙漠的上空，他曾经描述过在夜里飞过荒寂无人的沙漠之后，忽然看到远远一处城市的灯火时的那种感动。因为有灯火的地方必定有人类。有灯火的地方也必定有着关爱……”

她完全相信那种感动。她也完全相信，有灯火的地方也必定会有愿意原谅她、愿意引导她、愿意接纳她和愿意与她共享一个梦境的朋友。

人生真的不过只是短短几十年的光景而已，在这几十年里，还免不了要有误解，要有争战，要有悲愁病苦和别离，但是，因为有了这些不同的朋友，生命又最怎样一段令人爱恋和感动的岁月啊！在她走过来的这条长路上，在每一个转折和每一处角落上，在她察觉得到和察觉不到的时刻里，都有朋友在默默地为她点起一盏灯火。

能够来到这世间，能够与相识或者不相识，记得或者不记得的朋友们共度这几十年的时光，是一种怎样的幸福啊！

所以，她也愿意举起她手中的那一盏，在夜雾里，回答着那远远的亲切的呼唤。

选自尔雅版《写给幸福》

严　父

八月，夏日炎炎，在街前街后骑着摩托车叫卖着“牛肉，肥美黄牛肉”的那个男子，想必是个父亲吧。新修的马路上，压路机反复地来回着，在驾驶座上那个沉默的男子，想必是个父亲吧。不远处那栋大楼里，在一间又一间的办公室批着公文、抄着公文、送着公文的那些逐渐老去的男子之中，想必也有很多都是父亲了吧。一切的奔波，想必都是为了家里的几个孩子。

风霜与忧患，让奔波在外的父亲逐渐有了一张严厉的面容，回到家来，孩子的无知与懒散又让他有了一颗急躁的心。怎么样才能让孩子明白，摆在他们眼前的，是一条多么崎岖的长路。怎么样才能让孩子知道，父亲的呵护是多么有限和短暂。

可是，孩子们不想去明白，也不想去知道，他们喜欢投向母亲柔软和温暖的怀抱，享受那一种无限的纵容和疼爱。

劳苦了一天的父亲，回到自己的家，却发现，他用所有的一切在支撑着的家实在很甜美也很快乐，然而这一种甜美与快乐却不是他可以进去，可以享有的。

于是，忧虑的父亲，同时也就越来越寂寞了。

选自尔雅版《写给幸福》

贝　　壳

在海边，我捡起了一枚小小的贝壳。

贝壳很小，却非常坚硬和精致。回旋的花纹中间有着色泽或深或浅的小点，如果仔细观察的话，在每一个小点周围又有着自成一圈的复杂图样。怪不得古时候的人要用贝壳来做钱币，在我手心里躺着的实在是一件艺术品，是舍不得拿去和别人交换的宝贝啊！

在海边捡起的这一枚贝壳的时候，里面曾经居住过的小小柔软的肉体早已死去，在阳光、砂粒和海浪的淘洗之下，贝壳中生命所留下来的痕迹已经完全消失了。但是，为了这样一个短暂和细小的生命，为了这样一个脆弱和卑微的生命，上苍给它制作出来的小居中所却有多精致、多仔细、多么地一丝不苟！

比起贝壳里的生命来，我在这世间能停留的时间和空间是不是更长和更多一点？是不是也应该用我的能力来把我所能做到的事情做得更精致、更仔细、更加地一丝不苟呢？

请让我也能留下一些令人珍惜、令人惊叹的东西来吧。

在千年之后，也许也会有人对我留下的痕迹反复观看，反复把玩，并且会忍不住轻轻地叹息：

“这是一颗怎样固执又怎样简单的心啊！”

选自尔雅版《写给幸福》

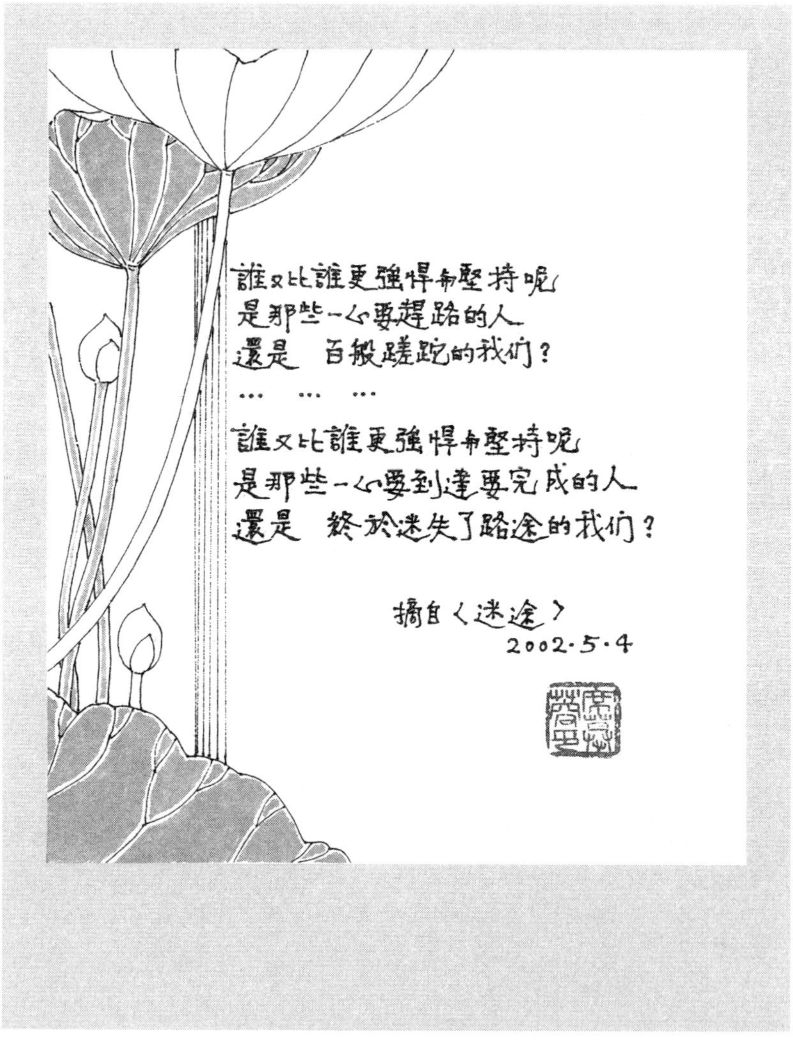
誰又比誰更強悍而堅持呢
是那些一心要趕路的人
還是 百般蹉跎的我们？
… … …
誰又比誰更強悍而堅持呢
是那些一心要到達要完成的人
還是 終於迷失了路途的我们？
摘自〈迷途〉
2002·5·4

悠长的等待

——一个女性艺术工作者的领悟

我今天才能明白。真的，要到今天，我才能知道，很多事情唯一的解决办法是只有等时间来证明，很多很多事情只有在回头看的时候才能够得到澄清。所以。在事情发生的当时，要生气或者要争辩似乎都没有什么用处，我们唯一能做的事情应该就只是安静地等待，等待时光和岁月把所有的证据拿出来。

可是，在二十年前，在我的大学毕业美展上，我却不知道要怎样来回答阿雄说的话。

阿雄和我们同届，他虽然不是艺术系的，但却因为和艺术系男生同一个寝室的缘故，和我们这一班男女同学走得很近，我们系上的活动他也常来参加。

那天，他来看我们的毕业美展，站在走廊接待签名的桌前，用一种很奇怪的语气对我们这些女生说：

“其实，你们这些女生根本就是来捣乱的。占了人家男生入学的名额、上课的名额、到今天，又来拼死拼活占了人家得奖的名额；实在没道理!”

我们三四个女孩子坐在桌子的后面，原来是微笑着招呼他签名，可是他根本不理会我们递过去的笔，仍然大声地对我们说：

“我问你们！你们知不知道？这些第一名第二名的资历对将来要继续干这行的男生有多大用处？你们是来捣什么乱？你们这些女生现在拼成这样到底是要干什么？到最后一个个一出校门就嫁人生孩子去了，这些奖要捧回去当嫁妆吗？有什么用?”

我开始生气了，把笔一摔，站起来回答他：

“为什么没有用？假如我们以后一直画下去的话当然就有用！你们

男生将来还不是会结婚会有家累也会有人改行?”

阿雄面对着我，竟然哈哈大笑起来，他用更大的声音对着旁边的同学说：

“好笑啊好笑！整个美术史上就没出过几个像样的女画家，她还不明白吗？她还能这样天真吗?”

二十年前的我是很天真，所以才会在那天和阿雄吵得面红耳赤。那个时候的我实在并不能明白，原来每一件事情都不是单独或者偶然发生的，所有单一的现象后面都有那潜伏着的来龙去脉。

我所处的时代，其实是有史以来第一次女性可以完整地发挥她们能力的时代。不管是在东方或者在西方，从二次世界大战以后，女性在受教育的机会上几乎可以说已经和男性完全平等了。

因此，一个女性可以在正常的情况下得到和男性完全相同的求知机会，如果她能够善自把握，那么，她所表现出来的成绩应该可以和她所放进去的努力成正比。

但是，整个的社会却还没有准备好。

这个千年来一直以男性为中心的社会却还没有准备好，所以才会有人认为是家庭电气化的结果促成了职业妇女的出现，或者因为副刊兴旺才会造成女作家的出头，这些种种似是而非的荒谬说法在近十几二十年中间不断地被传述着，说的人和听的人都似乎暂时满意了，可是，这实在并不是事实的真相。

事实的真相并不是这样的。在我们的上一代以前，女人一生中最重要的事情就是去嫁人和去生孩子。好女孩的一切都是为了准备将来的婚姻，而结了婚以后，好妻子和好母亲的传统定义就是——放弃你自己心里一切的好恶，从今以后，只能以你亲人的好恶来决定你一生的方向。

所以，很多妇人就这样交出了她的一生，并且以为这是唯一的道路。

而其实在这一条路上，我们还有很多的可能、很多的发展和很多的自由，我们的命运，是上一代以前的妇女所无法想像得到的命运。

在这条路上，现代女性所要做的，并不是去和男性争夺什么，而是去和男性并肩往前走去，一起去观察、学习、并且努力去改善这个世界。

今天的我，虽然并不是一个特别出色，将来可以走进美术史里的画家。但是，只要女性能够明白自己的命运，也能把握一切的学习机会，能够知道，除了做女儿、做妻子、做母亲之外，我们也可以在几十年的人生岁月里做我们自己另外还想要做的那个角色。那么，我相信，二十年以后，或者再二十年以后，一定会有很多杰出的女性画家可以走进美术史，我相信一定可以的。

当然，我现在说这些话的时候，也没办法拿出任何的证据来。但是，假如二十年前的阿雄今天遇见我，我就可以微笑地向他说：

“你看，阿雄，二十年了，我还一直在画画，所以我并不是要存心和你们男生捣乱的。我虽然有家累，可是也并没有改行。所以你该承认，女生也有权利把画画当作一生的事业的。”

因此，证据的提出需要一种悠长的等待，也需要整个社会的配合，当然，更需要女性本身的自省自觉。

让我再说一句吧，我们并不是要去争夺，也不是要去刻意表现，我们只是想在自己这一段生命里做一次我们自己。我们可以用很多的时间来尽量做好一个女性应该做好的那些角色，就像男性也要做好丈夫与父亲的角色一样。但是，我们也有权利给自己另外走出一条路来，在这条路上，我们只是一个独立的生命。

我们应该有权利在某些时刻里，成为一个真正独立的生命。

我们应该是可以有这种权利的。

选自尔雅版《写给幸福》

孤独的树

在我二十二岁那年的夏天，我看见过一棵美丽的树。

那年夏天，在瑞士，我和诺拉玩得实在痛快。她是从爱尔兰来的金发女孩，我们一起在福莱堡大学的暑期法文班上课，到周末假日，两个人就去租辆脚踏车漫山遍野地乱跑，附近的小城差不多都去过了。最喜欢的是把车子骑上坡顶之后，再顺着陡峭弯曲的公路往下滑行，我好喜欢那样一种令人屏息炫目的速度，两旁的树木直逼我们而来，迎面的风带着一种呼啸的声音，使我心里也不由得有一种要呼啸的欲望。

夏日的山野清新而又迷人，每一个转角都会出现一种无法预料的美丽。

那一棵树就是在那种时刻里出现的。

刚转过一个急弯，在我们眼前，出现了一座不算太深的山谷，在对面的斜坡上，种了一大片的林木。

大概是一种有计划的栽种，整片斜坡上种满了一样的树，也许是日照很好，所以每一棵都长得枝叶青葱，亭亭如华盖，而在整片倾斜下去一直延伸到河谷草原上的绿色里面，唯独有一棵树和别的不同。

站在行列的前面，长满了一树金黄的叶片，一树绚烂的圆，在圆里又有着一层比一层还璀璨的光晕。它一定坚持了很久了，因为在树下的草地上，也已圆圆地铺满了一圈金黄色的落叶，我虽然站在山坡的对面，也仍然能够看到刚刚落下的那一片，和地上原有的碰在一起的时候，就觉得后者已经逐渐干枯褪色了。

天已近傍晚，四野的阴影逐渐加深，可是那一棵金黄色的树却好像反而更发出一种神秘的光芒。和它后面好几百棵同样形状、同样大小，但是却青翠逼人的树木比较起来，这一棵金色的树似乎更适合生长在这片山坡上，可是，因为自己的与众不同使它觉得很困窘，只好披着一身温暖细致而又有光泽的叶子，孤独地站在那里，带着一种不被了解的忧伤。

诺拉说："很晚了，我们回去吧。"

"可是，天还亮着呢"我一面说，一面想走下河谷，我只要再走近一点，再仔细看一看那棵不一样的树。

但是，诺拉坚持要回去。在平日，她一直是很随和的游伴，但是，在那个夏天的午后，她的口气却毫无商量的余地。

于是，我终于没有走下河谷。

也许诺拉是对的，隔了这么多年，我再想起来，觉得也许她是对的。所有值得珍惜的美丽，都需要保持一种距离。如果那天我走近了那棵树，也许我会发现叶的破裂，树干的斑驳，因而减低了那第一眼的激赏，可是，我永远没走下河谷，（我这一生再无法回头，再无法在同一天，同一刹那，走下那个河谷再爬上那座山坡了。）于是，那棵树才能永远长在那里，虽然孤独，却保有了那一身璀璨的来自天上的金黄。

又有哪一种来自天上的宠遇，不会这在人世间觉得孤独的呢？

选自尔雅版《写给幸福》

此　　刻

我是在海边的岩石上忽然想起来的。

印度新德里的市郊，有一座佛寺，寺庙内的墙上画满了佛祖一生的事迹。

据说是位日本艺术家画的，他把佛祖的一生分别用好几个不同的“刹那”联结起来。

在墙边一个角落里，画着年轻的王子深夜起来，悄悄走出他的宫殿，站在门口回头再望一眼时的情景。

深垂的帐幔里，熟睡中的妻儿面容美丽而又安详，只有站在门边的王子是悲伤的，深黑的双眸之中充满了不舍与依恋。

我想，我也许能够明白佛祖在这一刹那间的心情。

我是在海边的岩石上忽然想起来的，安安静静地坐在三芝海边的岩岸上看落日的时候，我忽然想起了佛祖当年的那份不舍与依恋。

海边的落日在开始落得很慢，云霞在天空里不停地变幻出各种不同的颜色和面貌，我甚至会很乐观地觉得“来日方长”。

但是，当太阳真正要坠入大海的前一刻，当波浪变得透明并且镶嵌上细细的金边，当青白色的水鸟掠过红日的正前方，当那轮炽热的斜阳紧贴在水面上的那一段时间里，所谓韶光正以来不及计算的速度飞驰而过！

“刹那”的意思正是如此。

前一秒钟我们还有就在眼前的令人无法置信的美景，刹那之后，就什么证据也提不出来了。

“此刻”仿佛从来没有存在过。

但是，“此刻”又好像从来没有离开过。

依恋与不舍的关键就在这里。

因为，如果美景消逝之后，所有的感觉也都会跟着消逝的话，那也就没什么关系了。

问题是，在夕阳落下之后，我的心里还会永远留着刹那之前的景象，并且，在我的一生里，那景象会像海浪一样反复前来。

我想，佛祖是知道的，在抛弃了王子的身分与生活、抛弃了妻子与孩儿之后，他却永远没办法抛弃那一份生命里的记忆。他知道，在往后的日子里，尽管已经把从前的那颗心完全荒芜空置了，可是那夜的记忆，在毫不知情中熟睡的妻儿那安详美丽的面容将会反复前来，一如海潮反复扑上那荒无一人的沙岸。

而他会想起他们来。

我想，这也许就是佛祖为什么会那样悲伤的原因了吧。

选自尔雅版《写给幸福》

街　　景

/1/

一个小小的婴儿躺在婴儿车上，他的母亲一手扶着车把，整个人却转过身去看后面的商店。在商店的玻璃柜台前，孩子的父亲正在选购奶瓶还是奶嘴，好像迟迟无法决定选哪一种厂牌的。

小婴儿却无牵无挂，笑嘻嘻地正在和自己的身体玩耍。他先是吮着白白胖胖的小手，觉得不过瘾了又把白白胖胖的小脚也塞进嘴巴里。高兴起来他双手和双脚都同时随意地交叉挥舞着，我站在街边，看得如痴如醉。

他的四肢柔软灵活得令人心惊，生命在最初原来是没有上下没有内外也没有手脚之分的。小婴儿双脚向上交叉着的姿态竟然像是一双祈祷的手臂，那样优雅又那样自然。

在小小婴儿美丽和从心所欲的示范里，也许深藏着每一个舞蹈者的梦想吧。

/2/

七八岁的时候我们家住在香港，有一对夫妇结婚很久才生下一个女孩，周岁的时候特意去照相馆里给她拍了好多张可爱的相片，还把其中的一张放大了配上框子拿来送给我们。

我记得父亲笑嘻嘻地向他们道贺，然后马上钉了个钉子把相片挂在客厅墙上，照片里一岁的小女儿正微笑地拍着小手。

那是我第一次感觉到，原来如果我们愿意，是可以把生命停顿在某一个特定的刹那的。

如果我们真的愿意。

/3/

可是，有的时候我们并不知道内心深处真正的意愿。

有时候，上一秒钟正在横过台北的街道，下一秒钟却忽然想起在荷兰或者在卢森堡的一个下午，那个记忆与眼前的一切毫无关联，却会突然出现然后与周遭的景物互相重叠起来。

那时候，站在街边的我，常会有一阵恍惚空茫的感觉，想着那十几二十年前一个日子里的几秒钟，怎么会那样完整那样精致地一直藏在我的心里，而我竟然毫不知情。

可是，经过了这么久的埋藏之后，为什么又会忍不住在这一刹那里忽然重新露面、重新出现呢？

是因为相似的风？相似的云？还是因为生命里那一种不易察觉的相似的心情？

/4/

有人在街道的拐角处拴了一只狗。

狗不凶，细细的铁链子也拴得很松，所以它如果想要站起来活动的话，可以走出去好几步，链子伸直了加上狗的身长正好把整条人行道挡住。

它此刻就是这样挡在路中间，一个目瞪口呆的小女孩站在它面前。

女孩大概有六七岁了，穿着一件蓬松美丽的花衣服，裙边很短，露着两截浑圆结实的小胖腿。大概是要去附近的小朋友家里做客吧，她兴致勃勃地沿着人行道一路走来却偏偏碰上了这个难题。

我的车子从他们身旁经过的时候，那个小女孩紧张得发红的小脸上，有着一种非常认真非常严肃的表情。

每一个人面对着生活上的难题时，不也都有着同样的表情吗？

/5/

两个少年坐在街边的铁椅子上，大概坐了很久了，彼此却又不说什么话。然后一起站起来，一起背着书包朝回家的路上走去，仍然不怎么交谈。

在街角要分手的地方，两个少年忽然举起手来互拍了一下，再紧紧地握了握，然后就各自转身走了。

我坐在冰果店的大玻璃窗后端详着他们，肝胆相照的朋友大概只有在少年时才能求得到吧？彼此互相分担着心事，分担着对前面的忧虑、希望和好奇。

这样的朋友，我也曾经有过几个。

/6/

去旅行时，忽然不想照相了。总觉得照出来的，常常不是我原来看见的，原来所想保留的那些东西。

还不如多花点时间在一生也许只会经过一次的城市里散散步。

/7/

父亲去年回来的时候，看到街上那些亲热地共骑一辆摩托车的青年男女就会微笑，有一次忍不住问我：

“骑在摩托车后面是不是很舒服？”

那天我正开车陪父亲去赴一位老乡亲的邀宴，红灯时停在十字路口，父亲指着车窗外的一辆摩托车让我看。

年轻的男孩背朝着我们骑在车上，也在等红绿灯。他身后的女孩一身轻爽的牛仔装，两腿跨坐着，两只手臂环绕着男孩。男孩的后背又宽又厚，长发的女孩就整个人贴靠在那宽宽厚厚的背上，脸微微向我们侧过来，细柔的眉目配上细柔的姿态，那表情仿佛准备跟着他走到天涯海角。仿佛世间的一切都不值一顾，只有这一刻，只有这一个男子的宽广胸怀是她唯一的依恋，唯一的归宿。

我很诚实地回答了父亲：

“我想应该是很舒服的吧。”

/8/

朋友在几年前送了我一本他自己写的书，在扉页上他给我写了几句话，意思是说一个艺术家，一个真正的艺术家的特质就在于不会也不肯被人所利用。

我喜欢他的文字和他文字后面那份诚挚的心思。人到中年，总会有一种坚持，有时候分不清楚到底是为了什么，可是一旦在别人的思想里发现了自己想说的话，真恨不得能马上跑到那个人的面前去拥抱他。

喜欢去逛书店，喜欢去翻一翻认识的或者不认识的朋友们的书，读着每一个人不同的心思和相同的热情，我真为他们觉得欢喜和骄傲。

/9/

有时候遇见年老的丈夫载着白发的妻子，骑着一辆轻型的摩托车缓缓驶过街头，我总要目迎目送，不知道自己为什么会那样激动。

/10/

在新竹街上遇见了一位多年不见的女老师，她忽然问起我的年龄来，我告诉了她以后，她连声说：

“好年龄啊！好年龄啊！”

我想我明白她的意思，比我年长了二十多岁的她是要我好好地来过我的今天。

新竹街上的风很大，我一个人走在风里，想到我还有我那些同龄的朋友们，我们真是处在一种最好的时间里，正是可以犯错也可以修正，可以游戏也可以工作的好年龄啊!

/11/

有一次看见一位老先生在带他的老伴儿横过南京东路。

他们应该等红绿灯走斑马线的，但是老先生一开始就错了，到最后在马路当中陷身在两旁飞驰而过的车阵里。老先生脸都急红了，却还一直用左手来拍他右手牵着的妻子的臂膀，意思是安慰地，叫她不要怕。

那位老太太果然安静地站着，一句话也不说，等着她那手足无措的丈夫带她过马路。

看着他们两人踉跄走过，在夕阳西下车如流水的南京东路上，忽然发现时光可以使人狼狈如此，心里微微害怕起来。

/12/

阿伊达有一头很漂亮的金色长发，那年夏天，她刚刚二十岁，和我住在布鲁塞尔市中心同一个宿舍里。

那年春天来得特别早，夏天也特别热，阿伊达把一头柔顺的金发扎在颈后，在打结的地方插上了很多朵粉粉蓝蓝的鲜花，穿着宽松的白色衣裙，走在街上吸引了所有来往行人的目光。

二十岁的她在夏天的阳光里是一张令人不舍得挪开视线的图画。

她自己知道，我们这几个走在她身旁的女孩子也都知道。

那样令人艳羡的青春啊!

她自己很知道，所以发上的花朵每天更换，越插越热闹。有一天晚上，整个宿舍的女孩子在晚餐的桌前都笑了起来，因为阿伊达盛装前来，不单在发上插满了鲜花，并且在手上脚踝上也戴着花环，好像是玻提且里（S·Botticelli）画中的人物，我们笑着问她敢不敢就这样走到街上去？她说她就是要这样上街，并且希望能有朋友陪她这样一直走下去。

我们七八个女孩子果然起哄陪着她走出了宿舍，开始的时候大家又笑又闹的真是让所有的行人都对我们侧目，后来走着走着街道就变得灯火稀落了，我们也都安静了下来，仿佛感觉到盛筵已散，知道人的一生没有几次可以任性的狂欢。

那个夏天的夜晚，空气里一直飘浮着玫瑰的甜香，我却总是记得那些逐渐稀落的灯火。

/13/

在旅馆的窗前俯视整个城市的道路，我想，在每一个街角都会有着一段大同小异的故事吧？

我要一个能陪我度过一生的伴侣在这样的窗前拥着我。

/14/

一个灰发的老先生手里拿着一大张配好了框子的彩色照片和我错身而过。

相片里是一个严肃而又温柔的盛装妇人，正微微地笑着。

我回头看他，那孤独的身影刚要转过街角。

相片要挂在屋里的哪一面墙上呢？

选自尔雅版《写给幸福》

昨　日

有些词汇在从书本上学过一次之后，还要从生命里再学一次。

二十年前，我和诺拉同游过一个暑假。

我们两个人，分别来自中国和爱尔兰，有一天，在瑞士山间起伏的山道上骑了好几个钟头的车子之后，终于精疲力竭地倒在一处小湖的湖边。

夏日的正午，湖边杂花生树，草丛间也挺生着金黄和淡紫色的野花，周遭静极了，只有我们两个人的声音。我还听得见蜂蝇小虫翅翼的振动，闻得到空气里满满的花香与草香，透过一层棉布衣裙，我灼热的流着汗的肌肤感觉到身下青草的弹性和微微的刺痒，还有更底下的土地的坚实和那逐渐传上来的阴凉。诺拉就躺在我身边，金发蓬松几乎触及我的面颊，她正高举着双臂来遮挡炫目的阳光，手臂上的汗毛也因为逆光而全都变成了透明发亮细细的金线。

“日子多好啊!”我们两个人几乎是同时发出了这样的赞叹，然后再为了这个巧合又一起大笑了起来。这实在是我们最自由最没有负担的时光了，生命仿佛自觉一切都刚刚准备好，而一切又都还没有正式开始。

那天夜里，回到寄宿的弗莱堡一所修道院的小房间，上床之前，忍不住再推窗外望，窗外层层山峦只剩下黑色的剪影，想着白天去过的那处山间的小湖应该也已经完全在黑暗里了。不论是湖水还是湖边的花树，不论在正午时分，在透明发亮跃动着的光线里，曾经怎样金黄怎样蓝紫怎样粉白又怎样翠绿的世界，此刻都已经进入了极深极暗的夜色中。而等到黎明，等到破晓，等到那些光点与色彩再重新开始苏醒之后，我和诺拉在湖边说过的话，感觉过的快乐也就不得不从此成为昨日的事了。

那天夜里，在有着许多回廊的古老修道院的窗前，年轻的我好像听见有人在一页一页地翻动着书页的声音，不觉起了一阵轻微的寒战，开始明白了“昨日”这两个字真正的意思。

选自洪范书店版《写生者》

花之音

有些人的生活可以过得那样丰富，实在是因为在他们的心里藏着可以呼应的东西的缘故。

就像在白天贪看过山峦与河流，一次又一次地细看与比较之后，到了晚上，即或是在没有月光的黑夜里，眼睛依然可以分辨出河川和山脉间那许多颜色的不同层次的变化。

对我来说，绘画上最丰富的记忆都来自莲荷，但是，这些经验如果拿来和有些人的相比，就显得非常薄弱了。

林玉山老师在他的八十回顾展里有一张荷花的巨幅写生，是在二十三岁那年画的，我在历史博物馆会场见到的时候真是一步一回顾，怎样也舍不得离开。

后来再见到林老师，是在李泽藩老师的水彩画展上，我就急着问老师，那张荷花是在怎样的心情下画成的？

老师说那个时候他刚从日本回到台湾，和年轻的画友一起，两个人到嘉义附近的山里，在一处荷花池旁住了好几天，画了许多张稿子，然后再回到画室里重新定稿，在绢上完成。

老师又说："那个时候，年纪轻，对任何事物都想一探究竟。我们听人说荷花刚开的时候最美，并且花开的时候会有声音，所以两个人就在池边和衣睡了一个晚上，天还没亮时就起来守着花开，等着听花开的声音。"

我从来都不知道荷花开的时候会有声音，老师那天真的听到了吗？

"听到了。是很轻、很细微的声音，但是可以听得到。荷花一朵一朵刚刚绽开的时候，几乎会让人以为是花瓣之间互相碰触的声音。"

老师回答我的时候微笑了起来，眼神好亮，虽然是看着我，却好像又在看着很远的地方。

离老师的八十回顾展大概又已经过了两年吧，这么多年都已经过去了，花开的声音竟然还留在老师的耳边。老师微笑看着我的时候，好像远处丛山之间晨雾刚刚消散，从安静的池面上传来极轻、极细微的声音。

选自洪范书店版《写生者》

附记：这篇散文在报上发表的那天早上，竟然接到李霖灿先生的电话，说也很喜欢这篇的文字，让他好像也听到了花开的声音。然后又说了些鼓励的话，使我又惊又喜。

多年之后再回想，想到李霖灿先生对玉龙山钟情一生，却又不得不分离一世的命运，他身处的，可真是一个哀伤的时代啊！若没有对“美”的热情和信仰，要如何生存？如何反抗？

2009年11月21日校稿时记

本　事

一九八八年的夏天，我一个人在印尼的峇里岛上，静静守候了一朵荷的成长。

它是一朵极美的荷。刚刚冒出水面的时候，那挺立的小小花苞就触动了我，那样紧密包裹着的愿望啊！就像一支蘸饱了水的毛笔笔尖，服帖圆润，却又蓄势待发。

我每天早上都去端详它，看着它的颜色从敷着一层青绿的暗紫，慢慢转成水红转成柔粉再转成灰白，看着它的花瓣从紧密的蓓蕾到微绽到盛放再到凋落，仿佛是看着一个生命从青涩的少年逐日逐日走到最后。

在池边，我静静地观察和记录，试着画出每一个转折和每一个段落的不同。

当然，在荷池边还有许多朵不断在开开落落的莲荷，荷池旁边还有好几棵巨大的印度素馨，枝干虬蟠，用一种舞蹈的姿态伸到池面上来，甜香沁人的花朵开了一树，也落了一地。早上总有个老人拿着袋子来捡拾落花，刚落在地上的花朵依旧洁白光润，拾满了一袋不知道是要拿去敬神呢？还是去装饰那些跳舞的少女们的花冠？

我每天早上都去荷池边坐上两三个钟头。除了画具之外，还带上一大块在当地买的蜡染花布，把整块布铺在池边的草坡上，或坐或卧。有的时候一个早上可以画好几张速写，有的时候就什么事也不做，呆呆地看荷。看累了就躺下来，在树阴底下，把草帽盖在脸上，听那些小鸟从荷叶上飞掠而过，听它们扑动着翅膀不断地换位置，听它们细声鸣叫，听风轻轻在高处的树叶间穿梭。

是观光的季节，在荷池之外，旅馆里和市街上都充满了观光客。好在因为有朋友预先的照拂，我得以住进了一间由当地的旧皇宫改成的旅馆。皇宫的庭园很大，房间是一幢一幢各自独立的小屋，花径狭窄而幽深，曲曲折折的，隔绝了市街上的噪音，庭园中种了许多花树，还有喷泉，还养了一只寂寞的孔雀。

早上去画了速写以后，下午我就在屋前的平台上，用针笔和毛笔把那些速写重新构图，画成一张单色的素描。我的进度很慢，一个下午只能画一小部分，可是因为心里安静，所以很能自得其乐，常常在桌前一坐就是四五个钟头。

住在我对面，隔着一大丛花树，有时候只听其声不见其人的是一对德国夫妇，大概注意我很久了。终于有一天，在院子里互道了日安和交换了天气出奇的好之类的寒暄之后，金发娇小的妻子忍不住问我，是不是在写小说？

我笑着否认了，并且邀她到我屋前的平台上来，给她看我的速写和素描，告诉她说，我是来这里画荷花的。

她转过身来兴奋地向她的丈夫说：

“你听过这样的事吗？一个人跑到这么远的岛上来只为了画一朵荷花？”

她这句话说出来之后，我好像才忽然间从别人的眼睛里看到我自己，原来是这样的荒谬而又奢侈——

整整一个夏天，只为了画一朵荷。

可是，整个事情，果真是像它表面所显示的那样吗？

我回来了之后，一直在想这个问题。

荒谬的意思就是不合理，奢侈的意思就是浪费，可是，要怎样的生活方式才能是合理而又不浪费的呢？

我们的生命，我们每一个人的生命，不都是一件奢侈品吗？

要怎样用它，才能算是不浪费呢？

从少年时开始学画到如今，不知不觉间，已经过了三十多年。

其实，平常的我，做事情从来没有长久的耐心。喜欢一切新奇好玩的事物，每次总是忍不住要去试一试，却又总是会在分心之后又半途而废。甚至有些事情，在刚开始去做的时候就已经后悔了。

唯独对于画画这一件事，我一直没有放弃过，有的时候也许会离开一段时间，但是必然会再回来。

让我回来的原因，常常是因为夏天那一季的莲荷。

仿佛在千朵盛开的莲荷之间，有一种熟悉的声音在呼唤我。

不管是在哪里，不管是在台南白河镇上那些狂野的荷田之间，还是在峇里岛上那一片飘浮着素馨花的荷池前，或者甚至更遥远的地方，在喀什米尔的达尔湖上，那些在清冷的晨雾里丛生着的莲荷。不管是在哪里，一旦相遇，都会让我觉得仿佛前世已经相识，心里重新起了一阵轻微的骚动。

每次重新站在荷前，心里总会有一种半喜半悲的怅惘。

原来，原来时间就是这样过去了的。所有的日子越走越远越黯淡，只有在莲荷盛开的时候，那些记忆，那些飘浮在它们周遭的记忆才会再匆匆赶回来，带着在当时就知道已经记住了的，或者多年以来一直以为已经忘记了的种种细节。

而我不一定每次都能提笔，常常都只能屏息站在荷前，静静聆听，那从莲荷深处不断向我呼唤的声音。

记忆里最早的荷，应该就是五岁时，父亲带我在玄武湖上泛舟时给过我的那一个莲蓬了。

父亲的怀抱是那样安全温暖，能够独占父亲的怀抱，对于小小五岁的我，是一种忐忑的惊喜与骄傲，伴随着那记忆而来的，还有湖上一片昏黄微微带着灰紫的暮色。

有一次在梦里梦见了那种颜色。梦中的我好像正面对着一大片的树林，感觉到过了这片树林应该就是玄武湖，想着要赶快再去看一眼，却怎么也找不到可以穿越的路、找不到可以进去的门。在梦里我焦急万分地绕着树林转。暮色越来越深，然后终于在这种急迫的心情里醒了过来。

刚醒的那一刻，朦胧中我总觉得那遥远的儿时还正在什么地方停留着，好像那条船还一直在湖面上，那个饱满的莲蓬也还一直紧紧地握在五岁孩童的手中。

然后我逐渐清醒，那种感觉也逐渐淡去，终于完全消失。

在黑暗的夜里，我听任泪水慢慢地流了下来。

最早去画的荷，长在台北的植物园。

一直都不会用水彩，自己都觉得很害羞，所以躲到一处僻静的角落，离开同学远远的，在一座小石桥的边上。

其实在那天以前，我已经在高中三年师范学校艺术科的课程里画过许多张水彩了。但是永远不会控制水分，永远画不出那种透明的笔触，每次都是到了最后，不得不又恨又气地拿起笔来，用不透明的画法把整张纸涂满了厚厚的一层。

上了大学，许多同学的作品让我又羡又妒，暗自发誓一定要把透明水彩画好。

所以，那天的我坐在一个孤独的角落，面对着荷池，确实是在努力观察、努力记录，并且还遵照着一切有关于如何落笔、如何收拾、如何一步一步地把透明水彩画好的规则来进行的。

已经是夏末秋初了，荷叶与荷花都已经有了倦意，只有池旁那个女孩在聚精会神地做着她的实验，一笔又一笔，终于在下课之前画出了一张透明的荷。

停笔之后，我几乎是迫不及待地收拾着画具，好想赶快拿给老师和同学去看。可是，等到我站在同学的画架前的时候，刚才的那股热情马上冷却了下来，代之而起的却是一阵隐隐的憾痛。

他们画得多么好啊！

傍晚的风吹过荷池，荷叶不断起伏，那种流动的光泽好像也都被有些人画到画里去了，不单只是透明、不单只是层层重叠，而且笔触间还那样随意与自由，好像他们只是在谈笑间不经意地涂上几笔罢了。

他们画得多么好啊！

站在他们身后，我一句话都说不出来。第一次感觉到有种酸楚的涩意，感觉到在绘画的世界里是有些规则，却绝不是可以学习得来的规则，感觉到有些鸿沟、有些障碍、也许终我一生都无法跨越。

而我极想跨越。我渴望能够跨越那横亘在前路上的无法捉摸的一切障碍。

这么多年过去了，虽然一直在画油画，却始终没有忘情于水彩，可是，除了偶尔可以在植物写生的时候轻轻敷上一层淡彩之外，我依旧攻不进那一座透明水彩的堡垒里去。

前几天，和朋友们在散步的时候经过了那一处石桥，荷花还在，我忽然想起了一些什么，就叫住了朋友，对他们说：

“那里，就在那一棵树底下，我在十七岁的时候画过一张很透明的荷花。”

他们转身对我微笑，漠然地不置可否。

我也不知道该怎样接着再说下去了。也许，只有把那张水彩再找出来才能说得明白吧？

可是，许多画过的荷花都失散了，更何况是十七岁刚开始的时候，那生涩而又害羞的一张呢？

第一张画展的请帖，是在比利时鲁汶大学附近的印刷厂印的。

好像是在一处河堤旁，宽宽的路面，每天去都总有阳光。

身边总有那么一个有着一头浓密黑发却又偏要剪成平头的男孩子，跟着我跑得很勤快，出一些主意非常外行。

其实我也不能算是内行的人。没有什么钱，所以只敢印单色的画面。没有什么经历，请帖显得空空的，所以就把要展出的几十张画的标题全印了上去。

画展订在二月，十二月底开始，布鲁塞尔就常常下雪。我只有一件厚外衣，是出国时母亲给我的深蓝色长毛绒大衣，母亲年轻的时候穿过的，虽然够厚却很宽松，因此风有时候会从袖口和领口吹进来。在平常可以用两只手把它裹紧，但是当我举着大画布走来走去的时候就没办法顾到了。

画展之前，不知道要在画廊、学校、宿舍和那个画框店之间往返奔跑多少次。

有天下午，我拿着一张六十号的大画去配框子。画太大，举起来的时候几乎与我等高，所以只能拿着内框中间的那一条横木，画面也因此只好向外，走在人行道上，每个从我身边走过的人都要在看了我一眼之后，又微笑着横过去再看那张画一眼。

下雪了。在开始的时候只是些轻飘的雪花，下着下着就大了起来，绵绵密密的铺了一地，我怕会湿了画布，就在人行道上飞奔起来。

画并不重，但是对着迎面而来的风，它就变成了是一张不时要翻动一下的帆。大衣的扣子都敞开了，里面的毛衣再厚也挡不住寒气，可是我在那时候一点也不觉得冷，举着一张像风帆一样的画布，我横过布鲁塞尔的街头，只觉得心中有豪情万丈！

在我年轻的心里有许多计划，正迫不及待地想要去一一实现，不管在前路上横亘着的还有多少看得见或者看不见的障碍。

那年是一九六六年。

那天下午我拿着的画，就是到了今天还一直留在我身边的那张“夜荷”。

这么多年过去了，计划不见得都能实现，步伐也越来越慢，可是至少我还在这一条路上走着。

而当年那些一起画画的同伴们，却有许多人都放下了笔，并且离开这条路越来越远了。

在这里我要说的并不是有关于快乐，或者幸福之类的问题。那些有着丰沛的才情，曾经让老师激赏、让我暗中妒羡的同学，放下笔之后，无论去从事什么样的工作，依然有好成绩，依然可以从容地在其中得到乐趣。

只是，每次与他们相见，我都会有一种隐约的遗憾——他们曾经画得多么好啊！

每年夏天，走过植物园，总还会看到许多学画的学生到荷池边来上写生课，一班又一班的，来了又走，走了再来。一班总有几十个人，可是我知道，毕业之后，真正能够继续画下去的，最多最多，也不过就是三五个人罢了。

而这些极少数的人，到了最后，能够把作品留了下来，并且让那些一代又一代、兴致勃勃前来学画的年轻学生记得他们的名字的，在每一个时代里，也不过又只能剩下三五个人罢了。

我们不能不承认，这是一条漫长而又严酷、令人不禁要望之却步的路。

问题是，在开始的时候，从来不能够预先知道会是哪几个人？

包括我们自己在内，没有任何人能够预先猜测到会是这一班里，或者这一个时代里的哪几个人。

所以，每年夏天，在植物园荷池旁边上课的每一张年轻的面孔，都是同样的热烈而又专注。每次走过，我总是忍不住要回头注视，想像他们每一个人埋藏在心底的愿望，生命初始时那样紧密包裹着却又蓄势待发的愿望啊！

在那个时候，我所想到的真的无关于快乐或者幸福之类的问题，我只是在心里轻轻地问自己：

“生命的过程，是不是一定要这样的荒谬与奢侈呢？”

到现在为止，我还没有答案。

到现在为止，我还没有找到答案，所以，我还是要继续画下去。

年少时的豪情虽然好像已经逐渐消失，我曾经那样悸动过的心，也随着岁月逐渐变得迟缓与安静，可是，值得庆幸的是，莲荷还在，每年夏天，它们都会重新回来。

一年又一年的，荷花原来应该没有太大的改变。但是，那些随着莲荷逐年在我心中衍生、互相交错重叠的经验与记忆却将我慢慢地改变了。每次站在荷前，好像总是会发现一些往日所不曾看到的细节，新的困惑和新的难题不断出现，放下画笔的时候，总是觉得还没有说完、还表达得不够。

我想要画的那一朵荷，一直还没有画出来。

前几天去了一次中横公路，在太鲁阁到燕子口的附近，发现山壁间有些岩块崩缺之后只能用水泥来填补，人工修复的痕迹很不好看，我因此怏怏不乐，就向身边的朋友抱怨，想不到他竟然是这样回答我的：

“其实，这个峡谷从开始形成的时候就不断在崩坏，只是我们人的生命太短，看不到这整个的过程罢了。”

初听之下，我不禁一惊。

原来，与我们的一生相比，整个宇宙才是那荒谬与奢侈的极致啊！

然而在最初的那一阵惊悸过去之后，有些什么感觉悄悄地来到我的心中，让我不禁又微笑了起来。

好吧！既然是这样，既然在这件大事上我不能发表意见又无能为力，那么，就让我在此刻，在非常有限的小小范围里坚持一点吧！

是的，既然是这样，既然我只能把握住我手中的几支画笔，那么，就继续画下去吧！不管别人怎么说，我其实可以坚持自己所有的权利——

用我整整一生的时间，来期待一张美丽的莲荷出现。

把親愛的名字放進心中
用風來測試　用淚來測試
在茫茫的人海裡
用一首又一首的詩……

摘自〈劫後之歌〉2002·9·20

辑二

昨夜（上篇）

蝶　翅

记得有白色的花朵在身旁盛开，但究竟是山茶还是玫瑰，已经全无印象。只知道季节是在初春，在那一年，她终于明白许多事物都不可能留存。

无法再携带的笔记和信件，堆积起来，在后院北风的角落点燃，临别依依，她因此而总是会不时的注视着焚烧的中心。

在焚烧的中心，一切化为灰烬。然而，在接近中心的边缘部分，纸张虽然已经因为高热而蜷曲，原来洁白的颜色也变为深深浅浅的灰黑，纸质变脆变薄，如蝶翅般颤动，但是，每一段落的字迹却依旧清晰可读。

在火焰的吞吐间，原来用黑色墨水写成的字句，每一笔每一划却都变成了如燃烧着的炭色那样透明光亮的红。在即将灰飞烟灭之前的那一瞬间，白纸黑字的世界忽然幻化成灰纸红字的奇异色彩，紧紧攫住了她的视线。多年前他在静夜里为她写下的每一个字，如今红得炽热，忽明忽暗，仿佛有了呼吸，仿佛在努力向她表达那最后一次的含意。

在身旁盛开的白色花朵，已经不复记忆究竟是山茶还是玫瑰。只知道那是个初春的季节，微近中年的她，刚刚开始明白，这世间原来没有任何痕迹可能永久留存。

岁月飞逝，世事果然都如浮光掠影。可是，那炽热的红字刻在灰黑的纸页间，如蝶翅般颤动着的片段，不知道为什么，在又隔了那么多年之后，依旧会不时飞入她的心中。

选自尔雅版《黄羊·玫瑰·飞鱼》

透明的哀伤

站在峡谷之间的吊桥上，站在满月的光辉里，我们呼唤你过来，来看那高悬在天上的月亮，你却微笑拒绝了。

斜倚在吊桥的另一端，在山壁的暗处，你说：

“我从这里看你们就好了，因为，你们就包含了月光。”

山风习习，流水在转折处呻吟喘息，身旁的晓风为了这样美的一句话轻声惊叫起来。月华如水也如酒，清澈而又迷离，为什么此刻我的心中却隐隐作痛？

是因为在那样透明的月光之中感觉到自身的有所隐藏吗？

是因为在那样圆满的一轮清辉之中感觉到自身的缺失与憾恨吗？

仿佛有一种畏惧，如影随形。

年轻的时候，心中的阴影来自那对前路的茫然无知，我会遇见什么？我会变成什么？一切都没有启示与征兆。而到了这一夜，那逃避不了的阴影却是来自对前路的全然已知，盛筵必散啊！盛年永不复返，我们这一生从未能尽欢。请你原谅我，亲爱的朋友，原谅这即使是在清辉流泻的光耀之处依旧紧紧缠绕着我的悲愁与怅惘。

是的，在这样美丽的夜晚里，生命是可以包含着月光，却不得不在同时也包含了一层透明的哀伤。

选自尔雅版《黄羊·玫瑰·飞鱼》

泰姬玛哈

“美”，只在瞬间出现，有时候根本不容人靠近，宛如在云雾掩拥里汪洋上的孤绝之岛，偶一现身之后，总让人怀疑刚才是不是真的见过她。

譬如泰姬玛哈。

泰姬玛哈曾经是我自幼心向往之的书上的图片，十年前，我终于去了，在那里度过两个黄昏然后回来，现在，一切又复归是书上的图片。

我只能说：

“我去过了。”

当然，我也还留了一些细节可以向你描述，譬如那向晚的轮廓模糊的平原，还有从平原上吹过来的微微有点温热的风，粉红与乳黄相并而成的大理石平台上，有几朵随风落下的白色的素馨花。

可是，也就只有这么多了。

而手边所有的关于历史的追溯，或者关于工程的浩大与匠心等等都不过是旁白，是叙述用的资料，一如书上的图片，只供导引与参考，却绝不是事件本身。

今天的我，翻开书来，只能说我曾经去过那么一次，却不敢确定到底有没有见过她。

泰姬玛哈从来不在这些资料里面，也不在游客拥挤的门廊之间。

绝美的容颜一如庭中那树繁花，只在极短的梦境中自开自落。

选自尔雅版《黄羊·玫瑰·飞鱼》

永远的诱惑

这几年来，去纽约的时候，都住到妹妹家里。每次一见到我这千里之外的来客，她就会笑着问我：

“怎么样！准备挑哪一天要我陪你去见吸血鬼呀？”

“吸血鬼”是她给纽约一间艺术用品材料店所取的代号。那间商店是一幢古旧的楼房，楼高五层还是六层，从地下室算起，每一层楼分门别类地放满了从绘画到雕塑到印刷设计等各色各样的工具和材料。屋子很老旧，没有电梯，要踩着轧轧作响的木头楼梯一层一层地走上去，妹妹一边走一边就会发表她的意见：

“不是‘吸血鬼’还会是什么？东西卖这么贵，楼梯这么破了都不舍得修一修！”

可是，对我来说，世间怎能有如此迷人如此诱人如此动人心魄的地方？妹妹给它取的绰号也真是贴切，想一想，在那些有关“吸血鬼”的传说里，有哪一个人不是心甘情愿地走进那美丽的陷阱，心甘情愿地躺进吸血鬼的怀中，还把雪白柔软的颈窝凑近，任他噬食的呢？

在开始的时候，我总是提醒自己要冷静，总是先不急着选购，先要一层楼一层楼细细地逛、细细地看，而且不断告诉自己，只准买必需品，绝不能再买油画范围之外的画材。

但是，走过水彩部门，那从荷兰运过来的水彩本子和从意大利运过来的完全是两种性格，一粗一柔，却都同样迷人。那么多不同的品牌再加上不同的尺寸，每一本都可以画出一种不同的味道，每一本都必须要试一试。

还有那些粉彩。先不说别的，光是看到那些装粉彩的木头盒子我就心软了，浅棕色或者深棕色光洁柔滑的木质，上面刻印着古老的花体字的商标，本身就已经是一件艺术品了。然后，打开之后，那像彩虹一样一条一条逐渐晕染出来的粉条更是光彩夺目：三十六色的、七十二色的，一直可以排到一百四十四色的。

还有，还有那些木刻刀，我虽然已经很久都没刻过木刻了，但是这并不表示我以后不会再去碰它。黑白两色强烈对比的构图仍然是我向往的一种表现方式：买下来吧，买下来之后就可以去实现那样的梦想了。

还有，还有角落里那些精巧的工具是做什么用的？刻纸的吗？我也可以学啊！

那些很可爱很朴拙的木头槌子呢？那又是做什么用的？可以做皮雕？在金属的表面上敲打着，再加上另外一些工具就可以做成整面墙上的装饰？我也应该可以做啊！我家客厅里不是还有一面空下来的墙？

还有，还有那是……

当然，到了最后，我就疯了。

到了最后，除了非买不可的油画颜料、画笔和画布之外，还添了许多许多也是非买不可的工具和材料，那样精巧奇妙的东西，不去试一试的话，准会后悔一辈子！

妹妹有一次又气又笑地问我：

“你认为只要买了这些东西，就可以马上学会，马上就能刻出来雕出来了吗？”

我也笑着回答了她：

“对啊！我这一辈子不都是这个样子？”

不是吗？

童年，四五岁的时候吧，穿着新棉袍，在大年初一这一天的早上，掉进了南京我们家门前结了一层薄冰的池塘里，不就是因为我认为只要能站到冰上，就应该马上会溜冰的结果？

到了后来，看见美丽的吉他，就以为只要买下来以后就可以弹出好听的曲子，听见别人吹奏得如怨如慕的“巴乌”，就急着盼着马上也能有一支，以为，只要买了一支好的“巴乌”就能和台上那位朋友吹得一模一样。

当然，到了这个年纪，多少也变明白了一些。我也知道在我这一辈子里，大概是永远也学不会溜冰、学不会弹吉他、学不会吹巴乌了。当然，更不可能去滑雪，去开飞机，去跳伞，或者，去实现少年时的梦想——攀登喜马拉雅最高最高的那一座山。

人到中年之后，学会了减法。知道要划地自限，知道有些事情有些路途，是这一辈子永远也学不会永远也不可能走上去的了。

但是，也正因为如此，对于那些在身边的比较靠近比较熟悉的路程，就产生了无限的梦幻与无限的野心。

也就是因为如此，不只是每次去到纽约，每次在那间“吸血鬼”铺陈好了的美丽陷阱里，我会情不自禁地搜罗一切被我看上眼的画具和画材。就是在任何其他的时间，任何其他的地方，只要是遇见了一间专卖艺术用品的材料店，我一定如获至宝，喜笑颜开地一头栽了进去。去看！去看！去看看还有些什么我没有见过的宝贝！

有一次在香港，走进了一间狭窄的画材用品店，屋子虽小，连两个人错身也嫌勉强，柜台里却颇有几样漂亮而又特别的东西。我请店员拿给我看的时候，她略略有些迟疑，我请她帮我包扎起来准备要付款的时候，她终于忍不住说了出来：

“一般人看了喜欢之后通常都不会买，这样的货品我们进得很少，有点像是橱窗里的装饰品，摆久了之后都几乎忘了它也是可以卖出去的东西了。”

我和她相视而笑，我也忍不住告诉了她：

“其实，这样漂亮的匣子，这样细致的颜料和笔，我也不会舍得常常去动它的，买了回去之后还不是一样也是装饰品。”

在我家里，在我的画室里，有许多理直气壮买了回来的东西，到了最后，真的只能用“装饰品”这三个字来形容了。

那些从三十六色排到一百几十色的粉彩，当然也用过，但是最大并且最常用的用途就是“观赏”，不管是独自一人或者是朋友在旁，每次打开，每次就有一阵欢喜赞叹！

还有那些一本一本的水彩或者粉彩的本子，需要做两个又大又方的铁柜子来装它们。每个柜子都装上五个扁平四方的大抽屉，在这些抽屉里都是我马上就可以完成的理想，诸如荷的生态或者是野姜花的纪录，每一个题目就可以画上一本。这两个柜子之上放上了一块又长又宽的桧木板就变成了实现理想的工作台，工作了一阵子之后，又可以再去搜罗些漂亮的本子设法把台子底下的抽屉装满。

当然，也有非常冷静的朋友一眼就把我看穿了，当我一本一本地向他展示那些雪白的本子的时候，他就开口了：

“你认为，你这一辈子画得完这么多本子吗？”

我的回答是冲口而出的：

“不一定。但是，也就是因为有了这些东西放在我眼前，才能引诱我去画一辈子的啊！”

话说出来之后，忽然觉得事情就是这样，真的！对我来说，事情好像本来就是这样。

是的，是有一种感觉在引诱着我。

一张空白的图画纸，一本又一本的水彩或者粉彩的本子，在打开第一页时，整个本子那种完全空白的惑人感觉强烈极了，让你不由得不想画些东西上去。

而在每次把自己钉好了的，如鼓面一般又平滑又紧绷的画布放到画架上去的时候，也是那一大块空白在引诱着我。那就在眼前的，伸手可及的，只要开始就可以逐渐填满的充满了希望的空白，在安静地召唤着我、等待着我，等我提笔调色，等我开始工作。

事情好像就是这样。不然的话，像我这么一个无论做什么事情都是五分钟热度的人，怎么单单会在这条画画的路上一走就走了三十年？

不管画出来的成绩如何，三十年就这样匆匆过去，少年时曾经一起画过画的朋友，有许多人都走到别的路上去了。那年，T来看我的画展的时候，就对我说过：

“你要知道，不是每个人都像你这样幸运的。不是每个人在画画的路上都能够得到家人和亲友所有的支持，不是每个人都能实现了他少年时候的梦想。我们停笔的时候当然是希望有一天环境许可的话，还能重新再开始。可是，也只有在停笔之后，才会发现，要再重新提笔会有多难!”

T的鬓边在那年已经初现白发，我知道我朋友心中的苦楚，可是却说不出什么安慰他的话。反倒是他一直在鼓励我，要我不管怎么样都不要轻言停下画笔来。

后来，又隔了几年，在他又一次的远行之前，他来到我的画室，头发几乎全白了。他送了我一把油画笔，大大小小合在一起有几十支。他说，那是他给自己保存了许多年，总是以为有一天还可能重新再用得上的画笔。他把每支都洗得非常干净，整整一把放进了我的手中，没有再说什么话就分别了。

我明白他的原意是要我用它们来继续画下去，可是，我怎样也舍不得用。就把它们放进画架旁边一个陶制的笔插里，依旧是原来那满满的一把，就好像是许多年前那个少年满满的希望与梦想一样。

每次在画室，在打开抽屉把玩了我那个百宝箱里的本子和盒子的收藏之后，在三心两意又想画粉彩又想刻木刻的时候，只要眼光一触及到T送给我的那把油画笔，我就把一切的玩心都收起来了。

我不能预知将来会画出些什么样的作品，我只知道眼前必须要坐到画架前面去。画架上有我新钉好的画布，有一张全新的空白在诱惑着我，有一个全新的开始在等待着我。

如果有人一定要追问我结果如何

我恐怕就无法回答

所有的故事
我只知道那些非常华丽的开始
充满了震慑和喜悦
充满了美　充满了浪费

每一个开端都充满了憧憬
并且易于承诺　易于相信
……

在一个又一个安静的夜晚里，在灯下，我就是用着那样的心情，将那些空白逐张填满，逐张逐张慢慢慢慢填满。

选自洪范版《江山有待》

刘家炸酱面

我们家女儿还在读小学的时候，有一天忽然没头没脑地蹦出一句话来：“以后，我做了妈妈，一定不是这样。”

好像是在秋天，好像是一个下午，我们都坐在客厅里一人抱着一本书，她的弟弟也抱着一本漫画，三个人都从书里抬起头来望着她，女儿继续发表意见：

“以后啊！我做了妈妈，一定会在家里用蒸笼蒸很多什么包子啊、饺子啊、发糕啊的，让我的孩子一放学回家就可以吃到那些胖胖白白又香香的点心，这样他们就会有很幸福的感觉。”

那时候大概是读小学中年级的女儿，在用重叠的形容词形容那些点心的时候，眼睛里也充满了幸福的憧憬。

我在一旁哑口无言，连笑也不敢，心中一时间充满了罪恶感。可不是吗？“家”对孩子的象征，原该就是有一个在胖胖白白又香香的包子后面微笑的母亲的啊！而我不就是那个让她缺少了幸福感的罪魁祸首吗？

丈夫倒是开始笑了，并且仗义执言：

“可是，要有一个像你妈妈这样的妈妈也不简单啊！你想，有谁家的妈妈可以一高兴就开车带你直上阿里山？横贯公路？而且一去就玩个几天不回家的呢？”

女儿回答时有几分无奈：

“是啊！是啊！我也没说我的妈妈不好啊！我只是说，我自己以后要做一个像隔壁王妈妈那样的妈妈。”

隔壁的王妈妈真的是个可爱极了的妈妈！人又能干，脾气又好，在我们两家毗邻而居的十年时光里，从来没见她发过一次脾气，永远是柔声细语。一早赶去银行上班，下班回到家之后就会变出许多香喷喷的点心来。我们家女儿放学之后总是会在她女儿的房间里一起玩、一起做功课，我们隔着墙叫她都叫不回来。有时候到了周末，或者年节，王妈妈就会端了一大盘好吃的东西来叫我们全家尝尝，我们也都老实不客气地统统吃光，最后在空盘里放上两个苹果或者几个柳丁还回去，幸福快乐地道谢了之后，心中就开始暗暗期待着下一次的到来。

所以，在女儿发表了她的最高志愿之后，我着实也以王妈妈为榜样发奋图强了好几天。蒸笼那玩意儿学问太大，不能随便碰，我就催着丈夫一起去选了个烤箱，买了几本从小饼干到鲜奶油蛋糕的食谱，西方人的食谱上什么都有斤两有数字，烤箱上也有时间有刻度，我想，只要我肯精确计算，按数字按秩序地一样样做下去，一定可以做出点东西来的吧。

不过，我忘了任何事情的发展都不会像预期那样的简单，倒真有点像我写过的那几句诗了：

一定有些什么是
我所不能了解的……

明明是循规蹈矩的标准过程，烤箱里面出来的却没有一次不是令人大惊失色的成品。如果这样的东西是从烧陶的窑里取出来的话，还或许有可能成为珍贵的“窑变”的机会，可是，从烤箱之内取出来之后，却是百劫不复了。

丈夫安慰我：

“不错了！不管样子怎么样，总还是真材实料，吃下去还是很有营养的。”

当然，我也不是一个轻言放弃的懦夫（懦妇?），这一次不行是吗?好！下一次的材料紧跟着又放进烤盘里去了。最高纪录有两天之内烤了八个蛋糕的成绩，而且第八个居然有点神似了，女儿轻尝了几口之后，很有礼貌地对我说：

“谢谢妈妈，很好吃。不过我已经很饱了，明天再吃好吗？”

在那个时候，我终于明白了：

一定有些么什么

是我所无能为力的……

对于想给女儿童年一份幸福的努力，终于在满厨房的面糊、满垃圾箱的蛋壳以及满冰箱的“艺术珍品”的浩劫中结束，一如我那首诗的结局：

一定有些什么　在叶落之后

是我所必须放弃的

从此，孩子放学之后，我遵照了丈夫的指示，又跟往常一样，从冰箱里拿出当天或者头一两天从台北买回来的蛋糕、冰淇淋，或者是些颜色形状都美得不得了的点心给他们，心里明白，在他们童年的记忆里，我这个母亲大概只能做个食品供应的中间商，大概永远也做不成那个伟大的创造者与幸福的象征了。

时间就在彼此妥协的情况之下慢慢过去，女儿也越来越懂事，在去隔壁王妈妈家又吃了些什么新鲜点心之后，也不会再来向我形容了。

倒是他们的父亲在默默从事一些改善生活的尝试，并且逐渐有了成绩。

我们家平日有人帮忙家事和做饭，到了星期天才要自己做，我就常常用剩菜剩饭对付着让一家人吃两顿。孩子小的时候从来没表示过意见，给什么吃什么，有时候大概是做父亲的看他们可怜，就会带全家出去吃顿馆子。

我自小不爱面食，尤其是煮的面条之类的东西，更是敬谢不敏。孩子却完全和他们的父亲是一国的，到了店里总是要吃面，汤汤水水的一碗吃下来就很满足了。

我的丈夫是个凡事都会细心观察并且然后就会去放胆实验的人，(写到这里，不禁自问，他当年娶我是不是也是这种心态呢？) 所以，逐渐的，星期天中午渐渐从出去吃饭演变到他要在家里主厨了。

主厨之前，他先去采买，因为他嫌我买的菜色不对，他骑上车子去菜市场转了一圈之后就回来在厨房里对我发号施令了。这时候的我总是百依百顺，听他的吩咐，这个凡事都要争强好胜的太太，只有在厨房里愿意屈居在任何人之下。他要我洗葱就洗葱，要我切菜就切菜，一切“下手”的工作我都做，绝不推脱，有时候不小心把什么刀啊碟子啊的掉在地上，他忍不住骂我“低能”时我也绝不还口，想一想，只要挨两句骂就能换一顿饱饭吃，世间哪有这么便宜的事啊！

只是他因此而常常煮面，使我有点颓丧。奇怪的是两个孩子每次都很捧场，不管是吃饭吃面，不管他们的父亲拿出什么菜谱来，两个人都一扫而光。有一次，女儿在星期六的晚上就向她爸爸预定第二天的菜单了：

“爸爸，我们明天还要吃你在上个礼拜天做的那种面好不好？”

她父亲一时也想不起来上次做的是什么面，女儿再来细细描述：

“就是那种很香的，在面上放了很多咖啡色的酱，再加上黄瓜丝和萝卜丝的那种面嘛。你不是说那是奶奶以前最爱吃也最会做的吗？你不是说那种炒酱的方法是你们刘家特制的配方吗？”

很难形容我们家老爷在那个时候脸上的表情，那是一个人在心里得意非凡却又拼命要保持不动声色的特有表情，他还假装不太明白的口气继续套问他的女儿：

“你是说你喜欢吃那种面吗？你是说爸爸做的炸酱面非常好吃是吗？”

女儿拼命点头以及她的弟弟马上随声附和的场面确实很令人感动，我想，我的丈夫如果不是一向想在孩子面前维持住一个严父的起码形象的话，这时候的他应该早就已经跳起来大声欢呼了。

第二天一早，女儿也跟着父亲上菜场去了，一大一小两辆脚踏车同去同回，两个人都是笑嘻嘻的。当然，二手该做的事还是我先来做，两个小孩不时跑到厨房来催问我好了没有？

等我把黄瓜丝、白萝卜丝、胡萝卜丝和绿豆芽这些颜色鲜嫩的凉拌菜都准备好了之后，他们的隐隐有大将之风的父亲就驾临厨房来做炸酱了。油要先温起，酱已先调好，另外要放进去的还有绞好的瘦猪肉泥，切好的豆腐干丁，泡好也切好成丁的香菇，慢慢地逐一地放进油中，褐色的酱经过油的润泽在火上发出一种引人食欲的光泽，香味也逐渐四溢，使我们家的前后院都好像也有了别人家厨房常常传出来的那动人心魄的气味了，幸福感不禁油然而生。

这一顿星期天中午的特餐当然让大家皆大欢喜，我也开始接受这样的面食了，不过，别的汤面还是会让我情绪低落，要吃就得吃这种炸酱面才行。

我们一家四口从此就以吃炸酱面作为一种庆祝与奖赏的仪式了，女儿考了个第一，好！星期天吃炸酱面。儿子乖乖地把功课做完了，好！星期天吃炸酱面。当然，大家要吃的炸酱面得是爸爸做的那一种才行。

因为，自从刘家炸酱面问世之后，从龙潭到台北没有一家饭店的炸酱面可以相比了。女儿上了中学之后，会和同学出去吃饭，回来的时候常常会先告诉她父亲：

“爸，今天我去吃的那家，炸的酱太不像话了，根本是骗人的嘛！”

再大一点，有时候会和同学出去两三天，回来的时候就会向她的父亲撒娇：

“爸，好想你……的炸酱面啊！”

当然，假如碰到那天刚好是星期天的话，中午的饭桌上免不了就会出现四个凉拌的菜、一大碗炸酱和一锅面条了。

在餐桌上环视我的家人，忽然发现，在不知不觉之间，我的丈夫竟然成功地在孩子心中创造出一种幸福的象征了。不是吗？等我们的孩子长大之后，等他们成家了以后，等他们的孩子也都坐在饭桌上的时候，“刘家炸酱面”必然也会有一天出现在他们的饭桌上，到那时候，就会有一个做母亲的或者做父亲的要说出那句话了：

“这是‘刘家炸酱面’，是我小时候最爱吃的面了。”

而所有童年甜蜜与幸福的回忆就会跟着那一碗特制的面食回到眼前、回到心中了，不是吗？不是就是这个样子了吗？

但是，这并不是我今天要写这几千字的最主要的意思。

我今天真正想说出来的话其实并不是在那一碗炸酱面上，但是，又好像也是在那一碗炸酱面上，只是，不知道该怎样正确地说出来而已。

这几年以来，别人在说我的另一半的时候，常常爱用打趣的口气来形容他。说他家有“名妻”，说他宠太太或者甚至怕太太之类的笑话，而我们夫妻两个也总是凑趣来应和，从不否认也不纠正，甚至有时候还会主动向朋友提供一些这一类的所谓的“新闻”，好叫听的人皆大欢喜。

但是，我心里其实是很明白的，朋友说的都是些善意的玩笑。在真正的人生里，我的丈夫才是那个不断提携我引导我往前走、用他的一切来影响我的人，他实在是我“比较好的另一半”啊！

母亲在世的最后五年与我们同住，在那段时间里，我的丈夫常常会每隔半个月左右就做一次炸酱面给大家吃，每次给岳母大人煮面的时候，都会多煮一会儿，好让面条软一点，好让我的母亲吃的时候容易下咽。

而我起初还没有发现，还跑到厨房里去质问他为什么把面煮得那么烂，还问他是不是实验室里有些什么难题影响了他煮面的成绩。

而我这位学科学的丈夫，在台湾用自制的雷射做雷射雕刻并且声名已经传到海峡对岸去了的丈夫，却对我轻声说了一句：

“不行啊！面不煮烂一点，妈妈会咽不下去的啊。”

然后，他继续耐心地等待着那一锅面，并且，当他把给我母亲的那碗面盛出来，交到我手中的时候，一点也没有要我感激的意思，好像那是最自然不过的事，好像要我端出去的那碗面是要端去给他自己的母亲一样。

在那一刹那里有些什么东西从我心中满溢出来，我想，那才是我今天真正想要说出来的话了。

选自洪范版《江山有待》

空　白

前年春天的一个晚上，我含着眼泪站在荣总楼下急诊住院的柜台前，等着替母亲办入院的手续。

其实时间早就过了午夜了，很少戴表的我不知道到底是几点。从石门乡下叫了救护车直奔台北，家里两个熟睡中的孩子只好拜托邻居照看。本来我只想和母亲的护士两个人送母亲来台北的，但是丈夫执意不肯，一定要陪着我们一起来，也幸好他来了，不然我更要慌乱失措，不知道该要怎样奔走才行。

终于，一切的混乱都过去了，他们在楼上病房里陪着母亲，我一个人挨到住院的窗口办手续。在我前面已经排着一个人，背对着我，正在填表，里面的职员用很大的声音在教他应该怎样填写。

好像填表人本身就是那个需要住院的病人，窗内的那个职员用手指着一栏说：

“在这里填你的子女的名字。”

“我没有子女。”

“那么，就填你家里亲属的名字。”

“我没有亲属。”

回答的声音清楚而又平静，却让我整个人起了一阵寒战，午夜后的医院空落落的，窗内的职员是个疲倦的中年男子，也有了半秒钟的停顿，然后才用职业性的礼貌继续说下去：

“那么，就填你朋友的名字好了。就是说，有事的时候可以通知的朋友，写个名字和地址就好了。”

职员的声音比刚才的轻了一点，感觉上也好像温柔了一点。

那人低头开始填写，我站在他后面只看见他花白的发丝。一双布满了青筋的大手在纸上缓慢地移动着，试着写出他朋友的名姓，一个万一有什么事的时候也许可以承认与他有点关联的名字。

在他身后，我静静地让泪水流了下来，但已经不再是为了我病苦的母亲了。

●

晓风说的：

“我总是尽量从成年人的言谈里去捕捉他幼小时期的形象，原来那样垂老无趣口涎垂胸的人竟也一度曾经是为人爱宠为人疼惜的幼小者。”

“如果我曾经爱过一些人，我也总是竭力去想像去拼凑那人的幼年，或是烧红半天的北方战火，或在江南三月的桃红，或在台湾南部小小的客家聚落，或在云南荒山的仄逼小径，我看见那人开章明义的含苞期。”

“是的，如果凡人如我也算是爱过众生中的一些成年人，那是因为那人曾轻幼小，曾轻是某一个慈怀中生死难舍的命根。”

而我呢？每次看见一个孤独的老人走过我身边，我就会想到，他也是曾经年轻过，曾经深深地爱过的人。

他是在什么样的情况之下失去那一切的呢？

●

他们的心里有很多景象会重复出现，然后，慢慢地逐渐固定到一点。

固定到分离的时候，曾经呈现出来的细节里最最重要的那一点：

“我们东北那地方冬天是可以冻死人的，可是到了春天，苹果花开了满树，我们家那一带都是好果园，那些老苹果树开花的时候可真是好看哪！”

然后就是那仓促的别离了吧？

每次话说到这里就停了下来，苍老的面孔转向窗外，好像在外面那狭窄的院落里真的长着许多株大果树，开着满满的满满的雪白的花朵。

●

能够白头偕老该是几世修来的福分？

离开家的时候女儿才两岁多，她母亲的肚子里怀着第二胎，也就只能这样说走就走了。

家里原来世代都是种茶的，温暖的山坡上总是有种淡淡的香气，刚到这岛上，梦里也能闻到那香气，总会哭着醒了过来。

那种寂寞实在难熬，许多个一起出来的伙伴都另外成了家，只有他始终不娶。

刚来那几年，消息偶尔会传到家乡去，朋友好意辗转给他带来一封家书，说是她在信里写了些劝他再娶的话。

那封信他收下了，三十多年来都放在家里，始终不肯拆开。

●

医院要改建，所以暂时做了一条空中走廊，连接几幢主要的建筑。

这两三年来，母亲进出过医院几次，去探望母亲的时候常常会走过这一条狭长平滑的走廊，从一边的窗望下去是热热闹闹的工地，另外一边却是一片绿树，绿树中有池水，池中有睡莲，池畔总有三三两两的病人在晒太阳。

那天下午从走廊的窗口望下去的时候，我初时的印象是觉得那两位老先生长得非常相像，同样的瘦小，同样的剪得极平整的发型，同样的已经疏落了的短短白发，两个人都穿着医院里病人穿的深蓝色晨袍，在阳光里一前一后慢慢踱步。

在走廊上的我步子却走得很急，急着去办事，急着赶回家，孩子快放学了，最好能在他们到家之前赶到，省得有哪一个又会委屈得把小嘴巴嘟上个老半天。

其实我自己心里也有许多说不出来的委屈。这几年来在学校、医院和住家之间来回奔跑，常常恨不得能多出个三头六臂来。似乎没有一样事能顾得周全，总是一方面觉得对不起别人，一方面又觉得别人对不起我，有时候逼急了，真想飞走，飞到一个没有任何人与我有关连的地方，好好地去过我自己想要过的日子。

等到我把该办的事都办完，下了楼走到医院门前的停车场时，那两位老先生也正好走了过来，仍然是一前一后慢慢蹓跶着，在每一辆车前都停一停，很感兴趣地东看西看，脸上带着安静的笑容。

有辆车子停错了地方，被开了罚单，老先生中的一位还把那张黄单子拿了起来，仔细研究上面的条文，另外一位就站在他身旁眯着眼睛微笑地看着，等待着。

这样长的一天，这样长的一生，要怎样才能心平气和地度过去?

要在三十多年里不断忍受着折磨与挫伤，不断谦卑地退让着，才终于能够得到一块小小的安静平和的天地吧?

我打开车门放东西的声音惊动了他们，两个人一起向我望了过来，我向他们笑着点了个头，两位老先生马上高兴地回礼，车子发动以后，他们站在路边不约而同地向我挥手示意。

当年他们曾经向怎样的一个女子挥手作别?在雪白的苹果花下，或者在浮动着清香的山坡上，他们挥手的时候有没有想到这样一挥手就是三十多年的空白?

温热的阳光里，车窗外是那喧哗纷乱的人世。我打了一个寒战，然后加速疾驰，渴望能赶到我自己的家，回到那每一分每一秒都塞得满满的世界里去。

选自洪范版《江山有待》

苏武的神话

整棵大树上开满了白花，又厚又绿的深色叶子把白花衬得特别耀眼，老远就看到了。

我曾经在垦丁的海岸林边画过这种树，知道它的名字，于是很兴奋地告诉朋友。

“是海芒果！那就是海芒果！”

好大的一棵树，深植在海边的山崖上。在几十年之前，当那些渡海而来的人刚刚开始在这个小岛上栖身之时，这处山崖上，一定曾经长满了这一类的海岸植物吧？

我想，当那一群人刚刚开始在这些树木底下搭建他们的小木屋时，一定以为这只是暂时的停留，以为不久之后就可以离开，所以才会盖得这样窘迫和杂乱无章的吧？

朋友举起了他的相机对着海芒果的浓荫取景，我就站在狭窄的山路上等着他。几十年过去了，当年的小木屋陆续翻盖成水泥砖瓦的房屋，稍有规模却依旧杂乱。山路是贴着山崖开凿出来的，坡度很陡，右边是上一层房子的前院，左边紧接着就是下一层房子的屋顶了。

我背靠着铁栏杆站着，我的身后有一扇角度很奇怪的窗户贴着路边打开，几乎就在我的脚下，有人在小窗内用筷子在打蛋糊，应该是厨房了。也许是要烙饼，也许是要摊鸡蛋，油已经上锅了，气味从窗里飘了出来。我转身向窗内探视，但是阳光太强，窗户里面又太黑，我什么也看不到，只听见筷子在瓷碗里急速翻打着的声音。

朋友拍完了海芒果，走到我身边来，指着这一处微微凹进去的山崖和眼前的海湾说：

“这就是我的故乡，我所有的童年！”

●

自从知道我在这个夏天会去香港之后，朋友在长途电话里就说过了：

“这次轮到你要来看我的故乡了！”

朋友祖籍是广东，他在电话里所指的故乡却是这个他曾经生于斯、长于斯的香港调景岭难民营。

要再称呼调景岭是个难民营似乎不太恰当了。可是，要去找个更恰当的字眼来形容这块地方的特性，却也并不容易。

它往前走的步调不像香港。

最高的房屋大概也不过是三层楼吧，大部分依然是紧密连接着的小平房，最具规模的建筑应该就是调景岭中学的校舍了，听说是救总盖的，就在靠近海边的平地上，墙上有谷正纲先生的题字，听说年年还有成绩好的学生通过考试以后可以到台湾来上大学。

朋友带我去的这天，下午的太阳虽然很强，一群男孩子依旧在水泥铺成的球场上拼得厉害，笑声和传球间吆喝的声音远远地传了上来。操场中间，升旗台上青天白日旗在海风里不断轻轻拍打，山路上走过的人虽然说的是广东话，却带有很重很重的乡音，如果要说这里是香港，实在不像。

可是，它也不像台湾。

●

朋友是个很细心的人，出发之前，在电话里就告诉我他准备去的时候带我坐公共汽车走山路，回程时再坐轮渡走海路，这样我就可以从不同的角度来观看他的故乡。

我自己的童年也有好几年是在香港过的，那时候也隐隐约约地知道有个调景岭，听人形容好像是在一处很远很荒凉的地方。

可是，在这个下午，跟着朋友坐上车之后，觉得“远”的确还是很远，至于“荒凉”却走得完全没有影子了。

整个香港、整个九龙、整个海域都充满了人。人和人堆叠起来，建筑也因此变得非常奇怪，又挤又窄又不可思议的高，二十几三十层的小公寓就这样一层一层地堆叠上去，就像恶作剧的孩童在玩积木一样，让人有一种胆战心惊的感觉。

更令人刺心的，是那些从无数窗口中向天空密集斜伸出来的竹竿。每一扇窗中几乎都有一枝，角度几乎一样，斜斜地伸出来，让晒在竹竿上的衣服既不会有掉落到街心的危险，也不会有因为角度太陡而又互相推挤重叠在一起的困扰。远远望去，像是些瘦高的巨人身上插满了细小的旗帜，三五成群地站立在沿路的山坡上。

朋友笑着说：

“这是我们香港人才会的特技！”

是要在一种怎样困窘的生存环境之中才能学会的争取阳光的方法！而当每一个家庭都学会了并且一起实行的时候，竟然是一幅这样滑稽而又无奈的画面，让人在止不住唇边微笑的同时，也止不住心底一阵阵的刺痛。

“所以我们住在调景岭的人都不想搬出来，尤其是那些老人家，要他们从有山有树的住家搬到这种四处不靠边的高楼里养老，岂不是会要他们的命？”

朋友继续向我说下去：

“你到了那里就会明白了，调景岭虽然没有很好的居住环境，可是也有它让人舍不得离开的地方。”

●

一如朋友所说的，调景岭的居住环境实在并不太好。不仅只是入口的山路陡峭狭窄，就是在住屋密集较为平坦的地区，留下来的通路也只能容两人并行，如果有第三者迎面而来的话，就一定要有人侧身让路了。

路旁杂乱地开着些小商店，彼此的屋檐几乎都碰到一起了，门面极小极阴暗，门前也看不到有什么特别的装潢，几乎只能靠那些摆在店内的货品来分辨商店的种类。没什么生意，因此而闲坐在店门口的老板就隔着小巷彼此交谈，就好像我们坐在家里和朋友隔着一张茶几谈话一样。

一只又肥又大的老鼠从我脚边蹿过去在沟渠之间消失了，我惊叫了一声，声音应该不会太大，还是给朋友听见了，他回头向我笑了起来：

“你运气不错嘛！给你看到这么大的一只。”

就在这个时候，我们经过了一间小吃店，朋友说：

“等一会儿再到这里来吃东西，他们家的饺子很有名。我先带你去看那间教堂。”

我已经在来的路上从相片里看过那间教堂了。相片是朋友翻拍的，一群教友面带微笑地站在长长的阶梯前，角落里牵着大人衣角站在那儿的小不点儿，是朋友幼年时最早的留影。他说：

“我也是在无意中发现的。替一份杂志整理多年前的旧资料，在有关调景岭最初的宗教活动里看到这张相片，才发现我那个时候大概是放在家里不放心，带着走又碍事的年龄，才会在这张团体照里出现。”

可是教堂已经空了。许多年之后的一个下午，当相片里小小的男孩长大了，在衣袋里放着那张翻拍的相片，兴致勃勃地带着友人重新再走上教堂门前石阶的时候，却发现，石阶尽头的大门已经上了锁，隔着门上的栅栏望进去，教堂已经空了。

●

朋友的父亲已经去世，几年前，他们一家人也已经搬离了调景岭，住到香港去了。

“可是，在选择新家的时候，我妈妈还是坚持要住在可以和调景岭交通最方便的地区。所以，从我们现在的家走出来，没多远就是码头，我妈妈就常常一个人坐轮渡再回调景岭来看老朋友。”

其实，不只是朋友的母亲而已，朋友自己也常常坐十分钟的船再回到这里来，来的时候，总是带着照相机。

时间所剩无多，我的朋友并不能够很清楚地知道他可以做些什么，他只想把他在此刻所能看到、感觉到的一切记录下来。

把曾经属于他的记忆、曾经属于他父亲的历史、曾经属于离乱中国最荒谬矛盾而又最无奈的一个角落记录下来。

时间所剩无多，眼看着生于斯、长于斯的这块土地即将要面临一场从根拔起的改换，改换的不只是这些大树、这些低矮的建筑和曲折的山路，恐怕还有多少年来一直是热烈的甚至带有象征意义的那种心情吧。

面对着这样的一种改换，他所能做的，大概也就只能是记录而已了。

●

我们已经走到海边的平地上了。这里像是一处收拾得很干净的公园，树阴下，一位老者坐在秋千架上慢慢地前后摇荡着，他背对着我们，面向海洋，银白的发丝在海风吹拂中轻轻颤动，朋友举起相机，按下了快门。

在我们左边有一排栏杆，栏杆前面有好几棵枝繁叶茂的大树，树下的长椅上，也坐着几位老先生，他们大概常常在这里消磨长夏，因为那几张长椅上的木条已经磨得很平滑光亮了。

朋友不自禁地又举起了相机，坐在椅子上的一位老先生忽然举手阻止我们：

“不可以照相！”

其他几位老人倒是没有什么反应，安静地看着我们，只有这位老先生很愤怒地说下去：

“你这样不先征求别人的同意就拍照是不可以的！到别人的地方来怎么这样没有礼貌!”

朋友鞠躬道歉，同时向他走近几步轻声解释，说这里其实也就是朋友自己的家乡。为了取信于他，朋友还向这位老先生说出自己父亲的名字。

老人几乎是马上就点头表示他记得这么一个人，然后，他就说了那句话：

“那么，你一定就是他那个考上香港大学的孩子了。”

不过只是极短极短的一瞬间，老先生在这一句话里的语气和刚才的愤怒仿佛有天渊之别，虽然他竭力在掩饰，不想要表现出来，但是，面对着故人之子，面对着那忽然间涌过来的几十年的时光，他是无论如何再也强硬不起来了。

朋友在那一瞬间也怔住了。他一定没想到，在这块土地上，在还记得他父亲的那一代里，对于其中有个人的孩子能够考上香港大学，也竟然成为一件不能忘记的大事了。

察觉到身旁这两个人都在很努力地想要调整自己的心情，我有些不忍地走了开去，走到靠海的栏杆旁，天空一碧如洗，海水湛蓝。

多好的天气啊!

●

天气真好。我们坐上渡轮往香港回去的时候，夕阳在海上映出万道波光，金灿灿的。船身微微起伏，我好像置身在一种温暖而又恍惚的气氛里。

这世界其实也还不错，如果就像此刻一样，有一轮温暖的落日、一阵又一阵温暖的海风，还有那一整个温暖的海洋，就在跟前和身下微微动荡，滚动着一层金紫又一层金红的波光，而我在船上，什么也不去记得，什么也不想。

可是，我总是忍不住要想起那位老先生，和他后来离开树阴一个人横过空地走回去的身影。支着一根细细的手杖，脚步有些蹒跚，却依旧努力保持着背脊的挺直，努力保持着步伐里的尊严，在阳光下横过空旷的水泥广场，一个人，一步一步地往他住了四十年的栖身之地走了回去。

不知道为什么，在微微晃动着的船上，我忽然不自觉地哼起小时候听过的那一首歌来：

“苏武牧羊北海边，雪地又冰天，羁留十九年……”

然后我忽然噤声。

对着眼前金灿灿的夕阳，我不得不承认，这个在历史里一直因为那悲惨的坚持而流传了下来的故事，放在今天这些中国人的眼前，竟然变成是一则美丽而又幸福的神话了！

选自洪范书店版《江山有待》

今夕何夕

C常常对我说，他觉得我们这一代的中国人，应该算是比较幸运的一代。

他说：和下一代的年轻人相比，我们这代在幼小的时候，都或多或少受到战乱的波及，童年因此较为穷困和辛苦。年轻的时候要咬紧牙关，才能逐步往顺境里走来，所以比较容易知足，常怀感谢，也懂得向命运让步。又因为所有的黄金岁月都与这个岛屿有所关联，心里也就有一份完整的归属感。

但是，我们的下一代当然不肯对今天知足，他们当然是要从这个基础上，再去要求一个更好的明天，因此也免不了会常常觉得失望与沮丧，在这一点上，我们并没有办法来安慰他们。

而上一代呢？

不论是四十年前仓皇离家的，或者是那时候刚刚在这个岛上完成他们的学业的，这些人在最需要工作、最渴望在公平的社会上一展抱负的年纪里，却都被卷入了战争的漩涡。面对着流离颠沛的命运，面对着家破人亡的创伤，他们的一生，从那个时候起，就被切割成永远不能重新结合的两段了。

在这一点上，我们做子女的也说不出什么安慰的话来。

我有时候会想，对于我的父亲和母亲来说，他们在蒙古高原家乡所度过的少年时光，也许就是生命里仅有的一段不知忧患的岁月了吧？

和整个一生长长的时间相比，那段时光何其短促！何其遥远！又因此而何其美丽！

这个初秋的返乡之行，其实早在去年暑假，就开始和父亲商量了。

父亲远在德国，我原来是想与他会合，再一起回去的。内蒙古有一所大学邀请父亲去演讲，邀请函后还加了一条附注，听说是也欢迎我这个做女儿的一起去。

可是，父亲后来还是婉言推辞了。

我不知道他是怎样回复那所大学的。当然，他可以举出许多理由和借口来。不过，我却知道真正的原因，在心里最无法向人明说而又是最痛的原因，不过就只有一个：

“我曾经在那块土地最美丽的时候，留下了许多记忆。今天的我，实在不愿意也不舍得去破坏它们。”

所以，就是这样了。那么，就让我一个人回去吧。

是的，父亲，我明白您的心情。那么，就让我这个从来没有见过故乡的女儿，一个人回去吧。

父亲，我是幸运的一代！没有任何记忆的负担，没有任何会因为比较而产生的损失，也因此而没有悔恨与遗憾，您就让我一个人回去吧。

在长途电话里，父亲把我堂哥的地址一个字一个字地念给我听。堂哥是我三伯父的孩子，也是父亲在家乡唯一的亲人。用蒙文再翻成汉文的地址又长又绕口，父亲说：

“从地址看来，你堂哥现在住的这个地方，不是我们从前的家了。反正，你先去找到他，到了那里，你再向他问回去老家的路好了。”

父亲又要我与住在北京的尼玛先生联络，尼玛先生是内蒙古人，年纪虽然和我差不多，却是我父亲非常敬重的朋友，这次回乡，父亲郑重拜托他给我带路。

我从来也没见过尼玛先生，要如何相认呢？

尼玛的建议倒很新鲜，他回信说：

“我会到北京机场来接你。我们彼此虽然不相识，但是，我想，到时候应该可以从我们蒙古人面貌特征上的相似之处，来互相辨认的吧？”

果然，在北京机场，我们彼此很容易地就认出来了。只是，在性格上，我们也都有蒙古人相同的特征，在初次见面时，都有着潜在的羞怯与犹疑，因而交换的语句常会停顿下来。

那个时候，我们已经上了车，开始沿着笔直的、浓荫夹道的公路往北京前行。大家都是安安静静的，前座的驾驶把音响打开，让一些流行歌曲来调剂一下气氛。

天色已近黄昏，夕阳从路旁成行成列的柳树间透射过来，逆光的树干几乎是深褐色的，柳阴却成了一层又一层碧绿的发光体。阳光让叶子成为千万片透明的碎玉，在微风中不断轻轻闪动。一个穿着浅色衣裙的少女，骑着脚踏车从树下经过，衣裙间也映上了一层变幻不定的绿光。

有些什么从我心里慢慢浮起——这个城市，这一座陌生的城市，却是我父母当年初初相识而终于成婚的地方……

就在这个时候，录音带里传出来一段有点熟悉的旋律，静静听下去，竟然是一首老歌，是多年以来不曾再听人唱起的一首老歌：

啊！今夕何夕！
云淡星稀，夜色真美丽……
你我才逃出了黑暗，
黑暗又紧紧跟着你。
啊！今夕何夕……

歌词里，我只能记得这几句。那是我童年的记忆，跟随着父母在香港那个小岛上住了下来，楼下邻居的收音机里，常播这首歌。听说当年是白光把它唱红的，所以，后来的人，都尽量想模仿她在歌里那低沉而又带着无限沧桑的嗓音。

想不到，多少年之后，重新听到这个调子，竟然是在归乡之行的第一站上。开始的时候，我不禁失笑，心里想：

“天啊！怎么在这里唱这种歌？”

是有点荒谬。几十年前白光歌声里的沧桑，似乎没有办法和眼前这一切放在一起。

车子在红灯前停下，穿着制服的交通警察，站在十字路口中央的台子上，在他背后，是一幅巨大的写着标语的宣传看板，上面描绘着光明的远景。

我再把目光转回到路边的柳阴中去，树木已经没有刚才那样浓密了，斜阳的光芒因此从枝叶间直接刺进了我的眼帘，眼球一阵酸涩，有泪水慢慢地浮了上来。

是荒谬啊！我们上一代的中国人所遭遇到的一切，那紧紧跟随了一生的黑暗噩梦，都是绝顶的荒谬啊！

这是年轻的父亲和母亲，在当初离开这块土地的时候，无论如何也料想不到的命运吧？

绿灯亮了，车子恢复前行，尼玛回过头来对我说：

“行程大致都安排好了，你可以放心。再过三天，就可以回到你们老家了。”

父亲的话还在我心里，我告诉尼玛：

“可是，父亲说过，我堂哥家不是我们老家，地址都不对了。”

尼玛说：

“应该也不会离太远，地址是都改了，可是，地方应该还是原来那里吧？”

三天之后，当我刚刚到了那里不久，刚刚见到了我的堂哥不久，我就忍不住又问他同样的问题：

“我们从前的老家在什么地方？”

堂哥也回答我说：

“这里就是啊！”

可是那些房子呢？在书里记载着的、在父亲记忆里永远矗立着的那个尼总管的总管府邸呢？你总不能用眼前这一处小得不能再小的村落来向我说，这就是一切了吧？

终于有亲人明白了我的意思，他说：

“我带你去，不远，翻过那一座山就是了。”

对于草原上的人来说，那距离真的不能算远。我堂哥说得也没错，这整块土地依旧是从前的那一块，他的家不过是从原来的老家那里，稍稍挪过来几步而已。

我和带领我的亲人一直走到草原的尽头，翻过了一座丘陵，站在高处，他指着下面的另外一片草原说：

“你看到没有？就是在那几幢小房子的前方，白白的那块三角形就是。”

眼前的这片草原，和我刚才走过来的那片草原都长得一样，都是一片无边无际的绿意。丘陵缓缓起伏，土地上线条的变化宛如童话中不可思议的幻境。白云在蓝色的天空中列队，从近到远，从大到小，一直延伸到极远处的地平线上。

可是，那传说里的总管府邸呢？那许多的建筑和排成长长一列的蒙古包呢？

“你再仔细看一下，顺着我手指的方向，那里有一块没有长草的三角形土地，就是那里，就是那个废墟。”

就是那里，曾经有过千匹良驹，曾经有过无数洁白乖驯的羊群，曾经有过许多生龙活虎般的骑士在草原上奔驰，曾经有过不熄的理想，曾经有过极痛的牺牲，曾经因此而在内蒙古近代史里留下了名字的那个家族啊！

就在那里，已成废墟。

我慢慢走下丘陵，往前方一步一步地走过去。奇怪的是，在那个时候，我并没有流泪，只是不断在心里向自己重复地说着：

“幸好父亲没来！幸好我没有坚持一定要他和我一起回来！”

原野空无人迹，斜阳把我们的影子逐渐拉长。我终于走到那块三角形的土地上，低头向脚下仔细端详，这里确实已经是一处片瓦不存的沙地了。

但是，这中间也不过只是几十年的光景，要让从前那些建筑从这块土地上完全消失，光靠时间，恐怕还是办不到的吧？

是些什么人？在什么年代里？因为什么原因？决定前来把这里夷为平地的呢？

在远方那一座丘陵的顶端，我们家族世代祭祀的敖包幸好还安然无恙，在暮色里隐约可见。我把问题放在心中，静静地随着亲人走了回去。

到了夜里，当所有的人因为一天的兴奋与劳累，都已经沉入梦乡之后，我忍不住又轻轻打开了门，再往白天的那个方向走去。

在夜里，草原显得更是无边无际，渺小的我，无论往前走了多少步，好像总是仍然被团团地围在中央。天空确似穹庐，笼罩四野，而星辉闪烁，丰饶的银河在天际中分而过。

我何其幸运！能够独享这样美丽的夜晚！

当我停了下来，微笑向天空仰望的时候，有个念头忽然出现：

“这里，这里不就是我少年的父亲曾经仰望过的同样的星空吗？

猝不及防，这念头如利箭一般直射进我的心中，使我终于一个人在旷野里失声痛哭了起来。

今夕何夕！星空灿烂！

选自圆神版《我的家在高原上》

风里的哈达

/1/

我此刻将这上天降下的华物“哈达”呈献给您，希望永葆福泽绵长。

/2/

这次回家，对我来说，是生命里面的一件大事。在几十年的渴望之后，终于可以踏足在祖先遗留下来的土地上，是珍贵的第一次。

所以，我在事前非常谨慎地定了计划，为了避免任何不必要的干扰，我蓄意把时间安排得极短，只有十几天。也蓄意把要去的地方减到最少——只去探望父亲的草原和母亲的河。

一切其他的活动，我都准备放到下一次再去考虑。对这一生里极为重要的时刻，我不敢多有贪求。

因此，给尼玛的信上，我也再三强调，希望不要让太多人知道这件事，我只想一个人安安静静地回家。

可是，在刚到北京的那个晚上，尼玛就告诉我，家乡的人仍然要欢迎我，他说：

“老家的人不愿意照你的意思，这么多年以来，你是第一个回来的亲人。他们说，老祖先传下来的规矩，从那么远的地方回来的孩子，有许多欢迎和祈福的仪式是一定要举行的。”

有些什么开始缓缓地敲击着我的心。我望向尼玛，望向他诚挚的面容和眼神，慢慢开始有点明白，祖先遗留下来的，不仅仅只是土地而已，还有由根深蒂固的风俗习惯所形成的，我们称它作“文化”的那种规矩。

我一直以为我是蒙古人，可是，在亲身面对着这些规矩的时候，如果拒绝了，我就不可能成为蒙古人了。

绝对不能让事情变成这样！绝对不能！

这么多年以来，可以因为战乱，可以因为流浪，可以因为种种外力的因素，让我做不成一个完完整整的蒙古人。但是，却绝不能在此刻，在我终于来到家门前的时候，让自己心里的固执和偏见毁了这半生的盼望。

我一定得明白，一定得接受，如果，如果我想要成为真正的蒙古人，就得要照着祖先传下来的规矩“回家”。

/3/

在蒙古传统的礼俗中，到国与国之间的疆界，也就是蒙古最远的边界上来迎接客人，是最尊贵的大礼。

为了表示对我的归来非常喜悦和重视，我的亲人决定先派代表在内蒙古与河北交界处来接我。听说他们要开很久的车才能抵达边界，在踏一步即是异乡的地方等待着。

我们这边在清晨四点就起床，五点多抵达北京西直门火车站，挤上六点多从海拉尔开到北京的草原列车，经过了四个钟头左右的车程，在张家口下车。

这次回家，有三个朋友与我同行。一位是尼玛，一位是沙格德尔，两人都是在北京做事的蒙古同乡。另外一位是王行恭，是在台北工作的东北男子，知道我的计划之后，临时决定与我一起回来。他是我多年的好友，年龄只比我小几岁，所以，我们两个人的境遇都差不多，都是在身份证上有着一个遥远的籍贯，却任谁也没见过自己的家乡。

一出了站，阿宝钢旗长和苏先生已经在等我们了。阿旗长是父亲的好友，所以他一直强调，他不是以官方身分前来，而是受朋友之托来接这个第一次回家的蒙古女儿。

第一次回家的女儿，想去看她父亲当年从北京回家时，常要经过的大境门。

大境门上面有一块很出名的匾额，题着四个漂亮的字："大好河山"。

前两年，林东生——我的好友把这张幻灯片放给我看的时候，我一直以为，从这个方向出去，就是内蒙古，心里很感动。真的，一出塞外，可不就是我们的大好河山？

要等到自己走到了大境门的门楼之前，才发现，原来写着字的这一面是对着蒙古高原的，也就是说，要有人从塞外回来的时候，才会面对着这几个字，要从这个方向走进去，才感叹于中原的大好河山！

汉人盖的城墙上题的汉字匾额，当然应该是汉人的心声。

我转到城楼的另外一边，从这里出城往前行才是塞外，我抬头往门墙上仔细端详，没有一个字。

忽然想起了长春真人丘处机的那几句话。快八百年前，十三世纪初，他应成吉思汗之聘，从华北经蒙古前去阿富汗，也好像走的是这个方向。(只是不知道有没有大境门？)

第一眼望到蒙古草原的时候，他说：

——北度野狐岭，登高南望，俯视太行诸山，晴岚可爱；北顾但寒烟衰草，中原之风，自此隔绝矣！

/4/

深藏在我们心中，有一种很奇怪的"集体的潜意识"，影响了每一个族群的价值判断。

心理学家说它是"由遗传的力量所形成的心灵倾向"。

也就是说，去爱自己的乡土，原来并不是可以经由理智或者意志来控制的行为。

一上了路，来接我们的两辆吉普车就加足马力往前直奔，后来才知道这两个年轻人是地方上出了名的快车手。公路两旁植满好几行的行道树，已经成林，远远的山脊残留着古长城的遗迹，每隔一段路程，就会是一处平顶的高坡，必须要换成慢速挡攀爬上去，再接着前面的公路。尼玛告诉我，这里的人称这种高坡叫“坝”，他说，再多上几次坝，就是蒙古高原了。

等到终于抵达了内蒙古的疆界的时候，我的心情可是和八百年前那位长春真人的心情完全不一样，越往北走，越觉得前方美景无限！

有风迎面吹来，带着强烈的呼唤。

/5/

看到他们了！

应该是他们吧？就在公路旁边，在那几块大大小小零乱矗立着的路程指示牌下面。

太阳很大，风也很大，那几个人站在路旁，都用手挡住阳光，往我们这边看过来。

这里就是边界了吗？还算是汉人居住的区域，宽广的公路，稀疏的电线杆，没有什么绿的颜色，公路旁低矮的土墙围着的是农人的房舍，土墙和土地都是一种灰黄黯淡的浅色调。那几个站在路旁的人，衣服的颜色也是灰灰的，在他们中间，只有一个人与众不同。

他穿的是蒙古衣服。

一件宝蓝色的袍子镶着金边，腰间扎着一条金黄耀眼的腰带，头上戴着黑色毡帽，脚下是长马靴，靴套处还绣着花边。

下了车，我向他走过去，他的身材并不高大，却很粗壮结实，应该是成年人了，眼睛黑亮，鼻子高而挺直，被风霜染成红褐色起了皱纹的脸上，却有着像少年一样羞涩的笑容。

有人过来给我介绍，说这就是我的侄子乌勒吉巴意日，从家乡前来接我的。

我的侄子用带着奇怪腔调的汉语叫了我一声：

“姑姑。”

这个做姑姑的竟然只能用笑容和握手来回答，刚刚听到的蒙古名字根本学不出正确的发音，很早就准备好了的话也都忘了。

幸好这时他已经转身忙着到车上去拿东西准备行礼，没有注意到我的窘态。有人帮着他，把准备好的东西一样一样取出来，有奶，有酒，有镶银的蒙古木碗，还有一条淡青色的哈达。

风很大，淡青色长长的丝质哈达很轻，在风里不断上下翻飞。

/6/

我们此刻将这上天降下的华物“哈达”敬献给您，希望永葆福泽绵长。

/7/

在家里，每年除夕祭祖，爷爷奶奶的遗像上都会轻轻地放上一条哈达，是从老家带出来的，父亲说那是由一位活佛祝福过的圣物。

父亲和母亲跪拜之后，就轮到我们这五个孩子按着顺序一一叩首，每次我脸红红地站起来再向供桌一鞠躬的时候，都觉得供桌上的烛火特别亮，香烛燃烧的气味特别好闻，再加上苹果和年糕还有其他供品混杂在一起的香气，充满了平安和幸福的保证。

我也记得在烛火跳动的光晕里，那一条哈达闪耀着的丝质光泽。

过完年，母亲就很小心地把哈达折起来，和爷爷奶奶的相片一起，收到大樟木箱子里面去，要等下一个除夕才再拿出来。

即或是这样小心收藏，哈达也一年比一年旧了。有许多地方已经开始破损，颜色也变得灰黯，烛火再亮，再跳动，它也不再有反映的光泽了。

几十年的时间就这样过去。母亲去世以后，我在那年除夕从樟木箱子里找出这块哈达，虽然轻轻软软的，拿在手里一点重量也没有，却怎么样也挂不上去，几次试着把它放到母亲的相片上，几次又拿了下来。

终于还是含着泪把它收进箱子里面去了。

/8/

先敬奶类的饮料。

我的侄子面对着我，用双手捧着装满了牛奶的银碗，在银碗之下，垫着那块哈达。

照着祖先的规矩，我先用双手捧碗，再用右手无名指触及碗中的牛奶，然后微微高举右手，用无名指和拇指向前方弹指三次，敬了天地和祖先之后，才能啜饮故乡的牛奶。

等每一位朋友都像我一样，喝了乌勒吉巴意日献上的牛奶之后，仪式再重新开始，这次碗中注满的是草原白酒。

依旧是要在接过来之后，先敬天地和祖先，再恭敬地双手捧碗，啜饮故乡的醇酒。

每一位客人都不能忽略，每一个人都要领受祝福。太阳很大，风也很大，站在宽广而又荒凉的公路旁，站在踏一步即是故乡的边界上，我们这几个人一遍又一遍地反复着同样的动作。

四周很安静，偶尔有卡车运货快速呼啸而过，然后又归于沉寂。我可以听见不远处土墙里面有鸡群在咕咕觅食，有飞鸟细声叫着飞掠过去。

太阳很大，风也很大，哈达的中段是摆在乌勒吉巴意日往上平放的双掌上，他用大拇指将两端紧紧夹住，剩下的哈达就在风里随意飞扬，淡青色逆光之处几乎是透明的，每一翻动，都闪耀着丝质的光芒。

/9/

回家的路还有一段要走。

按照计划，我们要先在旗办公处的招待所里住一晚，这次是米旗长亲自来接待我们了，他是教育界的前辈，人非常开朗。

有几位家里长辈从前与我们家是世交的朋友，知道消息，也都赶了来。我们的父母或者祖父母彼此都是好友，可是到我们这一辈相见的时候，却要一点一滴从头来解释。虽说是第一次认识的陌生人，晚餐桌上举杯互祝的时候，有几位蒙古男儿却哽咽不能成声，为了怕人误会，还得赶紧哑着喉咙解释：

“我只是想起了自己的长辈，心里难过。”

连王行恭在举杯的时候，也有好长一段时间说不出话来，我认得多年的朋友，平日那样冷静沉着的朋友，心里也是有碰不得的痛处吧？

我一一举杯向他们祝福和道谢。祝福你们，我应该熟识却又如此陌生的朋友，愿前路上再无忧伤与苦恼。谢谢你们，每一个人都从那样遥远的地方赶来，陪我一起回家。

/10/

第二天早上出发的时候，已经变成有六七辆车的车队了，领头的两辆，依旧是那两位快车手来驾驶。

听说家乡的亲人会到草原的边界上以马队来迎接我，我把相机给了王行恭，请他到时候帮我拍照。

我知道自己已经开始紧张起来。天有点阴，层云堆积，有人劝我加衣，我却觉得心中燥热难耐，离家越近，越想回头，一切即将揭晓，我忽然不太敢往前走了。

车子开得飞快，经过一处又一处不断起伏变化的草原。差不多开了四十多分钟之后，爬上一段山坡，在坡顶最高处往前看下去，下面是一大片宽广的山谷，芳草如茵，从我们眼前斜斜地铺下去，一直铺到整个山谷，铺向左方，铺向右方，再往上铺满到对面的坡顶，再一层一层地向后面的丘陵铺过去，一直铺到天边。

在这样一处广大碧绿芳草离离的山谷中间，有一小群鲜艳的颜色，因为远，所以觉得极小；因为颜色，又觉得非常夺目。

尼玛在我旁边惊呼：

“看啊！慕蓉，他们在等你。”

这应该是一生里只能享有一次的美丽经验！

前面就是我的家了吗？

这一大片芳草鲜美的山谷，就是我家园疆界的起点了吗？

几十年来，在心里不知道试着给自己描绘了多少次，可是，眼前的景色，却是从来也想像不出的辽阔与美丽！这真是一生只能享有一次的狂喜啊！还有他们，那正在家园前等待着我的族人，就在我眼前，在山谷的中间，有几十个人穿着鲜红、粉紫、宝蓝的蒙古衣服，扎着腰带，有的骑在马上，有的站在草地上，围成了半圆如一弯新月的队形，远远地安静地等待着。

车子开得飞快，我只能在坡顶高处看到那么短暂的一瞥，相机不在手上，也拍不下来。

不过，没有相片并不表示没有记录，这记录已经在那一瞥之间深深地镌刻在我的心中。就在那快乐与幸福都沸腾了起来的一瞬间，我忽然看到队伍里面，有人双手捧着一条哈达站了出来，草原上的风一吹过，淡青色的哈达就在风里飘动，闪耀着对我熟悉得不能再熟悉的，丝质的光芒。

/11/

我们此刻，将这上天降下的华物“哈达”呈献给您，欢迎回到故乡。

选自圆神版《我的家在高原上》

有誰在風沙撲面的今日
還能歌唱？ 有誰
在自己的土地上還要流浪？

有誰不遠千里而來
只為了在博物館裡 與一朵
鏨刻在鎏金飾牌上的忍冬花
遙遙相望？

摘自〈契丹舊事〉
——2003·9·13

源

——写给哈斯

/1/

“一个蒙古青年所面临的民族文化危机”是你这篇文章的标题。

这篇文章发表在一九八九年十二月台北出刊的第六期《文化通讯》季刊上，我仔细地读了两遍。

哈斯，我不知道我们彼此是否相识。

我的意思是说，许多年前，我就认得一个叫哈斯的蒙古女孩，我们两家父母都是好朋友，她长得高高的，性情爽朗，笑容很甜。不过，我们有很久没通音讯了，我只知道她去国外读书，并且以后定居了下来，已经结婚又有了孩子了。

你就是那个哈斯吗？

还是说，你是另外一个蒙古女孩，更年轻一些，更急切一些，而名字刚好叫做哈斯？

不过，不管我认不认识你的人，我想，我都能认识你的心。

因为，你的困惑与挣扎也曾经是我的。

因为，哈斯，我们都是这样长大的。

/2/

一开始，你就击痛了我，你说：

“这不是一篇有学理根据，有条理的论文发表，它仅代表我个人在成长过程中，所遭遇的感受；希望在这篇文章所提及的困惑与挣扎，能让有相同感受的同乡，感到自己并不寂寞……”

是的，在我年轻的时候，我曾经非常寂寞过。

第一次强烈的感受，是在初中二年级的地理课上。

那时候，我刚从香港来到台湾，考上了北二女初中部的插班生。地理老师是我们的导师，人很温柔诚恳，上课又认真，我一直很喜欢她。

但是，在那一天，教到了“蒙古地方”这个单元，她竟然完全变了，不再是我心中可敬可爱的导师了。她用着非常武断的字眼来描述那个遥远的地方，并且不停地取笑生活在那块土地上的蒙古民族，取笑他们的语言，他们的信仰、他们的风俗习惯；她所举出的例证有些是实情，有些肯定是道听途说，可是她丝毫没有想要加以分辨与澄清的意思，反而面不改色滔滔不绝地说下去，说到高潮的地方，听得全班同学眉飞色舞，哄堂大笑。

从小在家里，不管是外婆或者父母给我的教育，都在处处提醒我不要忘了自己是一个蒙古人，可是我总是浑浑噩噩的，并不觉得自己和其他的人有什么不一样。

一直要到了这一天，在全班同学喧哗的笑声和不断回头注视的目光里，我才第一次感觉到我是“异族”，第一次感觉到被分类被排斥的寂寞与悲痛。

我终于刻骨铭心地意识到——我是一个离开了族群的蒙古人。

哈斯，想必你成长的经验也和我的差不多吧？

/3/

奇怪的是，对于少年的我，这一堂地理课是我生命中最初和最深的一道刻痕。但是，对于当时在场的其他人来说，却不过是一堂很有趣的地理课而已。下了课之后，同学照样过来对我有说有笑，老师又恢复了温柔和诚恳的面貌，没有一个人觉得，也没有一个人知道我心中的伤痛，对她们来说，什么事情也没有发生过。

后来，这样的遭遇不时出现，我心上的刻痕虽然越来越多。却也越来越浅；这是因为，在成长的过程中，我逐渐察觉，在我周围绝大多数的汉人朋友，其实并无意要伤害我，也不知道这样就会伤害了我。

因为，对于人数众多、历史悠久、文化辉煌灿烂的大汉民族来说，从很久以来，就习惯了以自己这个民族作为中心去思想、去判断、去决定一切的标准。

这种习惯如果只表现在日常生活上，其实也无可厚非，每个民族都有权利假想自己是这个世界的中心；但是，如果在政治上也坚持这种心态的话，伤害就是无可避免的了。

幸好，四十年来，中国人在惊涛骇浪之中也逐渐能够体会到弱者的苦楚，越来越多的人了解到民族之间的误解是一切伤害的根源，这些宽厚而又细致的心灵逐渐形成了一种力量，所谓“五族共和”的理想，也许在将来真有会实现的一天也说不定。

只是，到了那一天，蒙古的孩子是不是已经会忘记了他们的来处呢？

/4/

哈斯，我知道，这也是你害怕的事。

所以你说：

“所以我们面临的最大危机，就是为了在这个大环境中不被排斥，我们必须接受这个环境中的文化，但是又因为人数太少，我们逐渐明白，不但会接受，甚至可能会完全的接受，忘了我们的根。”

哈斯，不要害怕，让我慢慢告诉你。

这次我回到故乡，一位当地的朋友告诉我，在她年轻的时候，参加过一个内蒙古马术队到南方去表演。在四川乡下，被一群特别热情的观众围了起来，老老少少一面欢喜地拥抱着他们，一面流着泪不断向他们说：

“我们是蒙古人啊！我们原来的祖先都是蒙古人啊！”

已经不知道是第几代的子孙了！说的话都已经完全是当地的四川土

语。其中有许多人在前一天赶了好几十里的路过来，只是想要看一看从遥远的故乡来的同胞青年，只是为了要告诉他们：

“我们也是蒙古人。我们从来没有忘记自己的根源！”

哈斯，你要知道，“血源”是一种很奇怪的东西，她是在你出生之前就已经埋伏在最初最初的生命基因里面的呼唤。当你处在整个族群之中，当你与周遭的同伴并没有丝毫差别，当你这个族群的生存并没有受到显著威胁的时候，她是安静无声并且无影无形的，你可以安静地活一辈子，从来不会感受到她的存在，当然更可以不受她的影响。

她的影响只有在远离族群，或者整个族群的生存面临危机的时候才会出现。

在那个时候，她就会从你自己的生命里走出来呼唤你。

/5/

哈斯，就是因为这一种强烈的呼唤，才让我急切地走了那么多的路，去追寻那一条河流的源头。

希喇穆伦河在我的心中已经流了很久了。在黑夜的梦里，我总是会听到河水浩浩荡荡流过原野的声音。

原野无边无际，那天，我和朋友们乘坐了两辆吉普车，在草原上寻找了一整天，都找不到河谷的入口。带路的朋友从前去过好几次，但是草原实在太大了，而每一座指路的山峦又长得极为相似。我们一路走走停停，再爬到隆起的丘陵上向远处张望，听得见河流在远处流过的声音，哈斯，那声音就像从我的心中流过的一样。

在杳无人烟的草原上终于遇到了一个骑马的青年，他从斜阳的光晕之中向着我们慢慢过来，知道了我们的困难之后，这个年轻人把手臂伸直向右前方微微一举，河谷的入口就赫然出现在眼前。

当我们穿过了小树林子，走下了长长的陡峭难行的沙丘，终于下到河谷深处的时候，天色已经很晚了。

这里是一处三面有山，地层突然深陷的山谷。在最接近山壁的那块沙土地上，一片泥泞，仔细看过去，才发现有水不断从地面渗出来，把沙土地都染湿了。

渗出来的水在短短两三公尺的距离里就汇成流泉，有了声音，再流出十几公尺之后就变成一条浅浅的溪流，岸边杂生着矮树丛和野花，再继续往前流着，水声越来越大，在稍远的树丛之间一转弯，就俨然成为一条小小的河流往远方流过去了。

我赤足走进浅浅的溪流之中，虽然是九月初温暖的天气，溪水却冰冽无比，我的脚好像是站在冻结的冰块上一样，一会儿就疼痛起来，可是，哈斯，你可以想象我心里沸腾的热血。

哈斯，你该知道，我是多么以自己的血源而自豪啊！父母的家乡虽然遭到了许多人为的破坏，可是，只要这块土地还在，生命里的许多渴望仿佛都在这个时候挣扎着拥挤着突围而出。站在希喇穆伦河的河水之中，只觉得有种强烈到无法抵御的归属感将我整个人紧紧包裹了起来，那样巨大的幸福足以使我们泪流满面而不能自觉，一如在巨大的悲痛里所感受到的一样。

多年来一直在我的血脉里呼唤着我的声音，一直在遥远的高原上呼唤着我的声音，此刻都在潺潺的水流声中合而为一，我终于在母亲的土地上寻回了一个完整的自己。

生命至此再无缺憾，我俯首掬饮源头水，感谢上苍的厚赐。

/6/

可是，哈斯，我真正想要告诉你听的，是我在这之后的心情。

在这之后，我回到了克什克腾旗，在当地同乡接待的晚会上，他们送给我一条纯白的哈达，有几位年长的父老并且告诉我，我的外祖父母曾经为这块土地尽了多少心力；也有人过来告诉我，他们还记得我的母亲。

洁白的哈达披在肩上，仿佛母亲轻柔的抚慰，举杯向大家道谢之时，我忽然发现，我和面前的这些朋友长得多么相像啊！

我终于回到了自己的族群之间，哈斯，在我面前的人和我长得多么相像！许多人都仿佛是从镜中映照的熟悉的轮廓，在人丛之中，远远的，我甚至好像看到了外祖父年轻时候的面容。血源在这一刻，竟然变成了非常具象的线条和颜色，清清楚楚站到我的眼前来，告诉我，这里原来就是我真正的来处，是我生命最最初始的根源。

在半生的惶惑之后，这一刻，是怎样令人心安和喜乐的相逢！

就好像饥渴的人忽然在丰盛的筵席上看见了自己的名字，我，终于狂喜地找到了自己的位置。

哈斯，你还有什么好害怕的呢？

哈斯，请你相信我，就算有一天，你也许会忘记了蒙古的历史，你也许会忘记了蒙古的语言，但是，哈斯，你绝不会忘记自己的来处；“血源”不是一种可以任你随意抛弃和忘记的东西，也没有任何人可以从你的心里把她摘取下来。

她是种子、是花朵，也是果实；她是温暖、是光亮，也是前路上不绝的呼唤；而有一天，当你终于与她迎面相遇的时候，你会发现，她竟然也可以是一泓清澈澄明如水般的鉴照。

哈斯，我年轻的同胞，你还有什么好害怕的呢？

选自圆神版《我的家在高原上》

四十年

去年夏天，在蒙古高原上，我听到一个故事。

那天，风特别大，把天空里的云朵吹得追来赶去的，好像是乱了阵脚的羊群，不得不向四面八方仓皇奔逃。

我们乘车横过草原，吉普车的驾驶是个年轻人，兴致很高，一面开车还不断回过头来和我们说话。

转过了一处隆起的山丘，他指着右前方隐约可见的村落对我们说：

“就是前几天的事。”

就是前几天的事，不过，整个故事还得要从四十年以前开始说起。

是个妇人的故事。

不知道她是蒙古族人还是汉人，反正是世代都居住在这块高原之上，四十年前，和其他许多女人的命运一样，新婚不久，丈夫就随着军队走了，从此再无消息。

她没有孩子，在前面的二十年里，侍奉着公婆，守着这个家。

后来，公婆都去世了，丈夫的哥哥是个老实人，就要嫂嫂来劝她，要她改嫁。嫂嫂说这么一直守下去也不是个办法，也许，她的丈夫早就战死了。

妇人不肯听，她说她总觉得自己的丈夫应该还在什么地方好好地活着，并且，她相信有一天他一定会回来。

就这样又拖了十年。最后，那位哥哥实在看不下去了，就说好说歹硬把她许给邻村的一个老先生，那人待她不错，日子过得也还平坦。

想不到，过了十年，（不！应该说是过了四十年。）她从前的丈夫真的回来了。就在前几天，千里迢迢地从台湾找回老家来了，听说这么多年还是独身一个人，满头白发的回到家门。

妇人从邻村赶来与他相见，却一句话都说不出来就昏了过去。

讲到这里，年轻的驾驶笑了起来，他说：

“听他们说是一见了面，还没出声招呼就昏过去了。大家又叫又唤又给她灌药什么的折腾了好半天哩！其实，在这之前已经告诉过她了，又不是没有心理准备。”

一阵狂风突然从草原尽头对着我们呼啸而来，好像要把眼前所有的东西都撕裂开来一样。

车子在风中挣扎前行，年轻人手握着方向盘暂时安静了下来，别的人也都没再说话。在那一刻里，我想，我们每个人都不禁要在自己的心里暗暗称量和揣摩一下那个不知名的妇人所感受到的憾痛吧？

那该是怎样难以承受因而也难以言说的憾痛？

听到这个故事以后，一直想把它好好地写出来，可是，在这一年里，试着起过几次头，总是接不下去；今天晚上，下了决心就这么一字一句照实重述一遍，却又怎么写怎么看都嫌太老套了，很怕被别人列入所谓“还乡八股”的范围里面去。

灯下的我，踌躇再三，终于还是决定把它写完，尽管这四十年间，同样的故事真的已经多到让我们开始觉得沉闷和乏味了。

可是，无论如何，这也是那个高原上的妇人仅有的一生啊！

选自洪范版《江山有待》

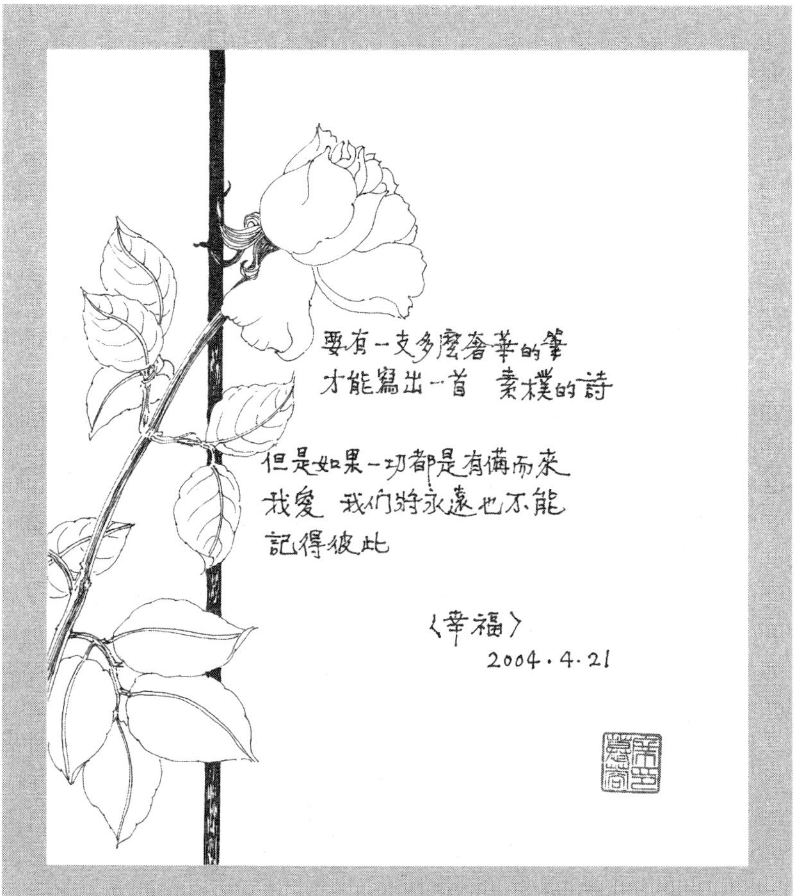

要有一支多麼奢華的筆
才能寫出一首　素樸的詩

但是如果一切都是有備而來
我愛　我們將永遠也不能
記得彼此

〈幸福〉
2004・4・21

昨夜（下篇）

辑二

七个夏天

一九八九年的夏秋之间，有多少变动在我心中，如洪流般轰然决堤。

那年，夏天刚开始的时候，诗人痖弦邀我参加联副新辟的专栏“四块玉”。

在两个月里，与另外三位作家一起发表，每人写十六篇每篇五百字的功课，想必会很有趣，于是就答应了。

但是，真正写起来，才发现并不容易。因此一个夏天就都在那里删删减减，其中有几篇甚至是在旅途上修改了之后，等到了欧洲，再借用朋友的传真机发回联副来的。

那时已经是八月中旬，我带着刚考完大学的慈儿，到德国与我的父亲相聚。同时也在准备着回到台湾之后，马上就又要出发的“返乡之旅”。

因为，那个夏天，政府终于解除了公教人员不得去大陆的禁令，像我这个生在南方，长在南方，从来也没有见过原乡的蒙古人，是无论如何也不能再多迟延一天的。

终于去了，看见了，也感受到了。

其实不过只是从八月底到九月初短短的十几天，可是，积存了四十多年的渴望与揣想，已如高涨的河川，一旦决堤，那排山倒海轰轰然向我奔涌而来的洪流，就再也无法抵挡了。

很奇怪的感觉，在那将我没顶的洪流之中，所有的错愕与惊喜、无奈与惆怅，好像都不仅只是属于我一个人的。好像已经逝去了的外婆和母亲，还有那远远地住在德国的父亲都和我站在一起，一起喟叹，一起徘徊。

回到台北之后，马上就开始写出一篇又一篇每篇都有好几千字欲罢不能的心事。一年之后，出版了那本“我的家在高原上”。

然后，每年夏天，都会一次再次地飞向蒙古高原。有时候随身会带着三个照相机，一个拍幻灯片，一个拍负片，前者是用来印刷或者演讲，后者是用来加洗送给朋友。而第三个照相机是“拍立得”，用来当场送给在蒙古草原上与我相遇的牧民。因为那样的相遇真的是“一生一会”，彼此只能交换一张相片一声祝福，从此大概是不会再相见了，只有那两张分别放在我的画室和他的毡房里的相片，不时唤起我们曾经欢聚过一场的记忆。

在蒙古高原上，山川大地的那种空远开阔，天地之间的那种逼人气势，其实，是任何照相机都拍不下来的。只是仍然忍不住想要留下一些记录，带回来给台湾的朋友们看，哪怕只有当时的千万分之一也好。

所以，就会在冰寒的清晨，用大衣长靴把自己裹得像个粽子一样，从铺满了霜几乎滑得像是溜冰场的草坡上，一路跌跌撞撞地滚到大湖岸边，只为了想要留下日出时那瞬间的光华灿烂；也曾经在金黄色的牧草丛中，眼看着那群被我们惊起了的野马已经飞奔远去，依旧像疯子一样跟在后面痴痴地追赶；在雨后，想拍那横跨在戈壁天际的大彩虹；在傍晚，想拍那真如钩尖般锐利的刚刚升起的一弯新月。

当然，还去拍了都城，拍了博物馆，拍了学校。东起大兴安岭，西至鄂尔多斯，往北越过库苏古泊一直走到南西伯利亚的贝加尔湖，往南穿过戈壁瀚海到了锡林郭勒盟的最南端，还上了天山山腹卫拉特蒙古人世居的巴音布鲁克草原。每次旅程，总是会拍上几十卷底片。

在这几年间，写得不太多，也出了一些书，最常做的事，就是带着幻灯片去演讲。

以往从来不肯答应去演讲的我，如今唯一的条件就是要求邀约的单位准备好两部幻灯机，好让我把一百六十张精选出来的幻灯片分成两部分，同时放映出来，向大家介绍那遥远的蒙古。

因为，几年下来，我发现台湾社会对“蒙古”的认识非常模糊。对那块土地上的一切，一位大学教授和市井小民的了解层次竟然也不会有任何差别。每次，在回答朋友或者记者的问题之前，都会应他们的要求，先把在我们的教科书里从来没说清楚的历史和地理解说一次，而惭愧的是，这些资料的绝大部分，我也是才刚刚开始知道，刚刚开始明白的。

每次，最让我感动的，就是这些朋友与听众所给我的鼓励——那样认真聆听，那样严肃的检讨，那样敏锐的了解和那样热切的同情，这个世界，再也不复是从前那个我们曾经相信并且依从过的黑白分明尖锐对立的世界了！

“推己及人”，“将心比心”，在这里不再只是抽象的空洞的文字，而是一种充满了温暖的体谅与沟通。

七年就这样过去了。在这七年之间，我在蒙古高原上所走过的路，与我在台湾这个温暖的岛屿上所得到的回响，是连自己也无法置信的迢遥与丰足。

七年就这样过去了，心意依旧如前。只是那初见蒙古高原时将我没顶的洪流已经消退，而原乡的黑暗与劫难，又将我带上了一条充满了暗流漩涡的长河。

因为自身的经验，让我在这几年间看见了其他的少数民族的困境；身为女子，也逐渐发现，如果换一个角度去观察，那原来是累积在心中的挫折，也未尝不可以转变为反省与观照的成长来源；生命如长河，每一股暗流每一处漩涡都是压力都成威胁，可是，为什么，如今我却反而觉得有些力量在心中慢慢滋长？

在写作的路途上，王鼎钧先生一直是我深深敬佩的良师与益友。虽然至今还没有见过面，从他的书里，我得到了许多的引导与鼓励。

有一天，隐地在电话中向我转述，说鼎公向他询问，为什么席慕蓉在这几年间写得少了？又说：

“如今可是她创作的最好的年龄啊！”

有感于长者如斯的厚爱与关注，当时我的寂然自问，无法回答。

现在，这一本书的初稿放在手边，因为收录了一九八九年初夏时分开始写的那十六篇五百字的短文，再加上一九九一年五月《江山有待》一书出版之后所写的散文，集成一册，有点像是一面镜子，忠实地呈现了七年之间的变化，反倒使我能够把心情整理起来，回答长者的那一句问询了。

对我来说，“创作”这件事，应该就是一种生命里的全神贯注。

而在我这七年之间的奔波与浮沉，陷入与没顶，是不是也可以算是一种生活里的全神贯注呢？

我知道长者的厚爱，我也能感觉到那深藏着的创作的欲望，可是，这条汹涌的长河到底要带我去到哪里？却是现在的我所没有办法预知的啊！

从来没有像此刻这样珍惜手中这支笔，但愿能够好好地再写下去。

谨以此书，献给所有在长路上与我同行的朋友。

选自尔雅版《黄羊·玫瑰·飞鱼》

她的一生

/1/

在早餐桌上读《人间副刊》，晓风的专栏里写着她和山道上一位卖柑的老妇人之间的对话，在把柑仔包好，递给她之后，那老妇人微笑着称赞她：

“你真好——你就像我少年伊辰一样。”

晓风初时并不了解，只能还报那老妇人以微笑，然后驱车离去。不过，在接下来的思索中她慢慢开始明白，那老妇的意思是说，她很好，好得像老妇在生命中最光华的那段时间一样好，晓风不禁停下车来，暗自揣想：

“少年时的她是怎样的？想来也是个一身精力，上得山下得海的女子吧？她背后山坡上的那片柑仔园，是她一寸寸拓出来的吧？那些柑仔园，年年把柑仔像喷泉一样地从地心挥洒出来的，也是她当日一棵棵栽下去的吧？满屋子活蹦乱跳的小孩，无疑也是她一手乳养大的？她想必有着满满实实的一生。而此刻，在冬日山径的阳光下，她望见盛年的我向她走来购买一袋柑仔，她却想卖给我她长长的一生，她和一整座山的龃龉和谅解，她的伤痕和她的结痂。但她没有说，她只是温和的笑。她只是相信，山径上恒有女子走过——跟她少年时一样好的女子，那女子也曾走过沉沉实实的一生。”

这段文字触动了我，心里发热，泪水已经开始要漫了上来。但是，丈夫坐在餐桌对面，也正在享用他的咖啡和他的新闻版，我不想打扰他，或者不如说，我觉得有些东西恐怕说不清楚，于是，就努力把突发的情绪压制了下去。

我不能说丈夫不了解我，更不能说他缺乏听我倾诉的耐心，结婚这么多年了，在早餐桌上读了好文章落泪也不是第一次，也不怕他笑话。但是，在晓风这篇文章里，有种触动，我觉得好像只有女性才能体会，才能分享。

我觉得，有的时候，男女是真的有别。

放下报纸，转眼望向窗外，满山的相思树是我百看不厌的风景，那样饱满充实的几百几千株的生命，到底是凭借着什么力量在往上生长？是谁在滋养它们呢？

是“天父”与“地母”。

其实，在人类最初的信仰里，对这种分别就有着非常妥帖的解释，身为女子，身为母性，是脚踏实在，与那生养万物的大地紧紧结合在一起的。

在大地之上，所有的生命都一无差别，子宫里的孕育都是为了绵延，在这里有着一种逼迫一分重担。绽放与凋谢之间的距离那样接近，所能把握的光阴那样短暂，因而，大自然所发出讯息，对每一个母体来说，都是催促与警告。因此，花朵之盛放，四季的更易，女性的反应总是比男性来得敏锐与强烈，是因为这之间有着深沉的关联。

可是，就是因为这里蕴藏着的是一种很难清楚形容的生命的奥秘，无法触摸，不能举证，不单男性无法了解，甚至连女子自己也不能明白。因此，千百年来，多少女性的伤春悲秋，就都被男子解释成为一种没有什么意义的软弱表现了。

不过，到了今天，现代的女子无论如何总要试着从另外一个角度来观看自己吧。也许就像晓风在山路上遇见的这位卖柑的老妇人，她因为没有受到知识上的概念所拖累，也不去搭理任何浮面上的差异，反倒以能够用直觉来透视生命的本质——啊！眼前这女子多么美好！正像是我的当年！

在山路上，昨日与今日交会，彼此交换着微笑的讯息；而此刻，在《人间副刊》的读者之中，也许正有妇人和我一样，读了晓风的文章不禁心头疼痛，无端落泪；这笑容，这泪水，在昨日以男性的知识观点构筑起来的社会里，虽然依旧是被定位在弱者的行为上，但是，在今天，至少，女子自己要能知道——这一切都不只是眼前和浮面所能解释的现象，有些庄严和勇敢的因由，藏在生命最深层的地方。

/2/

但是，从另外的一些角度看来，男性和女性之间其实没有什么差别。

读夏宇和斯人的诗，尤其有这种感觉。

那是一种常人所无法企及的自由，是天赋才情加上了极深的智慧与学养之后所成就的诗境。夏宇的纵横自如像是夏日辽阔的草原，丰饶饱满，无边无际，而斯人的幽微透明，像是天使的翅膀，只要轻轻扇动，就能带引我们上升或者下降。

在她们的诗句里，处处都能带引我们进入灵魂中那深邃渺远的世界，在那里，并没有性别之分，诗人只是一个独立深思的个体。

也许，在昔日，在女子普遍不能接受教育的情况之下，那智慧就如没有开采的矿脉，作为女子，只能寄人篱下，从身体到思想，都是一种依附者的形态。

但是，只要能够开始接受教育，就必然会受到启发，受到触动，那灵魂深处的矿藏终于得以见到天日，随之而展现的面貌就不可能再是往昔那种单一的温柔与委婉了。有人是玉、有人是钻、有人近侠、有人近禅；女子的生活体验也不必尽限于闺阁之中，这世界无限宽广，远走天涯做个流浪客，或是困守在研究室里做个老学究，都是可能的途径、可能的生活。

遗憾的是，到现在为止，还是有许多学识渊博的男性学者没有察觉到这种已经持续了几十年的改变，在他们孜孜不倦写成的著作里，男女的分类依旧是固定的模式。

写到这里，不禁让我想起十几年前那一次亲身的体验。

那年，我在台北南海路当时的“美国新闻处”举行个展。还在布置的时候，来了一位颇负盛名的画家，那时，大部分的油画都已经挂在墙上了，他匆匆巡视一遍，转过身来对我说：

“你画得不错，比有些男画家还要画得好。”

当时的我，当然明白这是人家一番好意的称赞与鼓励，也连忙道谢，但是，总觉得有些什么不很舒服的感觉横梗在胸怀间，好像有些沮丧，也有些无奈。

/3/

从小，我就是个反应很慢的人，遇到困惑，总是要在反复思索之后，才能够得到解答。

一九九一年六月，由于偶然的机缘，我应邀到德国汉堡大学一位教授的现代中国文学课堂上作了场演讲。其中有个段落，我提到现在台湾有些女作家很不喜欢别人把她们定位在“女性”作家的范围里，认为那是一种“歧视”。

讲完了之后是讨论时间，在有些问题之后，一位女学生站了起来，她说：

“可是，在欧洲，我们现在却有人认为，女性确实具有与男性不同的特质，因此，有人很愿意自称为女性作家，在作品中发挥那属于女性独有的感觉层面。”

记得我好像是这样回答了她：一切要看这个社会如何定义“女性”，要看这中间是不是有误解和歧视。

可是，在过了很久之后，我才慢慢理出个头绪来，我发现那样的回答并不正确。

也许，应该这样说：

“这一切全在于女性本身的自觉。”

在成为一个女人之前，如果她能够先看到了那属于“人”的部分，那么，在这一点上，她应该知道，女性与男性原来是没有什么分别的。

在成为一个“人”之后，如果再来省视自身，那么，她也必然会察觉到那属于“女人”的部分。而在这里，她也应该知道，女性与男性原来是有些不同的。

“同”与“异”彼此之间并没有冲突与矛盾，原来是可以共生并存。但是，当这个社会千百年来都是沿用男性的观点来诠释所有的现象的时候，我们不得不承认，女性的思想也有了偏差。仿佛一切的努力都只是为了消除烙印，却从来没有想过，身为女性，其实也可以成为一个不亢不卑的生命。

反求自身，把脚步放慢，我们其实也可以发现，一个女子可以走出如何丰盛、如何沉沉实实的一生。

选自尔雅版《黄羊·玫瑰·飞鱼》

欲爱的神殿

/前言/

一九八一年的夏天，和朋友们去印度旅行。身为观光客，对什么都觉得好奇，买了一本街边小贩推销的彩色明信片，那是我第一次知道卡修拉荷（Khajuraho）。

虽然印刷粗糙，却仍然能够感觉到那些雕像的生动与美丽，可惜的是没有更深入的说明文字，因此，二十张图片里的各种性交的姿态，就成为销售的重点了。

回到台湾以后，有一段时间，这本小册子几乎成了我的负担。家里有两个正在读小学的孩子，让我不知道该把它藏在哪里才算安全。我相信这样的雕像在印度文化里应该还有更丰富的意义，可是我一无所知。心中所有的，只是中国文化里对表达这件事情的逃避与不安，让我产生了一种隐约的罪恶感。

十二年之后，在今年年初，我又去了一趟印度，终于到了卡修拉荷的神庙前，亲眼见到了这些雕像。这些历经千年岁月却依然完好如初的艺术精品，在庙墙之上互相拥抱、互相缠绕，生命中充沛的美丽与饱满令人震撼。原来，“性”是可以用这样坦然、这样清楚明白的方式表达出来的！

几乎就像里尔克写给卡卜斯的信中所要解释的一样，对于“性”，诗人说：

“身体的快乐是一种感官的体验，与纯净的观察，或是一个美的果实放在我们舌上的纯净的感觉没有什么不同；它是我们所应得的丰富而无穷的经验，是一种对于世界的悟解，是一切悟解的丰富与光华。”[①]

/生命的根源/

五千多年以前，中央亚细亚的雅利安人穿越过北方冰雪的山隘迁徙进来的时候，就带来许多神祇，其中有些来自中亚最原始的崇拜，有些来自波斯的信仰。到了印度河上游的五河地区之后，雅利安人虽然征服了当地的达罗毗荼人并且从此驱使为奴，但是又把这些原住民的宗教与祭祀仪式全盘接收过来。许多神祇都是在印度土生土长的，几千年来，这些从不同的时空与文化中得来的信仰，彼此互相冲击与回应，终于使得印度教成为一个体系庞大、内容多元、复杂而又矛盾的宗教。印度的文化与社会也因此而呈现出许多无法解释的面貌，一方面有着无限的自由与包容，一方面又坚持那严谨到近乎残忍的阶级划分。

印度教的许多思想源自早期的诸神赞歌，那些用梵语口传的赞歌在被译成梵文的《吠陀经》之后，成为印度文化上的瑰宝，也是世界最古老的书籍之一。

吠陀（Veda）的意译是“知识”。在这数以千计的赞歌里，先民对宇宙间种种现象提出了无数的问题。在此起彼落、连绵不断的天问里，他们最常提出的疑问就是：是什么在生发万有？是什么在孕育无穷？

在这样质朴与热烈的探索中，他们碰触到了生命最最亲切的根源——欲爱（Kama）。

Kama 这个字，在中文里，我们也可以把它直译为“性”。

那最初从非无与非有的黑暗混沌里升腾而出的一种欲望就是欲爱。它是热、是光、是生命自生自发的渴望。由欲爱才逐渐发展出宇宙万有，才能够孕育出无穷无尽的希望。

在梨俱吠陀（Rigveda 意译为讼赞明论）的“创造之歌”里，先民

---

① 摘自冯至译《给一个青年诗人的十封信》。

唱出这样的句子：

“欲爱是原始的种子，心灵的胚胎。”①

印度教的神庙，有时候供奉神祇的雕像，有时候却只供奉神祇的阳具和女神的阴户相接。他们顶礼膜拜，将之视为造物主的象征。

他们相信，一切从这里开始。

/昌德拉王朝/

一千年前，在印度中部的沃野上，昌德拉王朝（Chandellas）正是鼎盛时期。

从公元950年到1050年这短短的一百年间，他们的君王在卡修拉荷就建造了八十五座神庙。

为什么要选择卡修拉荷这个地区来建造神庙呢？据说有许多不同的理由。其中最神奇的一种说法是：这里是昌德拉王朝的先祖月神（Chandra）所指定的圣地。而最平凡又最实际的理由则是：卡修拉荷当地盛产的岩石非常坚硬结实，最适合建造神庙。

果然如此！虽然历经兵灾劫乱与大自然的毁损，千年之后，八十五座神庙只剩下了二十二座。但是，每一座用卡修拉荷的岩石嵌合而成的高耸建筑，却依然沉稳如山。

庙身的外墙是用从附近几十公里之处运来的砂岩层层砌起，从乳白到褐黄色的砂岩非常适合雕刻，几乎可以像雕檀香木一般做到最精致与完整的地步。这种予取予求的材质感，引诱着王朝里技艺超群的工匠，一刀又一刀不断地刻下去，在一百年间，在八十五座神庙上，刻出了神的训示，刻出了人的祈求，刻出了君王的勋业，刻出了百姓的生活，而在这些如波浪一般回旋排列着的雕像之间，卡修拉荷的艺术家们更有个特别钟爱与特别成功的主题，他们刻出了那在欲爱之中最难说清楚

① 摘自糜文开编译《印度文学历代名著选》。本文之标题，亦系借用糜文开先生对KAMA一字之意译。

的——忘我与契合。

要把灵魂与肉体深处那种无法形容的欢悦，那种既是深沉混沌又尖锐到极端锋利的感受，用具象的人体姿态表达出来，如果不是同时具有宗教的虔诚和艺术的敏锐，恐怕是无法做到的吧。

/刹那的永恒/

为什么昌德拉王朝的艺术家们，会特别钟爱这个主题？在后世，也有许多不同的揣测与说法。

有人说：在神庙的墙上雕刻出男女交媾的雕像，是为了驱逐恶魔，同时可以保护神庙不受闪电雷击或者其他灾祸的侵袭。

有人说：在昌德拉王朝里，笃信佛教的民众越来越多，许多人根本不肯成家生子，就早早避入空门为僧，使得人口锐减。君王们只好苦口婆心地劝告：就算是神祇，也必得要和女神结为夫妇，享受夫妇的乐趣，而这乐趣的最终目的是为了绵延后代。所以，母亲抱着幼儿的雕像也不断重复出现，“母爱”的题材，也是卡修拉荷神庙的另一个重点。

又有人说：在最古老的思想里，肉体的接触，有时候也是探寻与神灵交会的一种方法和仪式。

在圣徒格耶奥义书（Chhandogya Upanishad）中，就有过这样的形容：

“在他深爱的女子的怀里，男人会将整个世界都忘记，自身的一切都不复存在；而同样的，在与那全知者契合之时，我们也会进入完全忘我的境界。”①

如果仔细观察，在好几对爱侣的脸庞上，我们都可以看到那一闪而过的满足与迷离。

要具有何等的才情，才能在坚固而又持久的岩石上，捕捉到那人世

① 译自 ALAIN DANIELOU 为 RAGHU RAI 的《卡修拉荷摄影集》所写的序言。

间最短暂而又最飘忽的神情!

当然，总是还有一些冷静到近乎无趣的学者，他们宣称：既然大多数描写性交的雕像，都在神庙外墙上最重要的部位，或者是刚好在神龛与外厅的交接部分，因此，这应该只是一种建筑与视觉上的“语言游戏”而已。

就是说：这样的雕像只是“结合”这个字的双关语与形象上的象征而已，此外，别无他意。(这是多么令人沮丧的论调啊!)

幸好，关于象征，还有别种说法。

有人说：庙墙上的女性雕像象征着人类的灵魂，正在等待、呻吟，准备着要去朝见神祇。她们常是以一种慵懒的姿态出现，或者对镜凝视，或者轻触双乳，从与自己身体的接触之中，试着去唤醒那沉睡中的灵魂。

而那些已经在紧拥着的爱侣，则是象征着印度教里的“自我重建”，在彼此的拥抱与探索之中，重寻一个和谐而又完整的新我。

/沧桑/

不过，所有的说法都只是千年之后的揣测而已，更何况这中间又隔了完全不通音讯的五百年!

尽管当年昌德拉王朝曾经有过多么辉煌的文化、多么融洽的社会，然而，黄金岁月总是流走得特别仓促!

回教的侵袭毁损了许多庙宇，长年的内乱更让百姓流离失所，王朝急速地衰微下去。卡修拉荷原来只是祭祀之时才会有人群涌来的圣地，在其后的两百年间，祭祀的仪式只能断断续续地维持着，然而间隔的时间越来越长，民众参与的越来越少，战乱却始终不肯停顿。

终于，在十四世纪之后，这个世界再也没有一个人知道卡修拉荷了。

彻底地被世界所遗忘，沃野终成荒莽。

一直要到了十九世纪的中叶，公元1838年，卡修拉荷才被一个前来行猎的英国军人柏特上尉所发现，消息传出之后，学者开始前来观察和记录，在密密的丛林之间，只剩下二十二座历经沧桑的神庙了。

这之后，又过了一百多年，其间只有研究人员来工作，当然，信徒们也开始慢慢聚集，逐渐恢复了往日的祭祀，不过，人数还是很少。而真正开放给世界各地的观光客，还只是近二十年来的事。

如今，规划后的卡修拉荷大致分成西、东与南三处庙群。有一个小飞机场，有一些安静而又雅致的小旅馆，街上的店铺与咖啡馆也有了点规模，居民逐渐增加到五千人，整个卡修拉荷好像和印度其他的观光胜地也没有太大的区别了。

可是，每一个站在神庙之前的观光客，在赞叹之余，总忍不住会想象，那整整五百年被包裹在丛林里是怎么样的光景？想到那五百年的沉默与孤独，就不由得会对眼前的一切，产生更加珍惜与怜爱的心情。

/复活/

时光在卡修拉荷，虽然是用百年和千年来作计算的单位，可是，如果要看到那最精彩的一部分，有时候却只能用几分和几秒来匆匆停格。

那是因为阳光。

恍如舞台上光束的投射，一丝阳光斜斜地照过来，就可以让千年之前的石像，在刹那间复活。

所以，如果你是在正午时分随着一个庞大的旅行团前来绕场一周，你多半会觉得失望。雕像好像太小，位置又放得太高，姿态似乎有点平板，而面目也颇为模糊，这就是传说中美丽而又奔放的卡修拉荷吗？

当然不是！作为观众，总得要耐心地在台下等待幕起的时刻。如果没有光，主角当然不会出现！

必须要等待！

在清晨或者向晚的卡修拉荷，当你绕着其中的一座神庙慢慢端详的时候，也许整面墙都在芒果树的浓荫里，而忽然之间，在转角处，晨曦或者斜阳从枝丫间照了进来，照上了一对爱侣的脸庞，那雕像顿时就会变得光华灿烂，眉目历历如画，而千年之前的顾盼，就会在你眼前重新开始流转起来。

这才是卡修拉荷！

这里的向导都明白这一点，所以他们总是带着一面小小的镜子，当他要向你讲解什么重点的时候，就会用镜子把阳光带上去，而你就会觉得，那被照耀着的一处细节，果然是与众不同的。

那些细节，也是卡修拉荷最精彩的一部分。昌德拉王朝的艺术家在雕出了繁复的人体与花饰之后，还意犹未尽，除了宗教与文化上种种必须要表达的意义之外，他们还想加上一些个人的解释上去。于是，在许多角落里，一一埋伏下提示的线索，那是他们对观众的提示，仿佛是舞台上的旁白。这些提示有的严肃，有的幽默，有的简直就像个惊叹号！

我的向导在一尊女体雕像之前停了下来，那半裸的妇人正在解开她的沙丽，石雕的躯体似乎是温热的，肌肤光润，小腹以下也都已经袒露出来。在她左边的大腿上，有一个很奇怪的东西，向导用镜子的反光指着那一点说：

“你看！蝎子已经爬到大腿上了，那是激情的象征，表示这个妇人已经有了欲念了。”

是何等丰富的想象力！用蝎子来代表妇人体内的激情，在战栗与亢奋的边缘等待，是颤抖着的妇人的心。千年之后，一句舞台上的旁白，一个小小的细节，竟然真的让雕像在刹那间复活，我仿佛还可以听到那个妇人心中的呼唤：

“啊！来吧！美丽的蝎子！”

这才是卡修拉荷！

选自尔雅版《黄羊·玫瑰·飞鱼》

故　居

七月的正午，在新疆的戈壁滩上只剩下酷热君临一切。

我们的越野车就像是一只干渴的小甲虫，正脚步蹒跚地沿着塔里木盆地的边缘往前缓缓爬行。车窗外是我从来也没见过的奇异风景！一片荒寂大地无边无际，寸草不生的岩砾间满是些黑色的巨大石块，虽然已经被风沙侵蚀得千疮百孔，却依旧矗立，并且像漩涡一般地往四周延伸分散，远远望去仿佛是置身于干涸的海底，又像是超现实画家笔下所描绘的世界的尽头。

而酷热实在逼人，不仅从外面煎烤，就连身体最里面的血管都开始燃烧起来，让我坐立不安。

巴岱先生从前座回过头来向我说：

“热吧？再忍耐一下就好了，到前面的绿洲就会好多了。”

巴岱先生是世居新疆的土尔扈特蒙古人中的长者。他精通蒙文、维吾尔文、哈萨克文和汉文，不但同时用这四种文字来写作，并且更用尽心力来维护这一块土地上的珍贵文化。我对这位长者仰慕已久，这次能够和海北一起来新疆拜看他，并且在此刻能够与他同行，实在是我求之不得的机缘，总该表现得好一点才对。所以，我赶快坐正了回答：

“还好！还不算太热。”

海北却在旁边取笑我了：

“你当然不能叫热！不是还立志要去横越塔克拉玛干大沙漠的吗？”

是啊！我的丈夫是知道我的。塔克拉玛干、楼兰、罗布泊都是我的梦！是从小就刻在心上的名字！是只要稍微碰触就会隐隐作痛的渴望！要怎么样才能让别人和自己都可以明白？那是一种悲喜交缠却又无从解释的诱惑和牵绊啊！

巴岱先生忽然问我：

“你知道塔克拉玛干这个名字的意思吗?”

我不知道。但是海北说他知道，去年，他曾经从甘肃进去过，向导说这个名字是“死亡之海”，也有人说直译应该就是“无法生还之地”的意思。

巴岱先生却说：

“解释有很多种，每个民族都说这是用他们自己的文字起的名字。我倒是比较喜欢维吾尔文里的一种翻译，说塔克拉玛干的意思就是‘故居’。”

我的心在猛然间翻腾惊动了起来，原来谜底就藏在这里，这是多么贴切的名字!

今日荒寂绝灭的死亡沙漠原是先民的故居，是几千年前水草丰美的快乐家园，是每个人心中难以舍弃的繁华旧梦，是当一代又一代、一步又一步地终于陷入了绝境之时依然坚持着的记忆；因此，才会给今天的我们留下了这一种在心里和梦里都反复出现的乡愁了吧。

故居，塔克拉玛干，在回首之时呼唤着的名字。此刻的我在发声的同时才恍然了悟，我与千年之前的女子一样，正走在同样的一条长路上。

有个念头忽然从心中一闪而过，那么，会不会也终于有那样的一天?

几百几千或者几万年之后，会不会终于有那样的一天?仅存的人类终于只好移居到另外的星球上去，在回首之时，他们含泪轻轻呼唤着那荒凉而又寂静的地球——别了，塔克拉玛干，我们的故居。

选自尔雅版《黄羊·玫瑰·飞鱼》

弯　泉

人的名字，是一种归属与辨别的标识，土地的名字也是。

人的名字在一生里通常不会更改，土地的名字原来也应该如此。

可是，在人类历史上，为什么每次在政权转换了之后，总要先将土地重新命名？

我的家乡在近代就换了许多不同的名字。父亲年轻的时候在籍贯栏上填的是“察哈尔盟镶黄旗”，我的户口名簿上写的是“察哈尔盟明安旗”，而如今，在家乡的族人们却又要称这块土地是“锡林郭勒盟正镶白旗”了。

朋友说，我的遭遇不算太悲惨，总比要被迫把自己美丽的故乡改口叫做“仁爱乡”、“忠孝乡”要好一点，起码还有一部分是来自自己文化的根源。

可是，如果要呼唤故乡，如果在生命的路途上要回头呼唤故乡，有谁不渴望能够找到一个古老、朴素，是由自己的祖先所命名，而又到如今还存活着的名字呢？

因为，只有这样的名字，才能更贴近那块土地，也只有这样的名字，才能更贴近我们的心。

哪怕只是座荒凉的山，哪怕只是条浅浅的溪流，只要能够逃过了被更改、被涂抹的命运，留下了一条可以与“昔日”相连接的线索，就是给乱世的子孙们最好的礼物了。

这份礼物，终于给我找到了。

三年之前，初次见到父亲的那片草原，才知道她保有了一个古老的名字——“宝勒根道海”，用汉文的意思来说，就是“弯泉”。

我不知道这个名字最早来自哪个年月，也不知道还能保留多久。我只知道，今天，这是父亲与我以及我们的族人之间，唯一可以共享的愉悦和安慰。

弯泉，宝勒根道海。我终于找到了一个可以依靠的线索，开始去寻找一个古老而又朴素的文化。每次翻阅那些历经浩劫的断简残篇，仿佛能够隐隐地感觉到民族血脉的跃动，充满了顽强的生命力。

正如人类学家李维史陀所说的一样，每种文化都有着要强烈保持自身本色的愿望，因为，唯有如此，她才不至于消失和灭亡。

几十年都过去了，一直要到踏上草原之后，要到了今天，我才开始了解：原来，在过去的几十年里，那因为蒙古而流下来的泪水并不完全是“冲动”，那在心中固执的渴望也并不完全是“狭隘”，所有的现象都牵连于一种内在的需求，是文化与种族加诸于每一个团体之上的，不得不如此的需求。

一切都不过只因为我是一个蒙古人罢了。认识了这样的处境之后，心里反而释然了，重压卸下，那蒙古文化里明朗美丽的特质反而在处处向我显现。在这里试着把这些心情写下来，就用草原的名字作为篇名，献给遥远的故土。

选自尔雅版《黄羊·玫瑰·飞鱼》

此　身

/四月香港/

四月的早上，有雾，有细雨，我一个人站在九龙尖沙咀海边长廊的楼上，往前眺望。这是条狭长的露天平台，四周全无遮拦，所以对岸的香港就隔着拥挤的海湾横列在我的正前方。

海与天都是一片朦胧的灰蓝，但是对岸岛上那些高耸密集的大楼，依旧可以在雨雾中显出一些深深浅浅的轮廓来，好像是雾中的森林，而我的童年就穿梭在云雾深处那些狭窄的街巷之间，若隐若现。

那短短五年，却是多么悠长温暖永远铭记在心的童年。

还记得在皇后大道中的人行道上和姐姐走失了的我，是怎么样惊恐绝望地站在路边号啕大哭，那些不相识的行人围成一圈微笑地端详着我，有人好心地为我找来警察，高大的警察牵着我走上一层又一层的石阶梯，不时还低下头来给我擦眼泪，说些不相干的话来逗我开心，他那厚实温热的手掌总在我的记忆里，几十年来都不曾消逝。阶梯高处那个警察局也好像还在，每次路过，都会仔细端详一番，觉得可能不是，也可能是。

而从皇后大道东上的圣佛兰士街走上去，秀华台就在高坡上的左手边，在一棵新种下去的凤凰木后面，我们全家三代九口人搬进去的那栋全新的四层楼公寓，如今已经消失了。在这个四月的旅程中，我再一次重履旧地，故居已经完全拆除准备盖新的大楼了。可是，当我转身背对着它的时候，总觉得在身后的空地上，还是有一栋楼房矗立在那里，公寓里的每一户邻居都还在，那些和我同龄的友伴们还在凤凰树下抬起头来向三楼窗边的我笑着呼唤："席慕蓉，出来玩！"

那短短的五年，却是多么悠长温暖永远铭记在心的童年。

因此，每次路过香港，总忍不住想要停留一两天。我不知道为什么有些朋友会说她人情太薄，我却知道这个小小的岛屿曾经厚待过我，在那个流离颠沛的时代里，她曾经多么温柔亲切地接纳了我。

因此，尽管眼前这个城市在几十年间不断地改换着面貌，可是好像也总有一个永生的城市叠印在她的上面，从来不曾改变，在每一个迎面而来的街角处，所有的记忆依旧活得熙熙攘攘，鲜明灿亮。

就像此刻，在这个四月有雾有细雨的早上，隔着拥挤的港湾，在对岸那些像雾中森林一样的高楼之下，我好像依旧能够看见那个年幼的我，正在皇后大道东和大道中之间的狭窄街巷里来回行走，好奇、兴奋、东张西望，却又忐忑不安。

好像童年的那个岛屿那座城市那段时光恒在，一直飘浮在眼前这灰蓝色的海洋之上的什么地方。

/十月波昂/

秋日下午和父亲牵手走在波昂市郊，天气不错，路旁人家院子里的大树金灿灿的，白色的细秋千安静地垂挂在绿草地上。

我对父亲说，我喜欢这种秋天的感觉，清凉却不寒冷，好像可以怎么走也不觉得烦累，空气又这么干净，每吸一口都好像在吸着提神的薄荷一样。

父亲的脚步迈得很大，所以每走几步，我就要小跑一下，跟上他的速度。有车从我们身旁经过，父亲用力牵我靠向路边，那种感觉就好像很久很久以前，走在香港街头，父亲紧紧地牵着我时一样。

忽然在心中自问，为什么似乎只有在童年时期和成家之后，只有这两段时间里才有与父亲同行的记忆呢？

中间那一段时间去了哪里？

是不是因为在那段时间里，我急于成长，不肯和父亲共处？还是说，我急于摆脱，不想和父亲共处？

要来德国之前，和大学的几位同学有天相聚，提到这次旅行，有人问我是不是要来开会，我说不是，只是想来陪父亲散散步。坐在我旁边的宣广笑着说：

“坐飞机去德国散步，多奢侈！”

是啊！眼前是多么奢侈的时光！这清新灿亮的秋天，父女俩可以手牵手走在市街上，走在森林里，走在莱茵河边，有微风迎面吹来，清凉却不寒冷。

可是为什么我的心中忽然隐隐作痛？是谁在提醒我，告诉我这已经是秋天了，前面的每一个日子都只会逐渐地冷下去，绝不会比此刻更加温暖。

为什么在这样奢侈的时光里，却总会有一个戒慎恐惧的我，静静地跟在身后，如影随形，在黄金般的秋日里，蹑足而行？

/山坡上/

气象预报说今年夏天的第一个台风已经接近南部海面。晚饭后，出门散步，山坡上果然颇有凉意。池塘对岸的相思树丛在风里摇来晃去，暗黑的山影之后，天空上还残留着一层紫红青绿有点诡异的霞光，正是那种典型的台风前夜的场景。

如果对一位初临此地的旅客来说，这样的景象是有点阴森可怕。可是，对我这个久居于岛上的人，却是久违了的熟悉感觉。这天光、风声、气味、周围的温度和湿度，都是多年来的旧识，许多细微独特的变化都收藏在记忆里，此刻一一涌上前来，里外会合。好像我的眼、耳、鼻、发，甚至肌肤，都在同时准确地接收到了大自然对我所发出的讯号，我整个身体和内里因此不由得地回应以一种久别重逢的亲切和欢愉。

甚至还带着些许的自豪。是啊！不枉在这个岛上过了这么多年，我几乎已经可以算是个生活得很习惯的本地人了。

但是，在短暂的欣喜之后，忽然闪出来一句问话：

“怎么几十年就这样过去了？难道真的就要在这个热带的小岛上过完我的一生吗？”

这问题如光速般飞驰而过，我忽然吓了一跳，因为在那极短暂的一刻里，我很清楚地意识到，问这句话的人并不是我，起码不是那个在平日生活里的我，不是在上一刻里还有点沾沾自喜的我。

好像是另有其人。

好像在我所熟悉的身体和内心里，还住着一个另外的人。

是他在发问。

怎么回事？我在山坡上站住了，心里有一种很难形容的感觉。

是怎么样的一个人住在我的身体里面？藏在我的心的背后？为什么在我已经觉得十分亲切的土地上，他却依旧若有所失，依旧忍不住要发出一声无奈的喟叹？

为什么？是不是因为他收藏着的记忆和我的不同？对他来说，四季的变化应该是在北方一片辽阔的高原之上吧？那里的风霜雨露才是让他觉得亲切和喜悦的旧识，是千百年来在他身边不断重复出现的场景，而只有那块土地，才能让他的身体和心灵都可以得到安顿吧？

原来，自初生之日就认定是只属于我自己的生命，却也有一部分是属于他的。

这固执的灵魂盘踞在最深最暗之处，跟着我东奔西跑了这么多年，从来没有说过一句话。要到了此刻，到了我终于欣喜满足地把这座岛屿认作是自己家园的时候，他才现身，万般无奈地告诉我，对于他来说，这里依旧是异乡。

然后，他又静静地消失了，重新回到那个深暗的来处，只剩下我一个人站在山坡上，不知道是谁家的庭院里栀子花开得满树，在越来越深的暮色里，传送着浓郁的花香。

选自尔雅版《黄羊·玫瑰·飞鱼》

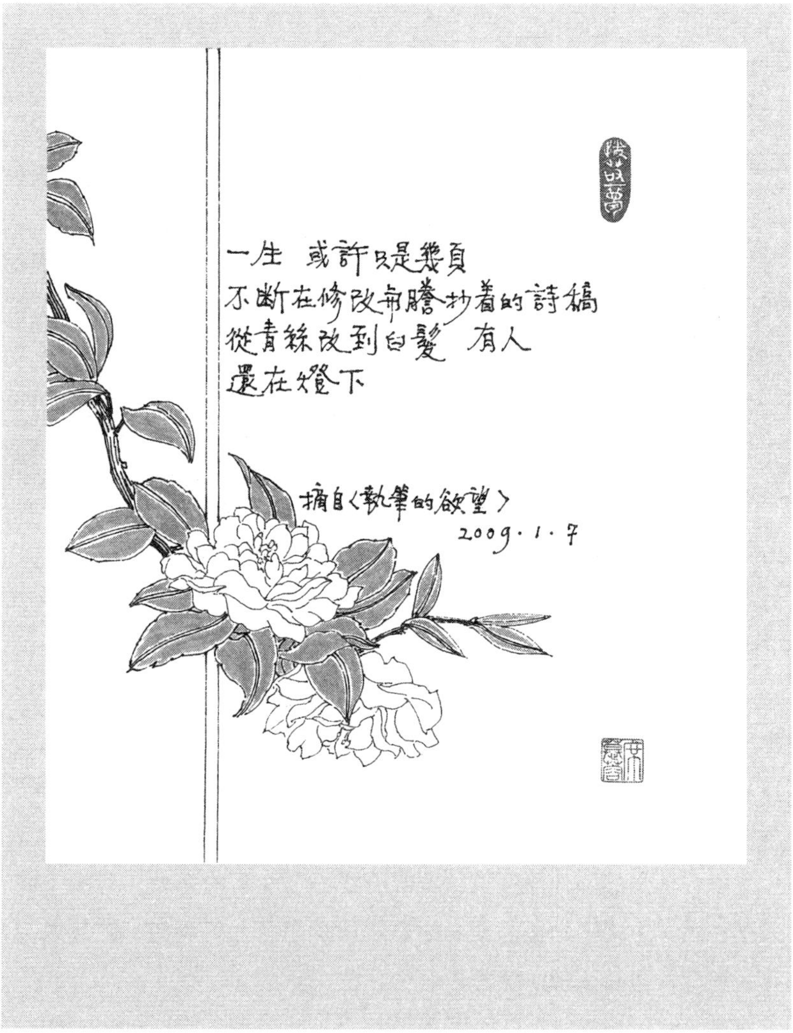
一生 或許只是幾頁
不斷在修改和謄抄着的詩稿
從青絲改到白髮 有人
還在燈下
摘自〈執筆的欲望〉
2009.1.7

嘎仙洞

公元443年3月的一个早上，北魏拓跋鲜卑王朝第三代君王太武帝拓跋焘上朝接见使臣。来者是世居东北方的小国乌洛侯国的使节，他们带来的讯息令圣上身心震动。

乌洛侯国的使者是这样说的：

称其国西北有国家先帝旧墟，石室南北九十步，东西四十步，高七十尺，室有神灵，民多祈请。

《魏书·乌洛侯传》

仿佛有远古的雷声从历史垂落的深幕之后隐隐传来。

那是多么遥远的年代！

太武帝年幼之时，就常听宫中长者叙述先祖旧事，如何在大鲜卑山的群峰密林之中生活，如何出现了有智慧的领袖，如何在历经六七十代的游猎生活之后走出丛林，南迁大泽，又如何在七代之后，经过“九难八阻”的艰险辗转来到五原，然后东移盛乐，再迁都平城。一代又一代的领袖带领着族人继续前进，这条长路上有着说不完的牺牲和收获。可是，那些原来应该是极为真切的往事，却在千年历代的传达中，逐渐变得模糊不清。所谓的列祖列宗，到了最后，不过只能是供奉在庙堂之上的缥缈影像而已了。

然而，就在此刻，却有人不远千里而来，告诉你：

“先帝旧墟犹在！”

这是多么让人欢喜振奋的讯息啊！

于是，经过了仔细的筹划，经过了四千多里路的长途跋涉。这一年的七月二十五日，太武帝拓跋焘所派遣的谒者仆射库六官和中书侍郎李敞这些官员，终于来到了东北方的大鲜卑山之中，在先祖的石室旧墟前，按照王朝所定的最高祭祀礼仪，供奉马牛羊三牲，在祝祷声中，举行了庄严隆重的祭天祭祖大典。又把祝文刻在洞内石壁之上，再在洞外插立桦木的枝子，然后才启程回返代京大同。

史书上除了记载这段经过和祝文的内容之外，还说了一些后话：

> 敞等既祭，斩桦木立之，以置牲体而还。后所立桦木生长成林，其民益神奉之。咸谓魏国感灵之应也。
>
> 《魏书·礼志》

日升月落，桦木在山中继续生长，时光在人间继续流转，几个十年之后，君王老去，几个百年之后，皇朝湮灭，而战乱从来不肯停歇。到了最后，所有的痕迹与线索都消失了，只剩下一段短短的文字，藏在书中，有如谜题。

多少年来，想要解谜的历史学者大有人在。要找鲜卑的旧墟石室，先要找到“大鲜卑山”，可是，这么大的一座山，到底在哪里呢？

有人说是大兴安岭，有人说是外兴安岭，更有人说，应该是在贝加尔湖附近的伊尔库茨克一带。

众说纷纭，而时光继续流转……

一直要到了公元1979年的9月，当时是内蒙古自治区呼伦贝尔盟文物站长的米文平先生，在大兴安岭鄂伦春族人的协助之下，找到了一处穴洞，从各种情况看来，很有可能就是鲜卑旧墟石室。

这个高踞在峭壁之上的穴洞，鄂伦春语叫做“嘎仙洞”。“嘎仙”的字音和满语的“嘎姗”相通，据说是“村屯”的意思。

1980年3月，米文平先生提出了一篇论文，《拓跋鲜卑石室考》引起了内蒙古考古学界的注目，于是有人加入了米先生的队伍，一次再次地来到嘎仙洞。

但是，虽然许多条件都大致相合，却不见祝文。搜遍洞中石壁，也没有找到任何曾经有过人工凿刻的痕迹。

没有祝文，就没有证据。没有证据，任何的理论推断都不能成立。

一直要到了那一天。

1980年7月30日，米文平先生和其他的学者又来到嘎仙洞前，那天天气晴朗，到了下午，阳光斜斜地照进洞口。

我们来看米先生怎么说：

> 当天下午四时，阳光由西照进洞内，视度很好，我们沿洞内西侧石壁往里走不到一分钟，突然发现眼前石壁上隐约有个“四”字，我简直不敢相信自己的眼睛，大家仔细看确为刻石文字，下面并有“年”字，上面又看出“太平真君”等。在第二行又看出“天子臣焘”，第三行看出“中书侍郎李敞”等字。几个人反复辨认，确为《魏书·礼志》上所记之祝文。由是，这个学术界争论了多少年、我们调查了一年的悬案，终于得到了最后的解决。
>
> ——《鲜卑石室的发现与初步研究》

从公元443年7月25日到1980年7月30日，这中间有1537年的距离，千古之谜竟然会在一瞬之间得到解答，这是多少学者求之而不可得的奇遇！我想，米文平先生在那一刻的狂喜，恐怕是旁人无法想象也无法比拟的吧！

那是如何令人身心震动的狂喜啊！

不过，当然，这“一瞬之间”，也并不只是偶然的巧遇。在这之前，先要有大胆的假设，再要有小心的求证，然后还要有锲而不舍的毅力，最后，最后，还要有夏日午后那一线斜斜照上洞壁的阳光。

那一线阳光就有如舞台前方的投射灯一般，斜斜地照了进来，使得原本是长满了苔藓面目模糊的石壁忽然间凹凸分明，在岁月垂落的深幕之后，有一些痕迹一些线索努力挣扎着站到了台前：

> 维太平真君四年癸未岁七月二十五日，天子臣焘，使谒者仆射库六官、中书侍郎李敞、傅㝹，用骏足、一元大武、柔毛之牲，敢昭告于皇天之神：启辟之初，佑我皇祖，于彼土田。历载亿年，聿来南迁。应受多福，光宅中原。惟祖惟父，拓定四边。庆流后胤，延及冲人，阐扬玄风，增构崇堂。克翦凶丑，威暨四荒。幽人忘暇，稽首来王。始闻旧墟，爰在彼方。悠悠之怀，希仰余光。王业之兴，起自皇祖。绵绵瓜瓞，时惟多祜。归以谢施，推以配天。子子孙孙，福禄永延。荐于皇皇帝天，皇皇后土。以皇祖先可寒配，皇妣先可敦配。尚飨！东作师使念凿

1500年前一位君王对自己的远祖以及那曾经庇佑过整个族群的天神，献上了他衷心的祝祷。在剥除了覆盖的苔藓之后，刻在石壁上的祝文清晰显现，除了少数字句有些出入之外，几乎和史书上记载的内容完全相同。这终于证明了大鲜卑山就是大兴安岭，是拓跋鲜卑远祖的旧居，也是许多游牧民族远祖的发源地。

学者说大兴安岭在四亿年前是古陆，在三亿年前沦为海洋，由于火山的喷发，开始形成褶皱山系，而在六七千万年之前，慢慢成为地表之上的崇山峻岭。在悠长的年月间，一步步地改变，到了最后气候湿润，森林密布，成为孕育初民的最好的生存环境，是一位无比温柔又无比巨大的母亲。

这真是一座巨大无比的山岭！它的高度并不高，只有海拔八百到一千五百公尺而已，但是南北的长度却有一千四百公里，宽度从两百到四百五十公里。这样一片辽阔无边的土地上，长满了浓密的森林，森林间水流清澈，有鹿、狐、獐、狍，还有美丽的紫貂，只要人类学会了射猎，就可以得到温饱。

而像嘎仙洞这样的天然石洞，更是初民的美好居室。大兴安岭冬天气温有时候会冷到摄氏零下四十度，但是在石洞里最低只到零下十七八度，可以说是冬日的暖房，怪不得早早地就有人搬进来了。

1994 年的 9 月，我也跟着朋友们来到嘎仙洞前。从岩壁下方望上去，并不觉得这个石洞有什么出奇之处，要等往上走到了洞口，才发现里面真是又深又宽又高！

阳光只能照到学者称作“前厅”的地方，往里面进去到了“大厅”那里就有些暗了，等到战战兢兢随着逐渐升高的地势走到“高厅”的时候，已经是伸手不见五指。朋友打开电筒照着脚下，我们才能继续摸索前进，到了“后厅”，猛一回头，才发现洞口变得又远又小，原来我们已经贴近洞穴的最深处了。

就在这个时候，电筒忽然灭了，大概是接触不良，朋友试了几次也亮不起来。

我们几个人几乎是贴着岩壁站着，没有光，一步也动弹不得，也没有人说话。

就在电筒重新亮起来之前，在那段很短很短的时间里，我忽然有了一种恍惚的感觉，好像那悠远的昔日正从每一处深暗的角落向我慢慢靠近。那感觉很难形容，并不会让我害怕，只是一种很安静很缓慢的恍惚，好像无法确定自己到底是身在何处。

电筒又亮了，大家好像都松了一口气，开始慢慢往来路走回去。

洞穴里最主要也是最宽广的部分，就是中间的“大厅”，据说面积大概有两千平方公尺。那顶上高高的石壁离地有二十多公尺，以一种优雅的弧度往四周倾斜，宛如穹顶。在“大厅”里有一块很大的天然石板，周边形状并不规则，但是因为是被一块半公尺高的岩石托了起来，怎么看都像一张特意摆设在那里的桌子。是领袖与族中长者用来聚会的吗？

他们是怎么商谈的呢？

“走”还是“不走”?“守在这附近”还是“无论如何都要出去看一看”?

这一带确实是个温暖舒适又安全的居住环境。峭壁几乎是垂直的,穴洞离地又这么高,野兽不能轻易上下。离洞穴不远的前方就有一条清澈的小河,取水十分容易,周围是取之不尽用之不竭的森林,随便砍几棵放在附近,取火也十分方便。夏天阳光照耀之时,躺在微风吹拂的洞口,听山鸟争鸣,远处传来袭人的花香,为什么还要离开呢?而到了冬天的第一场雪之后,狩猎野兽几乎是轻而易举的事。在严寒的冬日,大家厮守在火边,让穴洞之外的大雪把一切都覆盖起来,这样温暖的家啊!为什么还要离开呢?

在大兴安岭的丛山密林里长大的许多部族,虽然并不都是住在这样的洞穴里,但是自然环境大致相同。在悠久漫长的远古岁月中,每一个族群一定都曾经面对过这样的抉择吧。

是什么因素影响了他们的决定?是领袖的魅力?是长者的智慧?还是整个族群的性格?时间已经过去了这么久,我们对当日的会议内容一无所知,我们只知道结论——

有人决定要留下来!

即使这些部族已经离开了初民的混沌时期,学会了畜牧,知道用山羊驮载行李,知道用桦木皮搭成敞棚和茅屋作为居室,他们依旧眷恋着这巨大而又温柔的大兴安岭,整个族群的人终生都从不走出森林,世世代代在此定居,并且宣示:

“没有比这更美好的生活,也没有比他们更快活的人。”(拉施特《史集·森林兀良合惕部落》)

有人决定要走出去!

譬如拓跋鲜卑,譬如蒙古。这两个民族的远祖终于带领着族群走出了大兴安岭,千年之后,他们的子孙都成就了难得的功业,一位在公元386年建立了北魏王朝,一位在公元1206年开始建立了蒙古帝国。

在还没有来到大兴安岭之前,翻读史书,我并不能说到底是哪一种决定比较正确，也不能说——谁比较快乐。

我当然知道，历史上横跨欧亚两大洲的蒙古帝国，她的疆土、她对世界文化交流的贡献，到现在依然是无人可以比拟的辽阔，无人可以比拟的荣耀，这种功业，岂是那些终生不出森林的部族能够揣想的境界！

可是，在我心深处，又会觉得，如果整个部族的人都只愿意保持着单纯的生活，拥有那样单纯的快乐，不也是令人衷心向往的境界吗？

而当我终于来到了大兴安岭，发现触目所及，都只剩下生长了二三十年的细弱的次生林，那些在四十年前据说还遍布四野的原始森林，那些粗壮浓密的树木都已经消失了。山上的野生动物有许多早已绝灭。如今只剩下不到一千人的鄂伦春族，全族都搬进了在低平之处政府为他们盖好的村落里居住，许多祭祀的仪式都被遗忘了，好听的歌声只能到文物陈列馆里的录影带中去搜寻。而大兴安岭之间到处都是曲折绵长的产业道路，鲁莽的扬着灰沙的运材卡车，日夜不停地在路上回转奔驰。

要到了这个时候，我才明白，原来，再彪炳的功业虽然在最后都只能走进历史，可是，再单纯的愿望、再卑微的请求，再怎么与世无争的快乐，到了今天，也只能是永不复返的梦境了！

站在嘎仙洞前，我不知道我还能祈求什么。此刻，山中依然有树木，河水依然清澈，山风依然清凉，空气依然湿润芳香。神祇在上，如果您愿意俯听我的祝祷。那么，请为我们挡住那就在眼前虎视眈眈的毁灭巨兽，请让这山中的一切就此停留。

请为那千年之后的寻访者，留下一些美好的值得珍惜的痕迹吧。

（注：这篇文字中的资料部分，是从米文平、赵越、王大方三位先生发表在《呼伦贝尔文物》上的论文中借用的，在此谨致谢意。）

选自皇冠版《大雁之歌》

丹僧叔叔

——一个喀尔玛克蒙古人的一生

一直想要提笔写出丹僧叔叔的一生，却是千头万绪，不知从何开始。

这几年来，常常会带着幻灯片去演讲，向台湾的听众介绍我所看到与知道的蒙古高原，心里也会有这样的感觉。有时候，一张幻灯片在黑暗里停格，而我在黑暗中也滔滔不绝地诉说，仿佛在长久的时间与广漠的空间之中，有千头万绪都奔涌而来，都争着要在这短短的几分钟之内现身、解释与告白。

我想，最主要的原因应该是在台湾的教育之中，有关于北方民族的历史人文，除了其中极少的经过挑选了的资料之外，其他一切都是空白，这就让我在介绍的时候变得非常困难。本来应该是只说重点，突出那精彩的部分，可是如果听众对一切的背景资料都毫不知情的时候，又怎么能够明白那重点的悲喜之后的远因与近果呢？

写丹僧叔叔，也是如此。

我当然可以先从1966年写起，那年是我第一次见到他。但是，如果要清楚地说出他之所以如此的重要环节，就又必须从1630年开始写起。

所以，我只好话分两头……

/1/

先说1966年。

那年夏天，父亲带我去丹僧叔叔的家。

他有妻有子，并不是一位僧人，“丹僧”这两个字，只是他名字的蒙音汉译而已，但是如今又觉得满贴切的。

他是父亲的朋友，比父亲年轻几岁，所以我就这样称呼他。

那时，父亲在慕尼黑大学教书，我在布鲁塞尔读书，姐姐和妹妹也都在欧洲。所以，一到假期，我们就会坐火车南下或者北上彼此探望。

去慕尼黑的时候，父亲有时会带我们去市郊几个蒙古人的家里做客。

其实，那时我对丹僧叔叔的印象很模糊，只记得这几个蒙古家庭都住在郊外廉价的国民住宅里，房子不大，主人都很好客，每次见到我都会紧紧地拥抱，在我脸颊上亲了又亲，给我吃很多用羊肉烹调的大菜，笑着劝我喝酒，然后又唱歌又跳舞的，热热闹闹地过一晚。去了这家，就一定要答应再去另外一家，不然的话，就是两三家凑到一家来联欢，所有的孩子也都跟着父母过来，高高低低大大小小的挤满了一屋子，那种热情和欢乐，才是让我印象深刻的记忆。

在当时，我也注意到了，虽然同是蒙古人，父亲和那几位叔叔的交谈中常常要夹杂着英文才能说得通。有一次在回家的路上，我问父亲，他说："他们是喀尔玛克蒙古人，最早是住在新疆那一带的，口音和我这个察哈尔蒙古人很不相同。而丹僧他们又是从小在俄国长大的，有些单词我实在听不懂，就只好用英文来帮忙了。"

那天，是我第一次听到"喀尔玛克"这个词。父亲说，这词的意译是"留下来的"的意思，也有人译作"余留者"。

父亲又说："喀尔玛克蒙古人虽然可说是远离家乡的流浪者，可是对于蒙古族的老规矩却一点也没忘，真是不容易啊！"

/2/

蒙古高原上的蒙古人，大致可以分成几个重要的部族。在中心地带，散布在戈壁南北的是喀尔喀蒙古，也就是我们比较常听说的内蒙古和外蒙古人（这之下再细分，才会有我父亲所属的察哈尔盟，或者母亲所属的昭乌达盟等等……）。在东部嫩江流域的是达斡尔蒙古，在北部西伯利亚贝加尔湖边的是布里雅特蒙古，在西部以天山山脉为中心的是卫拉特蒙古（或称瓦剌）。

卫拉特蒙古世居新疆北部，在天山北麓准噶尔盆地周边一直到乌鲁木齐和阿尔泰山之间，分成四部——土尔扈特、准噶尔、和硕特和杜尔伯特。十六世纪末期，和硕特人跟随着他们的固顾汗去了青海，就是如今的“青海蒙古”的前身。而土尔扈特人从十六世纪的1574年开始，就逐渐计划西迁到中亚草原。

那时候的中亚草原上并没有任何政治与军事上的干扰，人烟稀少水草丰美土地辽阔，先驱的探路者一直抵达了伏尔加河流域，回报之后，1630年，土尔扈特人就在和·鄂尔勒克的领导之下，大举迁徙。他们陆续出发，用了好几年的时间，长途跋涉，终于定居在里海北岸的阿斯塔拉汗地区，在那一片无忧无虑没有任何威胁的土地上建立汗国，过了将近一百年的好日子。

但是，十八世纪开始，俄国国势强盛了之后，对于帝国南方这些游牧民族的地区开始有了染指之心，厄运就慢慢逼近了。

在一连串的高压统治与宗教迫害之后，土尔扈特蒙古人不禁又怀念起那在遥远的天山之上的故土了。

那时在家乡，多年战乱的准噶尔部终于被清廷所灭，“数千里内，遂无一人”。消息传来，更坚定了他们想要回家的心。于是，1770年底，躲过了俄国官吏的监视，渥巴锡汗召集了王公贵族和喇嘛密商，决定全族“东返准噶尔故土”，并且以抵抗哈萨克入侵的理由，开始集结土尔扈特军队。多年之后，在天山山麓上的天鹅湖畔，一位土尔扈特的学者告诉我，他们自古以来，都自称是“天鹅的部族”，因为，土尔扈特人的性格一如天鹅，不喜欢争战，如果遇到强大的压力，就会展翅飞离，要到了威胁解除之后，才会再慢慢飞回来。

但是，在天上的飞鸟也许可以平安做到的事，在地上的土尔扈特子民却没有这么幸运了。

其实，当时什么都设想到了，什么都计划好了，甚至连出发的“良辰吉时”也都请喇嘛先挑选好了，在年轻的渥巴锡汗英明的领导之下，分布在伏尔加河两岸的二十万土尔扈特人，可说是做了万全的准备。

但是，残忍的上苍，却对他们开了个无法料想到的玩笑，那年冬天，伏尔加河竟然不肯结冰！

1771 年 1 月 5 日清晨，天已亮、鸡已鸣、时辰已到，河西有七万土尔扈特人却怎么样也无法渡河。人马在两岸集结，消息已经走漏，如果再不走，必然会遭到全族灭亡的命运，渥巴锡汗终于含泪下令出发，东岸的十六万多的土尔扈特军民向西叩首作别。踏上东返故土的长路。

我在这里先不说这近十七万人的归乡之路是多么崎岖坎坷充满了追杀掠夺的死亡阴影，八个月之后，当他们终于抵达了故土之时，只剩下不到六万零零落落一无所有的残破队伍，这就是西方史家所说的：“历史上最悲惨的迁徙。”

在这里，我要说的，是那七万个留在伏尔加河西岸的土尔扈特人的噩运，因为，他们就是丹僧叔叔的先祖。

1771 年之后，这七万个留下来的土尔扈特人有了一个新的名字“喀尔玛克”（也有译作卡尔梅克）这是那些旁观者，也在中亚草原上生活的突厥人，半带戏谑半带悲悯给他们取的名字。从此，这些“留下来的”人，终生都只能与悲苦共存。

/3/

从欧洲回来之后，我和海北忙着开始工作，开始养育子女。居住在新竹或是龙潭乡下，都是偏僻的地方，不大能和朋友常常来往。倒是在有几次台湾蒙藏委员会款待回台湾蒙胞的欢迎会上，见到丹僧叔叔，虽然都只是匆匆一会，仍然觉得很亲切。

不过，真正有机会与他深谈，却是要到了 1991 年的夏天了。

那年夏天，受一位在台湾学中文的喀尔玛克女孩娜塔丽之托，要我去访问丹僧叔叔在慕尼黑设立的喇嘛庙，如果我能拍几张相片回来，也许可以帮他申请到一点补助。

我答应了。于是，1991 年 6 月 14 日的下午，父亲和我，再一次去探访丹僧叔叔。

奇怪的是，明明仍旧是同一所住宅，为什么给我的感受却与二十多年以前的截然不同？那天下午有阳光，社区里也有绿树有草花，可是为什么却给我一种荒芜和寂寥的感觉，孩子们早已经长大了离开了，只剩下衰老的父母安静地坐在空空的公寓里，庭园依旧，岁月恍惚。

丹僧叔叔心脏不好，走几步楼梯就要稍作休息，当然也更不能喝酒了。他本来就不高，如今身躯显得更加矮小，头发已经花白，好像比父亲看起来年岁还大。他带我们去参观喇嘛庙，其实，严格说来，只能算是一间佛堂的规模而已，却是几十年来，散居在欧洲的喀尔玛克人的精神支柱。

佛堂在丹僧叔叔的住家附近，是一栋公寓楼房的二楼，从外观看跟普通的住家没有两样，房门上只有一条小小的黑色门牌标示着德文“BUDDHISTISCHER TEMPEL”。进门之后有客厅和饭厅以及小厨房，佛堂在左边的大房间里，平时房门紧闭，只有祈祷的时候才会打开，好保持清净与尊严。虽然都是因陋就简的设备，但是一进入佛堂之时，却仍然会觉得心头一凛，那种深藏在漂泊者心中的虔诚，让眼前的佛像、供品、香烛和佛幡都平添了一层更加灿亮的光泽。

丹僧叔叔在我旁边向我详细地介绍这个喇嘛庙是如何由一位流亡在外的喀尔玛克喇嘛所创立的，又如何在战后的德国辗转搬迁，终于在慕尼黑停下了脚步。从 1945 到 1991 年，将近有五十年的光阴了，而丹僧叔叔从 1948 年开始，都担任照顾的责任，德国政府每年也有津贴，可以缴付房租和水电的费用。

原来供奉的佛像，是从 1648 年，当土尔扈特人陆续迁徙到中亚草原的时候，从天山故土的庙里请出来的。三百多年来随着他们的族群从新疆天山、中亚草原，从伏尔加河边一直走到了欧洲，在德国供奉了几年之后，1951 年又随着一批被批准移民到美国的喀尔玛克人带到美国去了。如今这个佛堂里供奉的是释迦牟尼佛像。

“但是，我们还留下了七个白银做的供杯。这也是当年土尔扈特先祖们离开天山的时候一起带着走的，到今天也已经有三百五十年的历史了。”

丹僧叔叔把七个供杯都排在神坛之前要我拍照。那三百多年来一直被小心呵护的银质供杯上，一丝伤痕也没有，在灯光下闪耀着温柔的光芒。信仰，是多么奇妙的东西！当满身伤痕的喀尔玛克蒙古人来到佛坛之前，想必都能够从这些完好无缺的物件身上，得到极大的安慰吧。

/4/

1772 年，在一次对抗俄国高压统治的革命失败之后，俄国凯瑟琳二世下令终止这些喀尔玛克人“汗”的称号与地位，把他们从独立的藩国降为帝俄子民。同时又加强对他们的政治整合与“俄化运动”，分化和移民。

当初土尔扈特人力图避免，不惜举族迁徙的疑惧与忧虑，如今都变成真实的灾难，在伏尔加河西岸，这七万“留下来的”蒙古人只能以孤单与脆弱的肉身来承担。

唯有灵魂依旧可以自主。

于是，所有喀尔玛克的长者都谆谆告诫子孙：

“不管身在何处，都要记得我们是信奉喇嘛教的喀尔玛克蒙古人！”

每一个流亡在外的子孙都做到了。

1917 年，在俄国的“二月革命”与“十月革命”之间，喀尔玛克人被迫卷入争战。绝大多数的人是加入了白军，与苏维埃红军展开长达两年之久的战役，生命财产损失惨重。当白军战败，这批在俄国已经安家三百年的喀尔玛克人，又被迫流亡。

可惜，能够幸运逃离的，只有不到两千人左右，他们由黑海乘船逃到土耳其，再陆续逃到南斯拉夫、保加利亚，甚至远至捷克和法国，成为了真正一无所有的流浪者。

唯一能保留的，就是充满了信仰与自由的灵魂。

逃脱不及的那些喀尔玛克人，有的遭到杀戮，有的被强迫送到西伯利亚劳工营，一波又一波的整肃与迫害，不停地前来。虽然在 1935 年 10 月，斯大林为了笼络人心，批准了“喀尔玛克自治共和国”的设立。但是，到了 1936 和 1937 年的“大清算”，数以千计的喀尔玛克人又被迫害，或革职或入狱，甚至大批集体放逐到西伯利亚。

1939 年，又一场让喀尔玛克人两难的战争发生了——第二次世界大战爆发。

一部分的喀尔玛克人选择相信苏联政府，相信这是一场护卫国土的圣战。于是，在 1941 年 6 月德国入侵俄国的时候，他们奋勇抗敌。有学者在战后统计，认为在苏联的大小联邦中，喀尔玛克为“祖国”所付出的伤亡比例是数一数二的。

但是，也有一部分喀尔玛克人选择了投效德军，想藉此向他们的世仇俄国做个了断。

/5/

父亲和我，就在佛堂所在的公寓里住了两个晚上。

父亲是长者，又是男人，所以可以在佛堂里搭地铺。而我和两个到德国来求学的喀尔玛克女孩子，只能睡在外面的小客厅里。

在这两天之中，丹僧叔叔和我说了许多话，有一次，他谈到了自己的童年：

“我是 1922 年 12 月 25 日出生在雅茨库克的。七岁那年，母亲去世。父亲为了让我上学，只好忍痛让我离开家乡参加一个儿童福利组织的教育计划。我和十个女孩、二十个男孩一起，到首府附近的一个寄宿学校就读了好几年。

“1933年，是大饥荒的那年，每天有数以百计的人饿死在街边。我还小，食量也不大，只是觉得精神不好而已。但是，我们学校里已经有五六个孩子都饿死了，饿死的尸体都只能在匆忙中先拖放到另外一个房间。我因为昏睡不醒，也被拖放到这间房子里，就躺在十个左右裸体的死去的孩子之间。

“在这个学校里，有位十八岁的大姐姐，她有个十一岁的妹妹，平常就很喜欢同年的我，常常来找我玩。这天听人说我也饿死了，觉得很舍不得，就偷偷跑到这个房间来，打开房门，想在门边再看我最后一眼。

“想不到，我就在那个时候睁开眼睛，往四周看一看，就又陷入昏睡了。这个女孩奔跑着回去告诉她的姐姐，说丹僧没死，还活着。那时谁也不肯相信她。她只好哭喊着要姐姐一定过去看看，有位蒙古舍监听见她的哭喊，就过来探视，俯身聆听抚摸，想不到我果然还有呼吸，于是赶快把我移出房间，特别细心地照顾了几天，我就这样奇迹般地活了下来。

“其实，在那个年代里，喀尔玛克人真的几乎都是要靠奇迹才能活下来吧！”

丹僧叔叔说到这里，苦笑了一下。我赶紧问他，还记不记得那个女孩的名字？现在有没有再联络？

“我们再在一起读了三年书，1936年从学校毕业之后，就没有再见过面了。不过，我一直都记得她，她叫做布露葛尔，是个笑起来有两个小酒涡，眼睛很亮的蒙古女孩子。”

在1958年之后，那个小女孩还活在丹僧叔叔的心中吧？不然的话，在提到她的名字的时候，他的眼睛为什么也好像有点亮了起来？

“1936年离开寄宿学校，前途无比黑暗。父亲已经在1933年的饥荒中饿死了，家乡还有姐姐和妹妹，我只好徒步去一个又一个的城镇里找工作。好不容易找到了一个翻译的差事，做了几年，刚刚觉得安定了下来，却又遇到第二次世界大战，让我在德国和俄国的烽火线上做了好几次的炮灰！

“1941 年 6 月当德国人攻进来的时候，喀尔玛克人确实曾有人拿起枪抵抗过，但是，当俄国军队重新夺回这些城镇之后，却又怀疑所有的喀尔玛克人都是叛徒与奸细。

“我不管谁是谁非，一心想要回故乡雅茨库克。找到了一个骆驼车，在酷热的阳光之下，路很长，没有水，可是还是给我挨回到家乡了。但是，雅茨库克已经陷落在德军的手中，我算是自投罗网了。

“不过，奇怪的是，这些德国人反而对我们很友善，他们把羊群和马群都还给我们，还宣布说如今既然已经脱离俄国的统治，我们喀尔玛克人应该恢复自己的宗教信仰。当时有五位喇嘛混在群众之中掩藏，听了这话之后就现身，领导我们在雅茨库克建立了一座佛教殿堂。这其中有两位喇嘛是在多年前的‘十月革命’之后，被流放到西伯利亚去的。其中一位名叫阿格卓拉力吉，1891 年 5 月 1 日出生，经历过许多灾难之后，终于在 1941 年回到故乡雅茨库克来。为了重建圣殿，他投进了全部的心力。

“1942 年 7 月，我们在堪称华美的小小圣殿里举行了第一次的仪式，献上衷心的祈祷，渴望上天保佑，重新开始平安的日子。

“三个月之后，德军战败，美梦破碎。

“在俄国人与德国人之间，现在已经不需要选择了，都是曾经为重建圣殿出过力气的年轻人，如果留在家乡，只有等待死亡。于是，我们只能跟着战败的德军一齐撤退。

“那一年，我二十岁，离开了我的家乡雅茨库克之后，就再也没有回去过了。”

/6/

1942 年的冬天，德军在伏尔加格勒一役惨败之后，撤离俄国。这时候，大约有五千名喀尔玛克子弟，因为害怕俄国人的残忍报复，只好与德军一齐撤退。但是，绝大多数的喀尔玛克人自认清白，他们从来不曾与德军有过什么牵连，就都留在家乡原地。

这些又一次留下来的“余留者”，想不到竟然与他们的先祖一样，又一次遭逢到含冤屈死的悲惨噩运。

1943 年，斯大林复仇行动开始，他以“通敌”、“叛国”的罪名，加在喀尔玛克人以及鞑靼等五个小国的身上，12 月 27 日，宣布解散喀尔玛克共和国，再将全体人民集体放逐到西伯利亚的劳工营去。一去十三年，漫漫长夜，无人闻问，在十三年之间，整个苏维埃联邦没有一个人敢对他们有任何探询或者声援的行动。

这个世界假装无知、假装无事，即使曾经毗邻而居也假装已经忘记了他们!

一直要到了 1956 年的 2 月，在赫鲁晓夫那篇有名的演说里，才第一次提到斯大林时代的许多残忍行为，包括对喀尔玛克以及其他几族的大迁谪和流放。

1957 年，为了自我在政治上的利益，赫鲁晓夫假装慈悲地为喀尔玛克人翻案，准许他们重回故土。但是，能活着从西伯利亚回来的，只剩下六万多人，还不到十三年前被放逐时人口的一半。

我认得其中的一位。有一年，在欧洲，他向我描述那在零下五十度低温里生活的感觉，他说：

“起初，寒冷让人疼痛。可是，又不得不继续在户外工作，久了之后，整个人变得失去了该有的重量的感觉，好像变得很轻很轻。”

多年之后，面对着我，劫后余生的他带着从容的微笑，仿佛描述的是他人的情节。可是，当时的痛苦要怎样努力，才能熬过来呢?

斯大林曾经公然残害了数以万计的喀尔玛克人，你可以说他本来就是个恶魔。可是，那些自认是英雄，自认是二次大战正义之师的国家——英国和美国又如何?

战争刚结束的时候，情势混乱，一部分的喀尔玛克军队，也想到了这其实是投奔自由的好时机。于是，他们的领导者与盟军代表商谈，当时的盟军笑脸相迎，并且保证只要他们肯放下武器，就一定负责带领这些部队前往自由的天地。

五千多人的军队，五千多喀尔玛克壮士，就这样手无寸铁地把自己交付到盟军的手中，坐上安排好的火车，大家都庆幸终于能够脱离苦海了。

想不到，火车在下一个站的月台前就停住了。月台上站满了一排排荷枪实弹的俄国兵，所有的喀尔玛克军官都被带下火车，就地枪决，而五千个十八九岁的年轻士兵直接用原车押送到遥远的西伯利亚荒原，从此从此再也没有任何的消息。

原来，苏联已经和英、美两国有了一项秘密的协定——斯大林要求，所有在俄国境内的蒙古军队，都要交还给俄国来处置。

明明知道这是陷入于绝境，英国和美国竟然也会答允，喀尔玛克人是被出卖了！

从第二次世界大战以后一直到现在都还时时自命为正义化身的英国和美国，不知道还记不记得这一段丑恶的历史？

但是，无论这个世界如何假装无知、假装无事，满身满心都是伤痕的喀尔玛克人却从来没有忘记过。

丹僧叔叔在佛堂外的小饭厅里，招待了好几位前来德国的喀尔玛克留学生晚餐。这些年轻人很有教养，对长者特别恭敬，也都不过是二十岁左右的年纪而已。丹僧叔叔说：

“这些孩子多好！在这样的年纪里可以专心地求学问，多让人羡慕！”

而丹僧叔叔的二十岁呢？

我们围坐在他身旁，听他重述那在战火之中挣扎求生的记忆：

“喀尔玛克人的骑术是一流的。在战争初期，德国军队也曾经要求过喀尔玛克人担任监视铁路和公路的工作，一有警讯，就可以快马追踪或者报讯。”

“但是，在撤退的长路上，寒冬已经封锁了所有的一切，任是多快多好的马，也没有用武之地。

“所有的河流和土地都结冰了，德国军官一直催我们走快一点，却是怎么也不可能加快半步。

“有一天，部队正走在结冰的河面上，俄国飞机发现了我们，马上俯冲逼近，子弹一排一排地扫射过来，我们这些人只能拼命往对岸奔跑。那天天气非常晴朗，对岸树林里白桦树的枝子一层一层的原本清楚极了，可是在那一瞬间我什么都看不见了，只能听见头顶上飞机引擎巨大的噪音，子弹尖叫着掠过，还有人群的哀伤呼号，这一切都交织在我耳旁，恐怖与挣扎使我奋力往前奔逃，同时大声地呼念着大悲咒，一遍又一遍，一遍又一遍……

“等到飞机掠过了我们，枪声暂时停止，我才恢复了视力，才发现刚刚还紧靠在左手边与我一起奔跑的那位蒙古弟兄躺在我身后的冰上，双腿染满了鲜血，正向我大声呼救；而右手边的那位德国士兵已经身首异处了。

“那位蒙古弟兄只有十八岁，忍受不了疼痛，一直央求我们射杀他，我走过去把他抱了起来，放在马背上，可是，等到到了对岸之后，他已经咽气了。我检视自己全身，竟然没有一丝伤痕，不禁跪下向上天叩谢，到这个时候全身才止不住地抖了起来。

“在我的童年时期，一位老姑母告诉我，遇到灾难或者危险的时候，要诚心念诵大悲咒就可以逢凶化吉，从此之后，我是深深地相信了！”

这是幸存者在发言，在向众人见证他的信仰。事实也由不得我们猜疑，在那九死一生的经历里，好像真的是处处有神迹，处处都有上苍的眷顾。

可是那些没有逃过劫难的魂魄，又该怎么说呢？

/7/

1945年，第二次世界大战结束，在德国慕尼黑附近的劳工营里，聚合了八百五十名喀尔玛克人。

说是“聚合”，是因为这里面除了包括丹僧叔叔在内的刚刚随着德军撤退过来的青年之外，还有另外一批“资深”的流浪者。

这些人就是我们前面提过的，二十五年之前，在俄国大革命之后仓促乘船从黑海逃离了共产党红军追捕的喀尔玛克人。1920年后有些人流亡在东欧各国，也建立了一些小小的家园，想不到这次随着战败德军的撤离，又被迫抛妻别子地迁进了这些劳工营里，意外地竟然能和从家乡逃出的年轻人见了面。

重新见到同胞，重新听到乡音，对于这些已经离开家乡有二十五年的喀尔玛克人来说，仿佛也算是一场悲喜交集的“团聚”了！

然而，这850个喀尔玛克流浪者，在那一刻里，其实都是无家无国无一处可以依归的游魂。喀尔玛克蒙古国已经被斯大林宣布解散，所有的同胞都被驱逐到西伯利亚，没有一丝音讯；东欧的消息也被封锁，那些用二十五年时间辛苦构筑而成的小小世界又完全破灭，天下这样广大，却再无一处可以去投奔的了。

战争结束，大家离开了劳工营，却也只能暂居在德国，等待联合国国际难民组织替他们寻找容身之处，几经交涉，才在1951年的时候，得到了几个国家的接纳。

其中有571名喀尔玛克人，在1951年12月到次年3月这段时间里，陆续出发到美国定居。其他的两百多人，有的去了法国，也有的选择继续留在德国。

/8/

四十年就这样过去了。

“现在,”丹僧叔叔说:“在欧洲的喀尔玛克人,如果加上他们的孩子,还再加上1920年的时候出来的那些喀尔玛克人的子孙,大约有1500人左右。从德国、法国、比利时、意大利、瑞士,一直到东部的保加利亚、捷克、波兰和南斯拉夫,都有他们的踪迹,有的地方人很少,只有两三个家庭而已,还是在法国和德国的蒙古家庭最多。”

1945年之后,德国政府对待这些留在德国的喀尔玛克人还算不错,帮他们找到工作,也配给房舍。丹僧叔叔就是在1952年分到了这一间公寓的,1954年结婚后也没有再搬动。

丹僧叔叔在1953年底,已经有31岁,知道家乡在可预见的将来是回不去的了,于是,就学着像有些单身汉一样,登报征婚。写信前来应征的这位德国女子,是位寡妇,有个小女儿,虽然并不能算是那些直接受战争之害的战后德国众多的战争寡妇之一,却也是个伤心人,名叫安娜。

两个人约好在慕尼黑火车站见面,第一次相见,几乎没有什么话可说。后来,也许是感觉到了丹僧叔叔的诚恳,两人才逐渐交往,最后在1954年7月15日正式成为夫妻。

婚后,两人又生了三个小孩。如今,四个孩子都完成学业,找到了工作,也成了家,都搬走了,只有两个老人依旧住在这里。丹僧叔叔说:

“孩子们长大了就搬出去住,本来是天经地义的事。我唯一挂心不下的,就是将来我不在了之后,还有谁会来管理这间佛堂呢?”

佛堂所在地的公寓,虽然并不是国家配给,而是租用的,所以也搬迁了几次,好在还有政府津贴,一般的支出可以维持。但是佛堂内的一切设备却是靠德国朋友的捐助,而晨昏洒扫以及其他种种杂务的管理,更是要靠丹僧叔叔的全心投入了。孩子虽然也遵从信仰,但是还有没有热情与力量来追随父亲的脚步呢?

这一间小小的佛堂,靠着好几位喇嘛的带领,以及丹僧叔叔全心的奉献,就这样在四十多年间,逐渐成为流落在欧洲的所有喀尔玛克人的精神殿堂。

他也为我展示了这个佛堂里最早的一位住持喇嘛的相片，他就是我在前面所提到的那位名叫阿格卓拉力吉的喇嘛。是在1942年领导着丹僧叔叔这些青年，在雅茨库克建立了一座佛教殿堂的五位喇嘛之中的一位。

德军战败撤退，这五位喇嘛也跟着喀尔玛克的年轻人一起行动，在军队撤退的途中，照顾这些年轻人，并且为他们祈祷降福。但是，中途有三位喇嘛被俄国军队俘虏了回去，只剩下两位到了德国。其中一位在1951年陪着那五百多喀尔玛克人去了美国，在纽泽西建立了第一座喇嘛庙堂，而留在德国的便是这位阿格卓拉力吉的喇嘛。他在1973年10月9日去世，享寿75岁。肉身火化。骨灰送到印度，当地的喇嘛将骨灰撒在喜马拉雅山上的一条洁净的河流里，但愿魂魄能够回归故土。

“那年冬天，随着德国军队一齐撤退的时候，喇嘛其实和我们一样，都想着也许四五年之后，就可以重回家乡。谁会知道一离开就是这么多年，喇嘛已经故去了，我也老了。”

其实丹僧叔叔年龄并不算老，只是健康情况很差，大概是不适合作长途的旅行了。

1989年，辗转得到家乡的消息，家中只剩下两个妹妹。当然，下一代也还有不少的侄子侄孙，可是，属于他记忆里的那许多亲人，如今只有这两个妹妹还在世了，健康状态也都很恶劣，大概也不能前来探视他。

“你知道吗？我以前常常会做梦，梦里总是会回到家乡。但是自从得到了家乡的消息之后，好像连梦都没有了。”

/9/

1993年9月，第一届“世界蒙古人大会”在蒙古国乌兰巴托召开，有来自许多不同国家的两百多位代表参加。

在会场里，我遇到好几位从德国、法国来的喀尔玛克蒙古人，都是旧识，大家在蒙古国的首都相见，更是十分欢欣，忍不住互相拥抱。

但是，接着来的，便是悲伤的消息：“丹僧先生在八月份逝世了。我们明天要去甘丹寺为他求喇嘛念经，你要参加吗？”

我当然要参加。但是，在静听喇嘛颂经的时候，心里想着的却是两年前的夏天，在千里万里之外的慕尼黑郊区那间小小的佛堂里，丹僧叔叔曾经告诉过我的每一句话。

这样就是一生了吗？

我与他相识不能算深，可是，在那年夏日两天的相聚之中，好像在向我讲述那间佛堂的历史的时候，丹僧叔叔也把他自己的一生都说给我听了。甚至包括了他的渴望和梦想：

“你知道吗？除了渴望回到家乡之外，我这一生还有个梦想，希望有一天能去甘丹寺朝拜，然后再到戈壁看日出。我们蒙古人说：‘在戈壁看日出，是人间天堂。’其实，我也去过一些地方，看过一些风景，不管是在欧洲还是美洲，也真有些壮观的景象。可是，我从来没去过戈壁，不知道这一辈子还有没有可能到戈壁去看日出，享受那身在天堂的滋味？我看，大概只能是梦想了吧！”

甘丹寺内香烟缭绕，古老的佛幡在岁月的熏染之下，那颜色有着无法形容的华丽和苍凉，这就是丹僧叔叔渴望前来朝拜的圣殿。置身在他永远都无法实现的梦境里，我默默向自己发誓，要把他说过的一切都如实地写出来。

这就是一个喀尔玛克蒙古人的一生。

注：本文内有关喀尔玛克蒙古的史料部分，多有借自海中雄先生民国八十一年二月二十二日至二十四日发表于《联合报》副刊《历史上最悲惨的迁徙》一文，在此谨致谢意。

选自皇冠版《大雁之歌》

盛　　宴

开始的时候，是朋友告诉我的，在师大附中停车场附近的巷子里，有家专卖艺术文物图书的小书店，找到了之后，果然很不错，有空时就常常会进去张望一下，遇到喜欢的书，就坐下来慢慢翻看。店里很安静，店主和工作人员又都非常温和秀气，店门口还总有两三碗半满的猫饼干放在那里，供两三只看起来也挺有风度的野猫进食。

不过，几年下来，我才发现，无论在那里翻看了多少本精彩的画册，最后真正舍不得放下而一定要买回家来的，却有绝大多数都是与蒙古高原有关的考古文集，有的甚至只是白纸黑字厚厚一大册的发掘报告而已。

我于考古，当然是外行，有些文字也只是一掠而过，并没有深读。但是，由于那些发掘地点都是在蒙古高原之上，有的是我这几年走过的地方，有几处甚至就在我母亲或者父亲的故乡，都是亲得不能再亲的蒙古地名，我就忍不住要把这些书买下来据为己有带回家中，好像书一旦放在我的书架上，那在先祖故土之上曾经发生过的一切史实和传说，也都会与我靠得更近一些似的。

了解我的朋友，都能容忍我在这近十年来的行为。C 说这是内在的召唤，H 认为这未尝不可以解释成一种激情，L 则说这是对生命来处的追寻；然而我自己身处其中，却只觉得仿佛来到一个全新的世界，虽说是先祖故土，然而所有的细节对我来说都是初遇。我是一株已经深植在南国的树木，所有的枝叶已经习惯了这岛屿上温暖湿润的空气，然而，这些书册中所记录的一切恍如冰寒的细雪，令我惊颤，令我屏息凝神，旧日的种种在我摊开书页之时以默剧般演出的方式重新呈现，是一场又一场的飨宴啊！

首先是那混沌初开的序幕，当地球还在进行造陆活动之时，那该是一幅充满了熔岩与浓烟，沸腾而又动荡不安的画面吧。

然而，即使是如此混乱，还是有些当日的讯息遗留了下来，在如今的内蒙古自治区的鄂尔多斯高原上，我们找到了地球上最古老的岩层——高龄三十六亿年。

然后在六亿年之前，海水从南方漫浸而来，淹没了大地，成为汪洋，生命因而在古海中发源。这时间据说有一亿多年，在这之后，陆地上升，再度露出海面，只留下许多灭绝的生物的名字。

我喜欢那些有趣的名字，譬如“准噶尔小实盾虫”、“伊克昭庄氏虫”(其实它们都是长得很难看的“三叶虫”)，还有“笔石”、“角石”，还有名实相副真的如花朵一般的“海百合”。

珊瑚出现在更晚的年代，那时地壳颤动频繁，时升时降，时海时陆。据说在那个年代里，海水清澈而又温暖，从粉白到艳红的珊瑚就在海底伸展堆叠繁殖，无限量却也是空前绝后地盛开，成为蒙古高原远古史上海洋生物中最后一抹的绚丽光彩。

是不是因此而让我们特别偏爱珊瑚呢？蒙古女子的首饰，珊瑚是主角，其次是琥珀和珍珠，这三样刚好都不是如其他的配饰像玛瑙或者绿松石一般的矿石。珍珠原是蚌的心事，琥珀是松脂的泪滴，而珊瑚则是古海中最美好的记忆，都是由时光慢慢凝聚而成的宝物。

或许正因为如此，蒙古民族对美丽的赞叹字汇之中常常包含了极深的疼惜，凡是可爱之处，必有可怜之因，在无边大地之上，只有时光成就一切，包括我们的繁华和空芜。

选自九歌版《金色的马鞍》

母　语

年少的时候，在家中，父母都是用蒙文交谈。只能听懂几个单字的我，有时候会故意去捣乱，字正腔圆地向他们宣示："请说国语。"母亲常常就会说：

"好可惜！你五岁以前蒙古话说得多好！"

1989 年 8 月底，我在父亲的祝福之下，开始我的溯源之旅，从北京向蒙古高原前行。和我一起出发的还有好友王行恭，远在德国的父亲又特别请托了他的忘年之交，居住在北京的蒙古诗人尼玛先生来给我们带路。

尼玛到机场来接机，等到我们的行李都在王府饭店安顿好了之后，天色已近黄昏。他就带我们直奔在市区另一端的中央民族学院，说是在那里刚好有个晚会，一方面是在北京工作的蒙古同乡一年一次的联谊，一方面也是款待从各地前来参加蒙古史诗《江格尔》研讨会的学者。

会场里人很多，空气不太流通，灯光又不够亮，每个人对我来说都是第一次见面，包括尼玛。所以，尽管我努力要适应这个新环境，慢慢地还是觉得有点力不从心，就想法子找到一处比较空旷也还安静的角落坐了下来。

坐定了之后，往周围一看，原来早已经有三位男士坐在那里了。大概和我差不多，都是有点觉得疲累的远客，只是衣着不同。我穿的是普通城里人穿的衣裙，他们却是穿着蒙古袍子，系着腰带，头戴毡帽，脚下是长筒的靴子，衣冠齐整，正襟危坐。那被草原上的太阳晒得很黑、被高原上的风霜侵蚀得皱纹满布的面容，有一种很奇怪的肃穆和漠然。看见我这个闯入者对他们微笑点头致意，他们三人也只是稍稍欠身还礼，依旧沉默着不发一言。

我可是忍不住了，第一次见到从草原过来的蒙古同胞，让我很想和他们攀谈。于是，侧过身去，用我有限的蒙古话向他们问候：

"您好吗？"

原来漠然的双眸忽然都重新调整焦距，向我专注地望了过来。我心中一热，又急着说了两句蒙古话来自我介绍：

“我也是蒙古人，我的父亲和母亲都是蒙古人。”

在昏暗的灯光下，有些什么在我眼前忽然变得非常明亮，他们三个人同时向我展现的笑容是那样天真的欢欣，充满了善意，一切暗藏着的藩篱在那瞬间全部撤除得干干净净，只因为，只因为我说的是我们共同的母语。

当然，在这之后的交谈，我那几句蒙古话是绝对不够用的。不过，我尽可以找一位住在北京的蒙古同乡来帮我们翻译，他们也不会在意了。好像那最初的几句话已经成为我的护照，让我从此可以自由进出他们的国境——那一处曾经因为遭受过无数的挫折与伤害，因而不得不严密设防的大地。

果然，他们来自遥远的天山，是土尔扈特人，而且是用一生的时间来记诵和演唱《江格尔》史诗的艺术家、民间诗人。蒙古人尊称他们为“江格尔齐”。

心中珍藏着卫拉特先民的文化瑰宝，一代又一代传诵下来的英雄史诗，却在另外一个民族强势的文化挤压之下，几乎要失去了生存的空间，直到最近这几年才得到学术界的重视。因此，在他们风霜的面容之上，才会流露出那种内在的肃穆以及外在的漠然了吧？

这种神情，普遍出现在内蒙古自治区许多牧民的脸上。从1989年那个晚上开始，十年来，走在碎裂的草原之上，常会遇见相似的情景。可是，只要我用蒙古话一开口问候，那藩篱就会自动撤除，然后光灿温暖的笑容就会出现了。

有一次，我用玩笑的语气向一位教蒙文的教授说：这些牧民，怎么就凭我这几句话就轻易地相信了我？想不到他却正色回答：

“你现在虽然说不出几个句子，可是每个字的发音都很标准，我们的耳朵一听就知道。你要晓得，在母亲怀中学会的语言，有些细微的差异别人是学不来的啊！”

选自九歌版《金色的马鞍》

夏日草原

若是问我，每次舟车劳顿，千里迢迢地到了蒙古高原，最想要做的是什么？

我一定会说，没有比走在无边无际的夏日草原上更好的事了！

有过几次，正当七月，刚好经过蒙古国中央省或者近库布斯固勒省境内那些辽阔美好的草原，我只求能赶快下车走路。

从来没有比走在无边无际的夏日草原上更令人难忘的欢畅快意了！

首先是视觉上的舒展。

我们的眼睛可以望到无穷远。然而，蒙古的草原又不是平坦开阔到无趣的地步，相反的，她总是有着和缓而优美的起伏，像是放大了的微微动荡的海浪，又像是转侧的女体，这里那里总有一些圆润的隆起；总会引诱你想稍微快走几步，好登上眼前这座基地广大的丘陵，眺望前方又有些什么新的动向和美丽的线条。

即使有时在更远处真的有比较高大的山脉，那和草原连接起来的山坡坡度也不大，无论是步行或是骑马，都可以从山下从从容容地走到山腰，一路也铺着有如地毯一般的绿草。

草原是广大的圆周，苍天真如一座高不可测的穹顶，以无限宽广的弧度覆盖着大地，而我自己这小小的身体，就是这片天地的圆心。如果我把身体做三百六十度的旋转，那极远处微微起伏的地平线也绕着我转一圈而无始无终；也就是说，无论我往前走了多少步，依旧是这个广大圆周的唯一的中心点。

然后就是那云影与天光。

草原上的云朵，有时候又多又大又平整，在蓝天上列队而行，天高云低，风起的时候，一朵一朵依序飞过，那草原就忽明忽暗，人好像走在梦里。一下子所有的青草都闪着金光，逆光处背后的丘陵像镶上了发亮的边线，身体被阳光照得暖烘烘的；然后忽然间所有的颜色都沉静了下来，在云影掠过之处，草色在泛白的灰绿和透明的青绿之间挪移，风也凉多了，像擦了薄荷油一样。

然后，还有那难以形容的芳香！

那不只是青草的清香而已，而是混合着好几种香草的草叶被压折碰触后所发出的香气。

在刚刚站定时还不太显著，不过，只要一开始往前走，每迈一步就会马上有一股翻腾而起的独特的芳香，弥漫在四周。

野生的香草，在夏日遍布草原，好几种香味混合之后，那强烈的芳香如药酒又如甘泉那样地提神醒脑，沁人心脾，进入每一种感觉细胞的最深处，让生命苏醒，让我忘记了所有的疲劳困顿，只想就这样一步一步地走下去。

我当然明白我的祖先在游牧生活里有许多的艰难之处，可是，七八月间，时当草原的盛夏，阳光静好，青草繁茂，鹰雕从云层下低飞掠过，草丛间被我们的脚步惊扰起来的蚱蜢和草虫，在身前身后弹跳得好远，还不断发出“嘎”的鸣叫，旷野无人，只有轻柔的风声，这里，应该就是天堂了吧？

草原深处，有时会遇见一泓弯泉极尽曲折地流过。小河的流水清澈，河中长长的水草顺着水流的流势忽左忽右轻轻摆荡，连几颗小石子的滚动也看得清清楚楚；薄暮时分，从山腰往下眺望，那样一条狭窄弯曲的河流映着天空的霞光，像条灰紫色的发亮的缎带，在暗绿的旷野上蜿蜒伸展，不知道从何处起始，到何处终结。然而，我深信，几千年来我的祖先们所追求的“水草丰美”，应该就是这样了吧？

选自九歌版《金色的马鞍》

河流的荒谬剧

公元 2000 年 10 月 1 日的傍晚，我到达了内蒙古自治区阿拉善盟额济纳旗的首府达来库布镇，也就是额济纳绿洲的中心。

同行的是在额济纳旗出生，在上海读完大学的年轻朋友那仁巴图，还有他美丽的妻子原籍上海的夏颖。

我们三人在银川会合，然后在时走时停的几天之内，穿越贺兰山和巴丹吉林沙漠北缘的广大戈壁，直奔这片面积应该有三万多平方公里的绿洲而来。

一路上，那仁巴图不时就会冒出这句话来："不知道水来了没有？"有的时候，他好像是在问夏颖，有的时候，对着车窗外无垠的旷野，我真的不知道他是在向谁发问？

暮色四合之际，车抵额济纳，车中这对年轻的夫妻迫不及待地伸头往外看，丈夫说："这是七号桥了吧？"妻子说："没有水啊！"再过一会儿，丈夫又说："这是五号桥了吧？"妻子又说："没有水啊！"

于是，在从四号、三号、二号到一号桥，同样的对话都再重复一次之后，我们就到了市中心了，那仁巴图脸色沉重地帮我安排住进旅馆房间的种种杂事，夏颖轻声在我耳旁说：

"他本来是希望让你看到有河水流过的额济纳旗该有多好看的。听说额旗已经快两年都没见到水了，和甘肃省他们交涉了不知道多少次，每次都说过两天会想办法给我们，可是每次等啊等的，都总是等不到。"

想不到的是，第二天下午，我们要出发去黑水城的时候，竟然有一条满水的河流浩浩荡荡流过我们眼前。

不知道是几号桥？然而这桥却有一个在此刻是名副其实的名字，叫做"淌水桥"，就横亘在河面上，有小半个车轮高的河水从桥面上潺潺流过，我们的那仁巴图欢喜地叫司机暂停，先别过桥，回头对我说：

“慕蓉老师，你要不要先拍些相片？”

有了河水映照（尽管这水色本身是浑浊的泥黄），岸边的胡杨林果然变得光耀动人起来，一点也不像昨天傍晚那般无精打采的模样了。

河边已经有居民听讯赶来，携儿带女的，也不吵闹，每个人都是喜笑颜开地对着河流呆呆地看着，动也不动。我原本已经举起相机想“捕捉”这比胡杨树还要吸引我的景象，镜头里已经清清楚楚地看到了他们那种瞪大了眼睛张开了嘴巴好像还不能相信却又准备要开始欢喜雀跃的表情……

不过，我不能按下快门。镜头一转，还是只能去拍艳黄金红的胡杨树林了。

奇怪的是，再过一天，滔滔的河水忽然都转到另外一条河道上去了。那条河流就在四号要举行“金秋胡杨旅游节”开幕仪式的场地旁边，场地中心已经铺上了绿色的大地毯，没能细看是什么材质，只知道面积很大，一大块一大块地覆盖了沙质的地面。后来才能明白，如果没有这些地毯的覆盖，所有的舞蹈或者体操、摔角的表演都只能见到沙尘飞扬、什么都看不见了。

开幕式盛大而又隆重，对于这绿洲上的一万五千九百零七个人的全部居民来说，真可以说得上是全心全力构筑而成的一场“繁华盛典”了！在万紫千红的蒙古服装表演里，笑容完美无瑕，胡杨完美无瑕，而近在眼前正奔流不息的额济纳河河水也完美无瑕。每个人的情绪都受到鼓舞，整个上午都在一种温暖而又欢畅的气氛里进行着各种表演节目，除了本来就是从各地前来的摄影家和记者在忙着抢镜头之外，我们这些有相机的普通人，也在疯狂地忙着合影，一下子是在胡杨树旁，一下子又奔到河岸边去，有时候是拥着几个刚刚跳完舞的邻家女孩，有时候是站在穿着古代贵族妇女装束的阿姨和婶婶的身旁……

奇怪的是，隔了一天，滔滔的河水忽然又不见了。重回原地，风沙正起，几步之外就不能看得很清楚，河床空芜，景色凄迷，向当地的居民打听，他们说河水今天又转到林子里的那条河道去了。

旁边有位记者告诉我：

“这水本来就是中上游的甘肃特别送给这次‘金秋胡杨旅游节’的礼物，总得抢着时间好好利用一下，所以每条河道都得走一走吧。”

在短短的几天之内，一条又一条的河道忽满忽空，河水神出鬼没。在甘肃省把“礼物”收回之前，我在悲哀又愤怒的心情里，亲眼见证了这一场关于一条河流的荒谬剧。

选自九歌版《金色的马鞍》

夏天的夜晚

第一次站在蒙古高原之上的时候，只觉得苍天真如穹庐，笼盖四野，而草原上丘陵如海浪般地起伏，置身于其中，一方面深深感觉到自己的渺小，一方面却又觉得和大地如此贴近是一种无法形容的幸福。

后来，常有在草原上赶夜路的经验。1994年的夏天，从满洲里回海拉尔，在呼伦贝尔草原上夜行，另外一辆车落后了，我们这辆就在草原中间停了下来。我本来已经很困了，就想赖在车上睡觉，朋友却在车外声声呼唤，要我下来伸伸腿，走动走动，我只好不情不愿地下了车。

开始的时候，马达和车灯都开着，我们几个人就在车灯前的光圈里聊天，旁边黑漆漆的，什么也看不见，也不想去理会。

但是，久等不见车来，我们的司机就把马达停了，把灯熄了。

灯一熄，才发现就在整片黑暗的大地之上，群星灿亮！闪烁在无边无际的穹苍中，那浩瀚的天穹和我们这几个渺小的旅人的不成比例，令我惊悚屏息，真的觉得自己缩得比蝼蚁还要渺小。可是，就在同时，我的心里又充满了一种狂喜的震撼，好像是才开始真正认识了这个世界。

这震撼久久不曾消退。

有一次，在台北，与一位心仪已久的朋友初次见面，我们谈到了蒙古高原，谈话中，他忽然问我：

“快进入二十一世纪了，蒙古高原在未来的日子里，会对这个世界有些什么样的贡献和影响呢?”

虽然，我并不认为日子一定要照着这样的方式来计算，不过，在他问了这个问题之后，呼伦贝尔的黑暗大地和灿亮星空忽然都来到眼前。

那个夏天的夜晚，脚下的土地坚实而又温暖，高处的星空深邃浩瀚，是从多么久远的年代开始，这片草原就是这样承载着哺育着我们的先祖。那时万物皆有魂魄，群星引领方向，人与自然彼此敬重，彼此善待。但是，一路走来，到底有多少勇气与美德都被我们抛在身后？多少真诚与谦卑的记忆都消失了，非得要等到有一天，重新站在这片土地之上，仰望夏夜无垠的星空之时，才会猛然省悟，原来，这里就是我们的来处，是心灵深处最初最早的故乡。

所以，我的回答是这样的：

“在二十一世纪，我也许不能预知蒙古高原会有些什么特别巨大的贡献和影响，也许，一般人总会多往经济或者科技方面去追求，但是，我认为，蒙古高原的存在，有远比这些追求更为重要的价值。”

她的存在，让这个世界觉得心安。

她的存在，让我们知道，无论世事有多么混乱，无论人类在科技文明充斥的环境里（当然其中也包括了蒙古国的乌兰巴托或者内蒙古的呼和浩特等城市）变得多么软弱，在这一块土地上，生命总能找到更为积极和安定的本质。

蒙古高原在某种意义上来说，其实不只是北亚游牧民族的家乡而已，她更是人类在地球上最后仅存的几处原乡之一了。

对蒙古高原有着更深一层的了解，也是对生命本身得到更多一层的领悟。

在每个人的心灵深处，所有的记忆其实来自一样的地方。

选自正中书局版《诺恩吉雅》

异乡的河流

/1 少年时/

我不知道为了什么
我会这般悲伤
有一个旧日的故事
在心中念念不忘

莱茵河慢慢地流去
暮色渐渐袭来
夕阳的光辉　染红
染红了山冈……

1954年夏天，从香港来到台北，参加插班生考试，考进了当时的北二女初中二年级。上音乐课时学会了几首好听的歌，其中就有这一首德国歌曲《罗累莱》。

前面写下的，是我还记得的第一段歌词。

莱茵河上有个古老的传说：船过罗累莱崖口，山崖上传来金发女妖的歌声，会使水手分心而造成船难。由于曲调缓慢而又忧伤，再加上传说给我的想像空间，因而深得少年的我的喜爱。

尤其喜欢“莱茵河慢慢地流去，暮色渐渐袭来……”这一段，反复吟唱之时，总会不自觉地想像那暮色苍茫的河面，映着夕阳的余晖，是如何地在闪动着一层又一层淡淡的波光。

至于知道了这原来是海涅写的诗，而诗人是在波昂大学读法律等等的细节，则是很久很久以后的事了。

●

1964年夏天，从台湾到了比利时，通过了布鲁塞尔皇家艺术学院的入学考试，直接进入绘画高级班二年级就读。

头一年，想家想得不得了，每封家信都是密密麻麻地写上十几页。好在德姐早我两年来到欧洲，在慕尼黑音乐学院读书，有时候会来布鲁塞尔看我，两姐妹聚一聚，稍解乡愁。

1965年初秋，父亲应慕尼黑大学东亚研究所之邀，来德国教书。每有假期，我就会坐十个钟头的火车南下去探望他。过了科隆和波昂之后，火车会沿着莱茵河边走上好几段，每次经过罗累莱山崖，我都会止不住在心里轻声地唱起那首歌来。

能够亲眼见到了歌中的这条河流，当然不无感慨。不过，年轻的我，在那个时候还不能料想到，这一条异乡的河流，以后会在我的生命里占着什么样的位置。

●

那几年，德姐、萱姐和妹妹都在欧洲，沿着莱茵河来来往往。1966年冬天海北和我的订婚典礼，是南下去父亲在慕尼黑的寓所里举行的。1968年春天，父亲北上在布鲁塞尔为我们主持婚礼。母亲和弟弟从台湾寄来许多礼物，尤其是她亲自去挑选的那条珍珠项链，光泽柔润美丽。姐妹都在身旁，朋友又那么热心和喜悦，没有比我再幸福的新娘了！

唯一的遗憾，应该就是我在红毯上走得太快了吧。早上婚礼在教堂举行，父亲牵着我的手顺着风琴的乐音前行，几次轻声提醒我：

“走慢一点！”

无奈我根本听而不闻，完全忘记了新娘该有的礼仪，只看见海北站在圣坛之前，正回身望向我，我心里只想到要赶快站到该站的位置上。因此，不管父亲怎么说，这个新娘的步伐可是一点儿也没有减缓，在乐曲结束之前就早早地到了新郎的身边了。

后来，父亲半是伤心半是玩笑地对我说：

“从来没见过走得这么急的新娘子！怎么？有了丈夫就不要这个老爸爸了吗?”

其实父亲那时候一点也不老，还不到五十七岁。加上他精神饱满，器宇轩昂，人就显得更年轻。他自己也很知道这一点，也很喜欢听我的朋友争着向他说：

“席伯伯怎么这么年轻!”

我们这几个女儿从小就听惯了这一句话。我自己在十几岁的时候，更是有一次颇为离奇的遭遇。

那是1956年的夏天，我进入台北师范学校艺术科就读。新生训练第一天，父亲送我到学校，看了我的教室和宿舍，叮嘱了一番才离开。中午，新生集合在饭厅吃饭，一位女教官匆匆走到我的桌前，看了我的名牌一眼，就叫我站起来，厉声责问：

“席慕蓉，刚才陪你来的那个人是谁?”

我莫名其妙，不过还是照实回答：

“是我爸爸。”

想不到教官忽然间满面通红，不发一言就转身走开了，我当然也不会去追问她到底是什么意思?

这个谜团到我快毕业之前才解开。

那时候，教官已经和我们很熟了。她笑着向我招认，她本来是准备杀鸡儆猴，一个才刚上高中的女孩子竟然那么大胆，和男朋友公然挽臂同行，亲亲热热的，完全不把校规放在眼里。她把我叫起来，是想当众记个大过，或者甚至开除也是可能的。

好险！教官的想像力未免太离奇了一点，这就是后来她为什么会脸红的原因了吧?

不过，也许还有另外一个原因。隔了很多年之后，我再回想，也许是因为在那个时代里，“父亲”的形象极为固定——或者严肃，或者冷漠，很少有为人父者，能像我的父亲那样活泼热情和开朗。

也很少有人，能像我父亲那么俊美的。

●

但是，无论我的父亲和别人的父亲有多大的差别，在我们这几个孩子的心中，他依然只是个“父亲”而已。

我的意思是说：在成长的过程里，家，只是个温暖的庇护所，外面的世界才是真正的诱惑。尤其是我一放假就喜欢往野外跑，每次都是晒得又黑又瘦的回到家来。而平日不出门的时候，大半都是窝在自己的小房间里画画，和父母相处的时间并不多。即使在餐桌上，说的也都是我在学校里遇到的事，对于父母是怎么在过着日子，其实从来也没有想到要去深入了解。

远离家乡的父母，到底是用什么样的心情和态度在过着他们的日子呢？我从来也没有认真地向他们问过这个问题。

父母健在时，从来不曾认真地去晨昏定省，反倒是如今，每天早上进到书房都会先向父母亲的遗像鞠躬道早安。相片就摆在书架的一层空格里，父亲穿着红色羊毛衣拿着烟斗站在他的书房外阳台上的相片，还是我在1996年春天拍摄的。

我在书桌前坐下来开始工作的时候，父亲和母亲就在我的背后，在两张光影清晰色彩柔和的相片里微笑地注视着我……

/2 美好的时光/

1970年夏天，怀着慈儿，我离开欧洲回到台湾，在新竹师范学院开始教书，然后生女育儿，忙着和海北一起来给孩子打造一个温暖的家。等他们稍微大了一些之后，又重拾油画，日子因此过得很紧凑。

父母那时都在国外，偶尔回来探望我们，平日书信往来之间，谈的都是关于两个小外孙的趣事。

1982 年的暑假，我去接回中风后的母亲，在石门乡间疗养，和我们住在一起。1987 年春天，母亲逝世。再过了两年，我才带着慈儿，重回欧洲。

已经是 1989 年的盛夏了。

在这之间，父亲从慕尼黑大学的东亚研究所转到波昂大学的中亚研究所，任教多年之后，已经退休了，不过仍然住在波昂近郊，就在莱茵河的旁边。

慈儿和外祖父有两年没见，她刚考完大学联考，成绩不错，是来向爷爷报喜的。

而我则是要为八月底的首次返乡之行，先来做点功课。

生在南方，从来也没见过原乡的我，虽然从小常能从父母那里听到关于蒙古高原的种种，但是，一旦真的要成行了，还是有许多问题要来问清楚。

父亲十分高兴，亲自到市区来接我们。

为了早晚作息不会打扰到他，出发之前我就要求给我和慈儿订一间在他寓所附近的旅馆。父亲给我们订的旅舍紧临着莱茵河岸，屋子相当老旧，听说还曾经接待过维多利亚女王？屋前有个平台，和屋内的餐厅连接起来，客人可以在户外用餐或者喝啤酒，平台之下就是河岸，莱茵河缓缓地从眼前流过，闪动着细碎的波光。

酣睡了一夜。不过可能是受了时差的影响，我还是起得相当早，梳洗完毕之后，就靠着窗户往楼下眺望。

屋外种了几棵大树，虽然枝叶茂密，但是因为长得很高，反而没有遮住我们二楼房间的视线，只把浓荫的暗绿，从高处匀几分到了室内，使得不远处的河面显得更加明亮。

就是在这个时候，我看见了窗下的父亲，正跨着大步从旅馆前方的河岸上走过。父亲的寓所在旅馆的右后方，步行过来用不到十分钟，这天早上，他大概也是起得比平常早多了，穿戴整齐之后，就急着前来和我们相会。

浓绿的树阴之下，明亮的河水之前，父亲的侧影到今天还是那么鲜明和清晰。

他那天早上穿着一套浅色的夏季西服，里面是洁白的衬衫，米色有着暗纹的丝质领带在晨风里被吹得向后稍稍扬起，天然微卷的头发服帖地梳向脑后，几乎不见什么白发，饱满的额头，挺直的鼻梁，依旧丰润的面庞，父亲跨着大步向前快走的身影是那样挺拔矫健，那样兴高采烈，即使隔了一段距离，我好像也能感受到那种充沛的喜悦。

那是生命里多么美好的时光。

●

那个夏天，在莱茵河边，我们父女两人第一次有了一个温暖强烈的可以共享的主题。我也发现，离家多年的父亲却保有了全部的记忆，那是沉默地收藏了几十年，终于可以经由自己的女儿再去一层一层重新碰触的原乡记忆啊！

欧洲的夏天，天黑得极晚。吃过晚餐之后，我们祖孙三人每天都要在平坦的河岸上散步。河岸时宽时窄，无止无尽，有几处规规矩矩地种着行道树，近河的一边还围着铁栏杆；有几处却是忽然出现两条分歧的小路，低的那条可以直通到有野鸭在成群栖息的水边，高的那条却可能把我们带到一个杂花生树、莺飞草长的小公园里，或者是那一个大使馆的后院墙外。

莱茵河慢慢地流去，暮色是用几乎无法察觉的速度逐渐逐渐地袭来。就是在这样的时刻里，在一条异乡的河流之前，父亲尽他所能的带引我去认识我的原乡，那在千里万里之外的蒙古高原。

那的确是生命里等待已久的好时光。.

白天，父亲常带着我和慈儿到处走一走。有时候去波昂市区，他喜欢在服饰店里坐下来，抽他的烟斗，让我们母女去挑选，再把中意的拿给他看，由他来提供意见。有几次，慈儿挑到特别合适的，父亲就很高兴，马上对旁边的店员说：都包起来吧，这是我要送给外孙女的礼物哩！

有时候，他会带我们搭渡轮，沿着莱茵河下去。船停靠在旁边的小镇时，就上岸去吃顿午餐，拍几张相片，父亲看见慈儿喜欢的小东西，总要给她买下来。我若是劝阻，他就会说：别担心！好孩子是宠不坏的。

到了傍晚，算好时间，再搭乘上行的渡轮回来。这样奔波了一天，下船的时候，我已经很疲倦了，但是，父亲上了岸之后，依然健步如飞，让我几乎追赶不上。

八月的莱茵河，河岸上开着一簇簇深暗的紫红色的野花，丛生的枝干有半人高，那花束有点像是丁香，却比丁香更自在更狂野。

傍晚时分，河面映着斜阳逐渐变成耀眼的金黄，父亲停下脚步，回头向我们微笑。

是多么美好的时光！

●

我们常说："幸福易逝。"可是，为什么父亲给我的幸福却不是如此？

此刻，我在静夜里书写着的，当然是一种追怀。父亲逝去已经有一年多了，有时一人独坐，胸怀之间会突然涌出一股伴随着剧痛的悲伤，毫无预警地袭来，让我根本不知道要从何抵挡。可是，为什么当我提笔要把它牵引出来的时候，呈现在笔端的，却是绵绵密密仿佛无穷无尽的美好时光？

1989 年 8 月底到 9 月中，我终于踏上了从未谋面的高原故土，四十多年以来，我是我们家里第一个见到了父母故乡的孩子。回到台北之后，第一件事情就是给父亲打电话，然后再把在蒙古拍的相片贴成厚厚的一本，每张相片之旁再加上自己的说明和观感，写得满满的给父亲寄去。

第二年夏天，我又带着刚考完高中联考的凯儿到波昂去看爷爷。

那年，父亲接近七十九岁了，凯儿才十五岁多。祖父对这个三年不见，又长高了许多的外孙，真是无限宠爱。

去年住的河边旅舍正在整修，停止营业，我们这次住在波昂市中心的旅馆，就在市政府前广场的边上。父亲每天搭二十分钟左右的公车来和我们会合，然后再一起出发，当然，游览的行程中也包括了坐一次莱茵河上的渡轮。不过，稍有不同的是：这次，回程的时候，父亲在他家附近的那一站先下船，我和凯儿则要再坐一站，到波昂市区上岸。

船离开码头之后，开始的速度还很慢，已经和我们说了再见的父亲，在岸边还能够和我们同行一段，他忽然间童心大发，一面微笑向我们挥手，一面假装非常卖力地跨着大步追着船走，惹得凯儿也兴奋地在甲板上不停地挥手呼唤：

“爷爷再见！爷爷明天见！”

那天下午，阳光出奇的好，晒在身上暖洋洋的，是那个稍嫌阴冷的夏季里难得的好日子。又是八月，河岸上又开满了深暗的红紫色一簇一簇的野花，离岸稍远的坡壁上绿树成荫。船行越来越快，也逐渐靠近河心，隔着那两个越离越远却还在互相挥着手的祖孙之间，是夏日莱茵满溢的一层又一层动荡着的波光。

●

父亲在1998年11月30日逝去，凯儿正在军中服役，在电话那端听到我告诉他这个噩耗之后，忍不住大哭了起来，他说：

“爷爷为什么不能等一等我？我还有几个月就可以退伍，就可以去看他了啊！”

我无以为答，却忽然想到那夏日莱茵的波光，恐怕不只是只藏在我一个人的心里了吧。

/3 离别后/

前天傍晚，到淡水街上去取回加洗和放大的相片，年轻的店员先把相片从封袋里拿出来端详了一下，在交给我的时候，再微笑着问了一句：

“席老师，这是你去旅游时拍的吧？”

其实不过是句随意的寒暄，我只要点个头，说声“是的”，也就好了。可是我竟然没有办法回答他。

刚好有两个客人同时推门进来，店里一下子变得很热闹，我就付了账说了再见。走出店外，小镇的街道上已经开始亮起了五颜六色的灯光，我把纸袋小心地拿在手中。

纸袋里装的是我在1998年秋天拍的一些莱茵河边的风景，是异国的风光，也当然应该是只有在旅游途中才会拍到的相片，人家问的并没有错。

我可以这样回答：

“这是我父亲在德国住家附近的景色，我从前常去的地方，现在父亲已经过世了。”

这样的解释也不算冗长。

但是，在那一刻里，真正让我难以启口却又很想说明的，还有一些别的。

我其实还想说：

“当时拍完了洗出来之后，觉得很普通的相片，前几天收拾抽屉的时候看到了，才忽然发现它们对我所代表的意义，所以才会再来加洗和放大，因为，在我拍着这些风景的时候，我的父亲还在。”

这些相片拍的都是那一段河岸，1998年10月中旬，那天，河面有很浓的雾气，树叶已经逐渐从金黄变成褐红，在河边的小公园里，有些行道树的叶子还是深绿色，天很凉，没有什么行人。

在这段平坦的河岸上，在这些因着四季而变换着颜色和面貌的行道树下，父亲和我并肩同行，不知道走过多少次。即使那天我拍的只是无人的风景，但是，在那一刻，父亲还在我的身边，还在人世。因此，这些风景所代表的意义，对此刻的我而言，似乎有了一种全新的绝对的价值——这是当时还有我父亲在其中的那个世界所留下来的最后的影像。

一个半月之后，父亲就永远离开了。

可是，这些话别人要听吗？即使他愿意，我又能够很清楚地说出来吗？

我想，这应该就是我在那极为短暂的一刻里忽然踌躇难言的原因了吧。

●

然而，还有更多的难以明言的什么，是在我开着车一个人慢慢往回走时，在黑暗的山路上忽然逼到眼前来的。

在黑暗的山路上，我流着泪问自己，我到底是不是真的在意父亲的离去？

我到底是不是真的爱他？

答案应该不是否定的。因为我心里的疼痛、我对他的想念，还有那在人前强忍着的悲伤和泪水，应该都不是虚假的。

可是，为什么在那个秋天，我还会为莱茵河边的秋色动心？还会去为那些有雾的河面和铺着落叶的小径一再取景？

当然，我可以说，因为父亲身体一向非常健壮，因此即使是在那个秋天忽然明显地衰弱下来，我也毫无警戒之心，以为日子还会继续这样过下去？

或者就算是心里隐约有点明白了，但是就是不想去面对？

还是说，要到了父亲真的不在了的时候，才会明白我从来没有全心全意地爱过他？

我流着泪问自己，父亲已经走了，这些不断纠缠着的疑问到底还有什么意义?

车子右弯进一条狭窄的上坡路，还有一公里就到家了，在不远处暗黑的山影之上，一轮初升的明月就在我的正前方。

还是说，要到了父亲真的不在了的时候，才有可能在回溯的泪水里，用各种或者真实或者缥缈的线索，去试着全心全意地爱他和了解他?

●

也许，这父与女的关系，在对父亲的了解中，反而成了一种“蒙蔽”?

即使是从1989年的夏天之后，在莱茵河边，我们父女之间曾经有过那么多次的深谈，然而父亲依旧是针对我的需要所设定的角色——女儿如今想要知道自己的原乡了，于是她的父亲详尽地作答。

到了蒙古高原之后，这几年间，我曾经访问过几位老人。有的访问已经写成文字发表了，像是《丹僧叔叔》、《歌王哈札布》，有些还是草稿。但是我自认已经把握到重点，可以在几千或者一万多字里，写出他们颠沛流离的一生。可是，我从来没有想过应该也对自己的父亲做一番更深入的了解。

我所有的资料，都是片段的，零乱的，只因为他是我的父亲，是生活里那样熟悉因而似乎已经固定了的形象。

直到在追悼仪式中，父亲的同事，波昂大学中亚研究所的韦尔斯教授(M. Weiers)站到讲台上，面对大家开始追述父亲一生的事迹之时，我才忽然明白，我一直都在用一个女儿的眼光来观看生活里的父亲，那范围是何等的狭窄。

韦尔斯教授的讲词中有一段话，我记得他是这么说的：

“对我们而言，拉席敦多克先生这一生所经过的是多么漫长而曲折的道路。他从那么遥远的地方走来，在此为我们讲述那古老而丰美的蒙古文化，让许多人从此热爱蒙古……”

我的父亲，确是历经了流离伤乱。

尤其在前半生，为了争取内蒙古自治所遭遇的种种艰险，那条漫漫长路，充满了我所不能想像的坎坷和灾劫，甚至包括自己兄长的被刺身亡；然而，这么多年来，他却也始终没有失去那乐观到近乎天真的本质，有的时候，我们做子女的，甚至在生活里为此而怨怪他。

可是，如今从一位异乡友人的眼中来观看自己的父亲，却让我领会到，父亲所代表的，不正是我一向尊崇的那种近代蒙古知识分子在政治与战争的乱流中挣扎求存，无限辛酸却又无比执著的典型吗？

曾经在慕尼黑大学东亚研究所与父亲共事的法兰克教授（H. Franke)，是与父亲相交超过四十年的老友，他在知道父亲逝世之后，寄给我的信里写着：

“我会永远记得令尊，他是位渊博的学者，高贵的典范。”

父亲啊！父亲。

●

妹妹常向父亲提起要接他到自己家里来住，父亲却总是回答：

“等我老了的时候吧。”

而父亲真的好像总也不老。八十岁之后还到处去旅行，甚至有一年还去了埃及！然而他却不肯应邀回去内蒙古讲学。他对我说：“老家的样子全变了，回去了会有多难过？”

八十六岁那年冬天，德国的朋友们援例为他在波昂近郊的中国饭店里摆寿宴，有许多蒙古国和内蒙古的留学生都来了，我也从台北飞去凑热闹。那天父亲真是容光焕发，妙语如珠，当他在宴席之间，举起一杯香槟向大家致意之时，我抢着拍了一张，回到台北后刚好可以放进我要在大陆出版的蒙古高原散文选里做插图，那篇散文是《父亲教我的歌》。

在那个时候，我并没有想到，两年之后，我会把这张相片放到父亲的讣闻上。

第二年夏天，海北和我一起去了波昂。翁婿两人多年不见，竟然就在我眼前拼起酒来。海北的开始喝酒，还是当年订婚之前，陪着女朋友到慕尼黑拜会准岳丈的时候，被强迫着学会了的，不过后来好像有些青出于蓝。

当然，我还是要假装恶言劝止，他们两个人也都假装充耳不闻，那个夏天的阳光很足，父亲阳台上的天竺葵开得很旺，艳红艳红的。窗内的我们欢声笑语，窗外也有飞鸟闪着轻快的翅膀喧闹着飞掠而过。

而那还不是最后的幸福时光。

即使在这年秋天，父亲忽然生病了，生平第一次住进医院，八十七岁的老人，生的并且是很吓人的病——膀胱癌，弟弟和我一起去照看。然而，父亲恢复的能力极强，危机也很快地过去了，出院回家，家中有朋友来加强注意他的饮食起居。

回到台北后，每次打电话去，电话里父亲的笑声爽朗，中气十足，就可以让我安心好几天，生活在表面上好像又如常了。

第二年的五月，我飞去探望。在这几年里，每当我单独去波昂的时候，已经不再住旅馆了。父亲把他客厅的沙发换成一张活动的沙发床，到了晚上拉开来给我睡，白天再恢复原状。

我们父女共处的时间因此又多了一些，在这个春天，也常一起去河边散步，还去那间早已重新整修好了的临河的旅馆吃晚餐。父亲吃得不多，却一样喜欢纵容我在餐后点额外的甜点来吃。然而他是比从前瘦了，走路的速度也比从前慢了许多，我还是需要调整步伐，却再也不是为了追上我的父亲而是要陪伴他等候他了。

然而我们还是快乐的。在向晚的莱茵河边，春风扑面，美景如画，河对面山上的树林全长出了柔嫩的绿叶。

“那山上风景很不错。”

父亲是这样说过的，我当时也附和着他，说是那天过河去看一看。

眼前真的并没有什么立即的忧虑，父亲按时去做追踪检查，都是完全正常的结果。

应该是不要太担心了吧？

●

只是，在那个春天，我可能做错了一件事。

我带了本书去给父亲。是位读者在我的一场演讲会后送给我的。书名叫做《蒙古高原横断记》，就是日本的江上波夫和赤崛英三那些人组织的“蒙古调查班”，在1936年到内蒙古考古后所出版的报告。

前几年，乌尼吾尔塔叔叔曾经帮我译出其中与我祖父有关的一段，里面也描述到父亲老家附近的景象，我曾经据此而写出那篇散文《汗诺日美丽之湖》。

如今自己手中有了这本书，最欣喜的是，书里有张相片，拍的正是我们家族的敖包。

这处敖包山虽然在我第一次回到父亲家乡的时候，族人就带我上山献祭过了，相片也寄给父亲看过了，然而那毕竟是几十年后的相片，由石块堆叠而成的敖包形状已经不大一样了。但是，在这本六十多年前的老书里，祖父还在，那相片上所显示的敖包还是父亲在年轻的岁月里曾经亲眼见过的模样啊！

我像献出宝物一样，把书翻到这一页拿给父亲看，父亲果然惊呼起来，然后，几乎是整个晚上，他都在来回翻读这本书。虽是日文，然而配合着图片内容与一些零星的汉字，那些相片底下的解说也是可以明白的。

书中所有的图片，虽然都是黑白相片，但是品质很好。从旷野到溪谷、从穹庐到寺庙、从马牛羊群到孤独的牧者、从衣裳简单的少女到满头珠翠的贵妇、从父亲的察哈尔盟到母亲的昭乌达盟，都是父亲曾经行过走过笑过哭过歌过同时无限爱惜过的故土家园啊！

在梦中珍藏了五十多年的旧日家乡，如今忽然同时都来到眼前，并且清晰洁净，光影分明，对于一个八十八岁羁留在天涯的漂泊者来说，该是何等深沉的怅惘和疼痛？

原本只是希望讨他的欢心。但是，当我看到整个晚上，父亲都不说一句话，只是用稍显颤抖的手，在灯下急速地把发黄的书页翻过来又翻过去的时候，我不禁深深地后悔了。

而就在今夜，就在此刻，我才想到，那天晚上当父亲在翻看着从前的蒙古高原时，在他混杂的思绪之中，会不会偶尔闪过和我在今夜的灯下翻看着这几张刚刚放大了的莱茵河岸相片时一样的想法——这是当时还有我父亲在其中的那个世界所留下来的最后的影像。

父亲啊！父亲。

/4 启蒙/

船正在江上，或是海上。我大概是三岁，或是四岁。

我只记得，有一只疲倦的海鸟，停在船舷上，被一个小男孩抓住了，讨好地转送给我。

我小心翼翼地把海鸟抱在双手中，满怀兴奋地跑去找船舱里的父亲。

可是父亲却说："把它放走好吗？一只海鸟就该在天上飞的，你把它抓起来它会很不快乐，活不下去的。"

父亲的声音很温柔，有一些我不太懂又好像懂了的忧伤感觉触动了我，心中一酸，眼泪就掉了下来。转身走到甲板上，往上一松手，鸟儿就扑着翅膀高高地飞走了。

●

启蒙的经验是从极幼小的时候开始的。

父亲是为我启蒙的最早也最亲的导师。在他的导引之下，我开始对人世间一切的美好与自由无限向往。

生命是需要启蒙的，然而，死亡也需要吗？

面对死亡，也需要启蒙吗？

●

父亲逝世之后，在波昂火化。

当我和弟弟从殡仪馆回到父亲生前居住了多年的莱茵河畔的寓所，把装有父亲骨灰的圆柱形的骨灰盒放在他临窗的书桌上时，我心中的惶惑与纷乱已经达到了极限。

我没有办法解释眼前的一切。

父亲在四楼上的公寓，原本就因为有大面积的玻璃门窗而总是显得特别明亮，那天天气又很好，十二月中旬的阳光难得的灿烂，前一天晚上我只是把书桌的桌面腾空、拭净，然而桌面下的抽屉，墙边的书柜和屋子里的其他物件都还没有开始整理，沙发旁边的茶几上摆放着的老花眼镜、烟斗和父亲正在读的那本书，我也还舍不得收起来，书页里夹着父亲惯用的那张灰绿色的书签，标示着他还没读完的那个章节……

我坐在沙发前的地毯上，久久环视着周遭，整个房间和从前完全一样，没有任何变动，充满了熟悉的物件和熟悉的光影，所有的温柔和美好都遗留在原处，好像父亲只不过刚刚起身走开一会儿而已，然后就会再回来的。

然而，回来了的父亲再也不是从前的父亲了。我从小仰望的高大健壮俊朗而又亲爱的父亲，如今已是这一盒抱在怀中微微有些分量的骨灰盒中的灰烬，就摆在明亮的窗前，摆在他使用了多年的书桌上。

我实在没有办法顺从这眼前的一切。

生与死的界限，在这一刻里怎么可能是如此的模糊和温柔却同时又是如此的清晰和决绝？

面对着父亲的骨灰，我恍如在大雾中迷途的孩子，心中的惶惑与纷乱难以平服。原来曾经是那样清楚的目标和道路，曾经作为依凭的所谓价值或者道德的判断，甚至任何振振有词的信念与论点，在灰烬之前，忽然都变得是无比的荒谬薄弱因而几乎是哑口无言了。

在灰烬之前，什么才能是那生命中无可取代的即或是死亡也夺不走的本质呢？

●

多年来，每次去德国探望父亲，我都是搭乘火车往返法兰克福机场与波昂市之间，路程虽然固定，但是由于在这两个钟头的车程中，其中有很长一段都是沿着莱茵河边行驶，冬尽春显，夏去秋至，四季里对岸的山色有无穷变化，一次又一次的收进我的眼底。

不过，这一次，住在美国的弟弟，到了法兰克福机场之后就租了一部车北上，与我在波昂会合，一起参加了父亲的追悼仪式，然后再一起护送父亲的骨灰回台湾，安葬在母亲的旁边。

所以，回程就由他驾车，由我捧着父亲的骨灰盒上路。

前一天晚上，朋友已经给我们指引了一条捷径，不需要绕道市区，只要在附近的河边码头搭乘汽车渡轮到对岸，再翻过一座山之后，就可以接上前往法兰克福的公路了。

我们是在清晨启程的，过河的时候河面上还有一层薄薄的雾气，凝视着雾中若隐若现的水纹，忽然想到这是与父亲相伴最后一次走过莱茵河了。

弟弟开车很稳，每逢转弯和上坡之时都会稍稍减慢车速，经过了河边的小乡镇之后，我们就开始往山上驶去，由于爬升的坡度比较大，山路颇有转折。

我们几乎是在一片无止无尽的密林之中行驶，山路不宽，然而修得非常平整，因而更像是一条缎带在林间迂回绕行。如果是在夏日，繁茂的绿叶可能会阻挡了所有的视线，但是，此刻是叶将落尽的初冬，树梢只有稀疏的细枝，透过这些深深浅浅的细致而又湿润的枝丫，不时可以瞥见林木深处幽微的美景。

从来没有走过这样美丽的一条山路。

我几乎是全神贯注地在贪看着眼前的一切，照理说，这个季节里山野的风景，原该给人一种萧索的感觉，但是不知道为什么，在这个早上，这一整片无止无尽的山林，特别湿润和秀美，竟然有点像是初春的林木，充满了生机。

车子转了个弯，从右边的车窗望下去，忽然看见在低低的山脚下，莱茵河蜿蜒而过，正闪动着淡淡的波光，而对岸岸边那一条细长的道路，不就正是我熟悉得不能再熟悉的曾经和父亲同行过无数次的那段堤岸吗？

我猛然领会，那么，此刻我们所在的地方，就是我曾经从对岸眺望过无数次的那片山林了。

就在这个春天，1998 年的 5 月，站在岸边，父亲还曾经对我说过：

“那山上的风景很不错。”

我还记得那一天，向晚的莱茵河边，春风扑面，美景如画，在河对岸的山上，整片树林全长出了柔嫩的新叶。

我还记得那一天，一如往常，我们父女两人交谈的内容除了孩子们的近况之外，就是关于蒙古高原的今昔。

从 1989 年的夏天开始，九年来，好像是为了加倍弥补那前半生的空白，我一次又一次去探访蒙古高原。不单是见到了父亲和母亲的故乡，更在心中设定了目标，东起大兴安岭，西至天山，南从鄂尔多斯荒漠，北到贝加尔湖，在这片无边无际的大地之上，一步又一步地展开了我还归故土的行程。

因此而累积了许多欢喜与困惑，长途电话里谈不完的，都在莱茵河边的暮色里一五一十地说给父亲听了。

父亲总是耐心地为我解答。在他的记忆里深藏了半个世纪的故乡，不曾被污染与毁坏，还保留了由几千几百年的游牧生活所铸造而成的文化与社会的原型，不是一些现实的灾劫或者误解所能够轻易动摇的。

在一条异乡的河流之前，父亲是如何地尽他所能去带引我认识我的原乡啊！而我们父女之间能够互相印证和分享的，还包括那在千里万里之外的山川的颜色和草木的香气。

莱茵河在我们眼前慢慢地流过，暮色用那几乎无法察觉的速度逐渐逐渐地袭来，如今回首望去，才知道那曾经是多么美好的时光。

●

而在此刻，满山的树叶都已离枝，我从小仰望倚靠好像从来也不会老去的父亲，形体也已成灰烬。在这个清晨，辞别了那空空的寓所，双手捧着父亲的骨灰上车的时候，我心中充满了悲伤和惆怅。

可是，就在刚才，在这片山林之间，我曾经全神贯注地贪看着周遭的幽微光影，几乎已经忘记了自身的悲伤了。

就在我突然领会到自己正置身在父亲曾经赞美过的景色里，刚刚走过的也正是父亲曾经走过的路途之时，心中不由得涌上一股暖流，觉得有种微微的欢喜与平安，好像父亲并没有真正离去，好像他还在我的身边，在这条美丽的山路上，与我同行。

“爸爸，这是启蒙的第一课吗?”

我在心里轻声向父亲询问。

这时，我们的车子已经接近坡顶，路牌上标示着再往前行就快要翻越过这座山了。我向右边的车窗靠近，试着从林木的空隙间望下去，山脚下，晨雾已散，安静地流淌着的莱茵河，远远地向我闪动着一层又一层温柔的波光。

选自九歌版《金色的马鞍》

……

什麼叫做記憶？
是種子是根莖是花朵也是果實。
什麼叫做果實？
是喜是悲是笑是淚
　　　　是生命給的一首詩。
什麼叫做一首詩？
是歷經災劫
猶在默默護持着你的母土。
什麼叫做母土？ 是……
回首時……
是回首時才知疼惜的遠方
已空無一物。

摘自〈问答題〉2012·11·21

此刻

辑三

前程·昨夜·此刻

记忆广场

斜阳里　人群散去
镶着金边的昨日开始
如层云般涌来　并且沿着
这灰暗的广场向四周延伸铺展
多么贫乏而又丰美
空虚而又满盈的往昔啊

这就是我们仅有的
资产和原罪了吗
在流离的世界里执著于自身
小小的悲喜

回首之时　有谁愿意承认
这广场中心矗立着的
一座又一座的青铜纪念碑
其实都是　奠基于
我们那无可奈何而又无坚不摧的　青春

●

前几年，云门舞集在台北的演出中，介绍了一段来自中国大陆的舞蹈作品，据说是精简版，时间并不长，整场舞蹈好像都只是一群舞者簇拥着一个四四方方的钢架子在舞台上跑来跑去。

那是我的最初观感。

那个钢架子又高又宽又丑，是由几根金属支柱组合而成的，年轻的舞者一面推扯着它，一面却又变着花样用它来玩耍；有时候把它当成矮墙，一对情侣跳上去坐个半天，有时候把它当成游戏的单杠，做出许多夸张又惊险的动作，有时候甚至直接把它当成是依恋的对象，无限缠绵地钻进钻出……

到了最后，那冷而硬的金属架子几乎和舞者年轻柔软的躯体合而为一到不可分离的地步了。

我在台下不禁泪流满面。

也许，这泪水是“误读”的结果，不过，却也是由于这一场误读，启发了我对青春的敬意。

在一无依凭的青春里，只有生命本身的驱策让我们全力以赴。即使整个世界只肯给我们冷硬空洞的教条和制度，年轻的心也会以极为单纯的勇气和渴望，把它变成是一段又一段可以回忆的时光。

即使在像“文化大革命”那样荒谬与残酷的年代里，想必还是埋藏着许多人不得不依恋的记忆吧？只因为当时他们是那样的年轻。

只因为在那个时代里有他们的青春，就使得所有曾经冰冷的现实，在回首之时，都有了另外一种温度，足以熨帖深心。

是青春建构了记忆，而记忆才终于得以重铸了青春啊！

●

在每个城市里，每个世代人的心中，都拥有只属于他自己的记忆广场。

和 M 打电话的时候，她就说：

“啊！我们那时候最高兴的事情就是可以去中山堂看电影了。法院员工有招待券，爸爸总是叫我们赶快洗澡，早早吃完晚饭就全家一起出门。我还记得有部电影是仙杜拉蒂主演的，其中有首歌后来很流行，到现在偶尔还能听得到……”

她还说，那时也常会和父母坐三轮车去三军球场看陈祖烈打球、看白雪溜冰团等等，有时会去中山堂后面，中华路上的饭店去吃水饺，火车经过的时候，二楼的木头桌椅和地板都会跟着震动起来，咯咯作响。

经过中华路的火车，应该也会经过厦门街口吧，比她大几岁的我，也记得那种咯咯作响的震动。那时候我们才刚从香港搬到台湾，已经是民国四十三年的秋天了，住在台北的厦门街底，靠近水源路的堤防。有时候吃过晚饭，母亲会带着我和妹妹，散步到厦门街口，去拜访一家蒙古同乡，他们的小木头房子就在铁轨附近，火车经过，大家就笑着暂时停止说话。

母亲是第一届国民大会蒙古察哈尔盟八旗群的代表。在初到台湾的那几年里，有位阿姨几乎天天到我们家来。她很风趣健谈，只要她出现，就不会有冷场，而且对我们这些孩子也很亲切，母亲要去哪里她都愿意做伴，几乎是形影不离。后来虽然交往得不那样密切了，却也成为母亲终生的好友，是我们非常尊敬的长辈。民国七十六年，母亲去世之后，这位阿姨流着泪对我说：

“老三啊！其实我当初接近你的妈妈，是有任务的，你们在香港住了那么多年才搬到台湾来，我必须负责汇报她的一切行动。可是，像你妈妈这么正直高贵的人，我情愿做她一辈子的朋友啊！”

●

接到诗人邀稿的电话之后，才发现自己其实已经很久都没去过中山堂了。

昨天下午，有个评审的会议很早就结束了，刚好可以让我搭上捷运，直奔西门站。

可是，中山堂正在整修，里里外外都是堆置的材料，也充满了灰尘和噪音，我只好先绕到正门前的广场上。

说是广场，其实有些勉强，中山堂这栋建筑的外观也实在谈不上好看。从高中到大学，上水彩课的时候，常常都会跟随着老师和同学来这里写生，却始终没画出一张自己觉得还算可以的画来，除了自己的绘画技巧之外，这幢平平板板的建筑实在是个大难题。好像唯一可取的对象就是正门旁花池里的几株棕榈，枝叶伸展得很舒畅，颜色又深浓有力，所以当年许多水彩画家笔下的中山堂，都缺不了这几株棕榈的陪衬。

不过，昨天下午，在我的眼前，这幢平板的建筑物好像多添了几分细致和优雅，是因为这几十年的时光吗？还是因为在它旁边的两幢大楼的确是太粗糙又太霸道了？

我再慢慢走到秀山街的侧门，那里原来是国民大会秘书处的旧址，里面的工程正在进行，也是嘈杂混乱，原本只准备进去略微张望一下就走的，却没料到，才只是进门处那两三层平坦厚实的台阶就让我站住了，有一种难以抗拒的温暖和亲切的氛围就从这几级我曾经踏上过无数次的台阶开始，向左延伸到原是秘书处办公室的小小空间，再向右延伸到那暗沉沉的楼梯，更后面的中正厅，然后再往前延伸到另一侧的出口之前为止。下午的阳光从对面出口往室内投射过来，几条浮动的光束里充满着灰尘和晃动的人影。整个空间在此刻虽然是嘈杂混乱的，可是，为什么，我的“昨日”却能一尘不染，安静明澈地穿越过这一切，完完整整地重现在我的眼前？

我心中不禁有了依恋和不舍，就站在那里迟迟无法移步。

原来，每一个空间本身，其实都是有生命的，它可以长久隐没，也可以突然显现。无论是建筑本身的材质或是形式都会在悠长的时光里不露痕迹地建构着我的记忆，当然还包括岁月里的温度与湿度，包括曾经互相倾诉过的模糊的话语，包括姐姐在这里举行独唱会时那醇厚的高音，包括与母亲同行时，她温柔的凝视，以及她的身体和衣衫的淡香，更包括那生活里不可捉摸的幸福和忧伤。

我想，在每个人的一生里，都可能会遇到这样的时刻吧。不过只是一处小小的毫不起眼的空间，你曾经无所察觉地走过千百次，却并不知道这千百次的接触其实没有遗漏任何一丝细节。所有的一切都在默默地等待，等待与你在多年之后重新相见，就在那一刻，这整个空间的光影、线条、声音甚至气味，都会对你散发出一种无法抗拒的温暖和亲切的讯号，就在你踟蹰难决的那一瞬间，为你延伸铺展而成为一处无边无际的记忆广场。

每一个人的青春都会过去，每一个世代的华年也一样，然而，这并不是从此就必须把它忘记并且绝口不提的理由。

一个人，一个世代的生命都是如此，我想，一个城市的生命也是一样。

选自九歌版《人间烟火》

真实的人生

师大校本部背后，有条安静的长巷，为了搜集陈慧坤老师的传记资料，我前来拜访师母。

老师去了美国，在他的孩子继平家中暂住，偶尔出去写生。所以，此刻只有师母一人在家，这正是大好机会，我想先请师母说一说对老师个性的看法。

我们对坐在客厅的沙发上，录音机的按钮刚刚按了下去，师母回答的第一句竟然是：

“他的脾气是很偏激的！”

语气很重，很认真，这倒有点出乎意料之外。我总以为，平日满面笑容的师母，对老师的评语应该会稍微温和一点才对。

然后，师母又接着说：

“还很孤独，不随和。怎么说呢？好像是缺乏安全感。这个，我觉得是他小时候的环境所造成的。”

可是，对我们这些学生来说，老师给我们的印象刚好相反。

三十多年之前，老师站在素描教室门口，给我们的第一印象虽然颇为严厉，不过，只要稍有接触，就能感觉到他其实面冷心热，对我们又温和又纵容，并且恨不得把关于绘画的一切心得，都全部原原本本地说给我们听。

每年三月美术节的化装晚会上，老师的打扮比谁都放得开，有时是穿着卫生裤的拿破仑，有时是满头羽毛的印第安酋长，又唱又跳，兴致比谁都高。这样温厚热情的一位长者，怎么在师母眼中就完全不一样了呢？

是不是只有结缡五十多年的伴侣，才能够真正碰触到一颗脆弱而无助的心？

老师十二岁失怙，十四岁丧母，跟随着年迈病弱的祖母度日。父母双亡，已经是人间绝境，而周围的亲友中，还有人要落井下石。

师母说，在那几年中，有时候原本只是同辈少年间没有什么心机的争执，想不到往往会有对方的父母突然介入，指着他说：

“你这无父无母的野孩子，还不赶快……”

接下来的任何指责其实都没什么意义，这样的第一句话，已经足够伤透一个少年的心了，即使自己是站在有理的上风，依然像是被打败了一样，无言以对。

哥哥远在外地求学，弟弟年幼，祖母又那么衰老，这个少年非常明白自己的孤立无援。即使是这么大一个家族，眼前站着辱骂他的，就是家族中的一员，应该可以依恃的“亲戚”都这样对待自己，何处还能寻找到真正安全温暖的依靠？

只好努力让自己坚强起来。

这种坚强持续下来之后，在绘画上逐渐造就了一种令人敬佩的特质。然而，在真实生活里，有时候恐怕不免伤人又伤己吧？

“是啊！很多时候，都是我在打圆场，希望一切能够得到比较平和的结果。为这个，我只好常常劝他，不过，这么多年的脾气，不是容易改的。你们老师就是说话太直。”

白发童颜的师母此时微微地笑了起来，那笑容中含有许多无奈与宽容。我问师母，老师对她，会有不愉快或者发脾气的时候吗？

“那倒也不会。有时候他声音稍微大了一点，我就会对他说：‘当年可是你求着我来你们家的哦！’你们老师就不敢再说话了。”

当年，是超过半个世纪以前的事。

那年春天，师母刚刚廿五岁，而老师三十七岁。对如今的女子来说，廿五岁谈婚嫁还算太早。

“不过，在那个时代，我算是年纪大的小姐了！周围的朋友同事早都嫁了。我二十岁开始做事，在员林教小学，工作环境很愉快，我想，就算是不结婚，也没什么不好。”

但是，还是有热心的朋友做媒，替她介绍了这样一位对象。学历很高，是从日本的东京美术学校毕业回来的艺术家，在台中的中学教书。当时，能够在中学教书的台湾人可说是少之又少，这样的资历令人羡慕。不过，也有为难的地方，这位艺术家已经经历了两次丧妻之痛，第一位妻子留下的女儿当年也有十二岁了。

二十五岁的小学老师庄金枝，到这天为止，还没遇到过一个真正让她倾心相许的人，感情生活像是一张柔软雪白全新的宣纸铺在画桌上。她并没有什么特别的奢望，不过，既然朋友热心，只好勉强应允，约好在一个星期天的早上，让这位陌生的男子到她的学校来见个面，谈谈话。

在二十五岁春天的那个早上，庄金枝老师刚好担任值日的工作，校园空空的，办公室里却还流连着几位同事。也许他们是真的有事，也许是听说了有这么回事，就带着几分好奇和她一起等待着。

校门口外的马路上就是公车站牌，一辆公共汽车停住，门开之后，只下来一位乘客，然后车子就开走了，这位乘客正笔直地朝着学校走了过来。

是位身材高大的男子，越走越近，肤色微黑，然而眉目清朗，身穿一套熨得笔挺的白色文官制服，越走越近，一直朝着呆站在办公室门口的庄金枝老师走了过来。

“真是缘投啊！”

五十多年之后，白发已如霜的师母在向我重述当时那一瞬间的感觉之时，仍然忍不住大声地说出这句赞叹的话来，一面自己又觉得好笑。好像半个世纪之前，那个春天的早上，年轻的女老师芳心中的激荡还在，那是一种用蘸饱了墨汁的羊毫笔，在宣纸上大笔挥毫之后又晕染开来的狂喜和快意。

“真是缘投啊！我还从来没见过那么好看的人！不过，我现在想想，可能是因为那身文官制服熨烫得太漂亮了的缘故。”

就只是那么一小段从校门口走向办公室的路，或者是那一整套白色的又干净又笔挺的文官制服，年轻的女老师就准备要把一生的幸福都交出去了。

不过，当然，她自己当时并不知道。

当时的她，只知道不能请对方走进办公室，因为那里面有太多双充满了好奇的眼睛和耳朵。她只好硬着头皮往前走了几步，请他到她的宿舍去坐一坐。

“老师向您求婚了吗？”

“怎么会？不可以那么快，第一次见面，总要先谈谈话才行。他倒是很诚恳，向我直言他已经是两度丧妻的人，现在和女儿住在学校宿舍里，希望我有时间到台中去看看。”

坐了不到一个钟头，老师就站起来，很有礼貌地告辞了。过了几天，有信到学校来，请师母如果有空，务必考虑到台中来做客。

师母很认真地考虑了。

“你知道吗？我其实心里有点害怕。”

师母对我小声地说：

“我们台湾有个说法，就是男人如果两次丧妻，那么娶进来的第三个也会早逝，要到第四个才能平安无事。我当然知道这只是一种毫无根据的说法，可是，心里还是有点害怕。而且，廿五岁的我，也不太知道该要如何去做一个十二岁的孩子的母亲。”

不过，廿五岁的庄金枝老师，还是答应了老师的邀约。接到信后的一个星期，她回了一封信，说好在下个周日去台中拜访。

“我从员林坐火车到台中，到了他的宿舍大概快十点钟了，可是你们老师和女儿两个人才刚刚起床，屋子里乱七八糟，老师惊讶得不得了，一面拼命收拾，一面问我说怎么没写封信来通知？可是，我寄了信啦！”

是邮递失误吗？

“不是。后来才知道，是我寄的信被别人偷走了。”

怎么回事？

看到我疑惑的神情，师母欲言又止，问我：

“这可以说吗？”

为什么不能说？

原来，廿五岁的女老师，在学校里被另外一位男老师暗恋着，几次示意，我们娇小端庄的庄金枝老师毫不理会，全无反应。这位失意的男子大概也听闻了有人替庄老师做媒的事，可能在那个星期天的早上，也曾经远远地观望过。后来，知道有信寄到学校，然后，又过了几天，再看见庄老师到邮局去寄信，他就潜随在后，把那封信从邮局里偷出来了。

然而，偷了一封信出来，又能如何？事情还是在一点一点地往前进行，这位美丽端庄的女子，终于还是坐上了往台中的火车，向她未来的命运出发了。

有什么能够拦得住她呢？

“那师母后来是怎么知道的？”

“还是那个男老师自己说出来的。在我嫁给你们老师之前，还没有离开学校的时候，有一天，在办公室里，他当着大家的面前说了出来。”

应该算是一种道歉的方式吧。

(这位失意的男老师，现在也应该有八十多岁了。如果还健在，并且也看到了这一小段文字，那么要请老先生原谅。都是我这个好奇的学生惹的事，是我不断的要求，师母才说出了这段往事的。)

那么，再回头来看看当年那位手忙脚乱地收拾着房间的陈老师吧，虽然尴尬无比，却喜伊人肯亲来探访，事情应该是有希望了！

那个星期天之后，又见了两三次面，还没谈到正题，突然，自幼依恃的祖母病逝了。

师母还没拜见过这位老人家。老师赶回老家龙井奔丧，在丧事举行之前，特意派他哥哥的长子，到员林来邀请师母去参加葬礼。

“你知道，那个时候是战争的年代，火车票很不好买，你们老师的侄子只好从龙井乡下徒步走到员林。好可怜啊！大概是中学生的年龄，就沿着火车路，从笼井、台中、彰化，这样一直走，走到员林，走了好久好久！我看这孩子真可怜，实在是累坏了。他代表自己的叔叔，慎重地开口，一心一意想邀我去参加丧礼，可是，我不能去！”

为什么？

“因为，台湾有个习俗，两个正在交往中的男女，如果可能论及婚嫁，在这时男方有长辈过世，就在丧礼时将女方请过来，一起出现，办过丧事之后，就等于妻子，就可以正式在男家住下，不再离开，也不用另外举行任何结婚仪式了。可是，在那个时候，我心里还一点准备也没有，所以不肯去。我想，他们大概很失望吧。”

那是1943年的6月。

“那师母是什么时候嫁过去的呢？”

“正式去他们家，是这年的十月了。也是我的老校长劝我的，他说可以啦，接受对方的诚意吧。”

真是位仁慈长者，他其实已经知道这位美丽的女老师芳心已许，需要的只是旁观者的一点鼓励罢了。

进了陈家家门之后，师母的快乐与积极带动了一切，所有前面几十年的悲惨记忆都逐渐被收藏起来，有的进入老师的深心，有的被师母用温柔的手势一一化解。

“刚嫁过去的时候，觉得很奇怪，为什么家里没有你们老师第一位太太的相片。后来才知道是第二位太太在结婚之后，把前面那位的相片都丢了或者撕了。我觉得这样不好，所以就慢慢整理，补救。把凡是能找到的，不管有没有破损，都小心地收好，留了下来。”

我们如今才能从这些留下来的老相片里，看到两位佳人的芳容，这都是因为师母的开阔心胸。

“对我来说，这些都是你们老师的过去，不可以抹煞，但是也不必放在心里。我总觉得，人生的一切都在当下，我是乐观的人，我所拥有的就是‘现在’。”

于是，乐观温暖的女子进入陈老师的生活也进入了他的生命之中，从此再无厄运来干扰，终于可以专心画画了。

常常出去写生，带着纸张与画具，一走就是好几天。

“大概是太放心了，出去之后从来也不会打一通电话回来。那时候，台中学校的宿舍很大，晚上只有我和晓冏两个人。我心里好害怕，但是又不敢表现出来，怕晓冏年幼，心里会更慌张。只好力持镇定，在空旷的屋子和更空旷的院子里静悄悄地做些家事，自己给自己壮胆。”

不过，老师写生回来之后，屋子里就热闹了。他把画都摆了起来，不但逐一地向师母解释，是在哪里写生的，把握了或者错失了什么特质等等，还会把旅途上的花费金额，以及遇到了什么人什么事，种种细节都一五一十地说给师母听。

“几十年都是这样。出门在外的时候一个电话也不打，回到家以后就一直讲一直讲。其实我从来并不在意他的花费，但是他还是喜欢说给我听。”

家里有人在等待着，因而在旅途上遇见什么的时候，便用心记着，好在回去时都与她分享吧。虽然一工作起来，就不得不聚精会神，却总有一些甜蜜的牵绊偶尔令人分心。

所以，回来的时候，总会带些东西。

“如果是去野柳，就会从海边拣些被海浪侵蚀过的大石头回来，就是送给我的礼物了。有时候是贝壳，有时候是百合花。野柳海边的山上，到了季节就会开满了百合花，老师捧着回来，一大束又香又好看！”

那么，老师把花拿给师母的时候，是怎么说的呢？

“他会说：‘啊！现在要献花了！’”

师母学着老师当年的口气，然后自己又不禁哈哈地笑了起来。这是生命里愉快而又芬芳的回忆，不过，也有那令人忧急的时刻。

“那年，本来说是要去阿里山的，结果老师临时改变，就去了玉山。时间过了，还不见他回来，我开始着急，不知道这个人到底在什么地方？等他终于回到家，才知道是去了玉山。家里孩子都那么小，继平才几个月大，我问你们老师，为什么要改变行程，还去那么不安全的地方？他说很难解释，人进了山里之后，实在控制不住：心里充满了想要登上主峰去写生的欲望，四天三夜，着魔似的一直走，一直画，要不是知道家里会惦念，恐怕还想多留几天哩！”

那年是1952年，时当八月盛夏，台湾最高山峦之间的色彩与光影变幻，恐怕是令艺术家无法抗拒的强烈诱惑吧。老师这次的玉山之行，累积了许多画稿，也累积了许多心得，可说是对他日后的创作有很重要的启发。

然而，对于年轻的师母来说，独自一人，带着两个年幼的女孩，怀中的婴儿才在襁褓，那种忧急和焦虑的等待，恐怕也是不能忘记的经验。

嫁进陈家门之后，师母一肩挑起了所有家事和教育子女的重担。老师平日回到家来，总是只有绘画一事盘踞在心，一拿起画笔就什么都不闻不问了。

然而心里还是知道的，只是从来不知如何启口。

“你们老师嘴巴不甜啊！”师母笑着说：“从新婚到现在，这么多年，人前人后，从来没对我说过一句甜蜜的话，我也习惯了。”

不过，突然想到了什么，师母的眼睛忽然亮起来。她说起最近继平接了父亲去美国住，九十二岁的老画家大概想念起在家中的妻子了，有天忽然打电话回来给师母，说日本的樱花盛开时极美，最好在明年春天趁花开的时候，去日本走一走。师母说她一个人不认路，没有人陪，不想出远门。老师在电话那端忙不迭地说：

“我带你去，我带你去。”

师母在向我重述的时候，不禁笑了起来，她说：

“这么多年了，这是你们老师第一次想到要带我出去看花啊！我知道他大概是想念我了。我的媳妇秀卿那时就在电话旁边，听见你们老师这样对我说话，后来她也告诉我：‘好感动啊！爸爸想妈妈了！’”

不管能不能成行，对于师母来说，老师能够把邀约的情意说出来，就已经令人欣慰了。

向师母告辞之后，走在安静的巷道里，眼前好像依然有那样一幅画面，两位结缡了五十多年的夫妻，互相依傍着走在盛开的樱花之下，白发和浅紫绯红的花簇互相映照，真实的人生，行到此处，自有一种从容愉悦的幸福。

选自九歌版《人间烟火》

有一首诗

彼黍离离，彼稷之苗。行迈靡靡，中心摇摇。知我者，谓我心忧。不知我者，谓我何求。悠悠苍天，此何人哉。

彼黍离离，彼稷之穗。行迈靡靡，中心如醉。知我者，谓我心忧。不知我者，谓我何求。悠悠苍天，此何人哉。

彼黍离离，彼稷之实。行迈靡靡，中心如噎。知我者，谓我心忧。不知我者，谓我何求。悠悠苍天，此何人哉。

《诗经·国风》

越过乡间的公路，再穿过一大片玉蜀黍田之后，在我们眼前，是一座长满了野草的两层土坡，顺着小径，有那脚步特别快的朋友先爬上了坡顶，马上回头向坡下的我们做出了阻拦的手势，同时大声地说：

“叶老师，您就别上来了，这上面什么也没有了啊！”

不过，叶老师并没有听从他的劝告，还是继续往前一步步地走了上去。小径上的野草很高，枝梗芜杂而枯黄，时时牵扯着行人的衣角。是九月下旬的东北大地，还算温暖，有阳光，然而空气里也有一层薄薄的灰蒙的尘霾。

到了坡顶，感觉上原来应该是个面积颇为宽广的平台，此刻却长着满满的庄稼，就在我们眼前拥挤着矗立着的玉蜀黍一直延伸到远处，是收成的季节了，带着紫棕色穗子的玉米粒粒金黄饱满，藏在脆裂的叶片里若隐若现，风吹过来的时候，高大的植株微微晃动摩擦，枝叶簌簌作响。

面对着这横梗在眼前的秋日的玉蜀黍田，叶老师默然无语，独自伫立了好一会儿之后，忽然回过头来对我说：

“这真的就是黍离之悲了。我现在的心情，和那首诗里说的怎么完全一样！”

那首诗收在《诗经》里，说的是周朝东迁之后，有人走过从前的宗庙宫室所在之地，却发现曾经华美庄严的建筑都已经完全消失，四野只长着满满的庄稼，不禁悲叹再三，徘徊不忍离去。

那首诗中抒写着的是接近三千年之前的一个周朝后人的心情，而此刻是公元 2002 年的 9 月 26 日，叶赫那拉部族的后人叶嘉莹教授千里迢迢终于寻到了原乡，站在承载着先祖昔日悲欢的东北城旧址之上，一切也几乎都消失了。放眼望去，秋日午后，四野只有无穷无尽的玉蜀黍田，远方的一条河流，天边的一轮红日，以及，心中的一首诗。

一首穿越过邈远的时空前来相会，却仿佛是此刻的自己才刚刚写成的诗。

●

世间的遇合有时非常奇妙。这么多年来，我都只是个远远仰慕着叶老师的读者，如今却能陪同她回到原乡，这一切都是起因于我的好友汪其楣教授最初的一番好意。

其楣是叶老师的学生，2002 年的 3 月，叶老师在台北讲学，其楣寄给她一篇自己刚发表的论文，里面谈到我的一些以蒙古高原为主题的散文与诗，就又催促我也寄本刚出版的散文集《金色的马鞍》给叶老师看看。

过了几天，接到施淑教授的电话，邀我到福华饭店与叶老师共进晚餐，使我喜出望外。

更想不到的是，那天晚上，叶老师对我说：

“我也是蒙古人。我们的部族是叶赫那拉。我的伯父曾经告诉过我，叶赫是一条河流的名字，但是我已经不能确定它的地点，也不知道如今这条河流是否还在。”

那天晚上，施淑、静惠和我，三个人围坐在叶老师的旁边，静静聆听她讲述先世的历史与传说，在灯光下，年近八十的叶老师容颜恬静开朗，可是，我们能够感觉得到她心中那种深沉的寻索的渴望，她说：

“我一直希望能找到那一条叶赫水。”

那一条河流仿佛是记忆的根源，如果河流还在，那么，旧日的城池或许应该也还在，而在天涯游子心中谨记了多少年的种种线索就终于能够有所依附了吧。

就在那个时候，我的心里好像有些什么忽然燃烧了起来，还等什么呢？叶老师，我们就去找一找看吧，好吗？

2002 年 3 月里的这个晚上，叶老师微笑着回答我：

“好的。如果你找到了叶赫水，我就和你一起回去。”

当时，我们都没能预料到，这个愿望竟然在半年之后就实现了。

那天晚上，回到家里我就赶快打电话给住在沈阳的蒙古朋友鲍尔吉·原野,他是我心仪已久的作家，读过他的许多作品，却还没见过面。在电话里他感觉到我的情绪，于是马上又去找到他的满族朋友关捷，在《沈阳日报》工作的关捷一口承担了这个寻访的任务。

之后的两三个月里，台北与沈阳之间便有了一条热线。关捷去请教了好几位专研清史的学者，也到地方上去打听，然后，美好的消息就传来了——叶赫水至今犹在，不但没有干涸，也没有改名，而且就发源在叶赫镇，再从整个城镇的中间穿过，这个叶赫镇如今属于吉林省梨树县，离长春市不远。

九月下旬，吉林大学的刘中树校长以及多位教授就在长春市迎接叶老师，她在日本教书的侄子叶言材教授也赶来了，还有关捷、鲍尔吉·原野和我，大家一起陪着叶老师走向她念念不忘的先祖原乡。

“叶赫那拉”在蒙文的字义里是“大太阳”，也可以引申为“伟大的部族”的意思。“那拉”在汉译中有时写成“纳兰”。

史书上说：“其先出自蒙古，姓土默特氏，灭纳喇部据其地，遂以地为姓；后迁叶赫河岸，因号叶赫。”

遥远的先祖从黑龙江先迁徙到呼兰河流域，再南迁到叶赫河畔的时候，已经是明宣德二年（公元 1427 年）了。在山川富饶的叶赫河畔，这个部族日渐壮大，子子孙孙，世袭相沿，过了190多年的安稳岁月。明朝时，因为与明贸易于镇北关，所以被称作北关叶赫。叶赫与爱新觉罗两族原先互相通婚友好，但是，最后终于在一场惨烈的战争中，被努尔哈赤的后金所灭。就在东北城下，负伤被缢杀之前，叶赫部最后的领袖金台什留下了那句誓言：

“我们叶赫氏就是剩下最后一个女子，也要灭了你们爱新觉罗!”

不知道是不是因为这个缘由，满清建国以后，叶赫部虽然在八大贵族之列，却始终与清廷处在一种微妙的距离里。满清选后，明令排除叶赫那拉的女子。

然而，誓言犹在朝廷的记忆里，民间的记忆却逐渐开始分歧。尽管在史书里叶赫源出蒙古的记录始终没有消失，但是四百多年来，叶赫那拉部族的后代子孙，无论是真正的遗忘还是蓄意的隐晦，有些人最远只追溯到先世是海西女真扈伦四部之一，从此就以满人自居了。

在叶嘉莹教授的家族里，记忆从未被湮灭，反倒是以一种反复叮嘱的方式传延了下来。虽然由于一次又一次战乱的阻隔，使得还乡的心愿延宕到如今才能实现，然而，毕竟是实现了。

此刻，叶赫水正从秋日亮黄沉绿的山林间奔涌而出，穿过叶赫那拉部族曾经生息于其上的大地，穿过那在几百年间曾经辉耀也曾经晦暗的时光，穿过那急速翻动如四野秋声一样簌簌作响的历史书页，终于，和缓地放慢了速度，潺潺地流进了千里寻来的游子心中。

毕竟是实现了啊！这寻索的心愿。

站在叶老师的身旁，我也随着她的视线往四周眺望，但是我深信，天地山川此刻都在向她召唤，叶老师所见到的，必然和我们这些旁人所能见到的是不一样的。

所以，当有人从坡顶向她高声呼喊：“叶老师，这上面什么也没有了啊!”的时候，我们之中，谁也没能想到，对于叶老师来说，在这座长满了荒草和玉蜀黍的土坡上，除了满满的几百年的兴衰之外，还有一首诗在等着她。

一首清晰而又贴切，恍如她自己提笔刚刚才写成的诗啊！

选自九歌版《人间烟火》

重返湾仔

/1/

弟弟和我有五年多没见面了。去年（2003）11 月，他的公司派他从纽约到香港来出差，而我刚好应邀去南京和南通的两所大学演讲，回程从上海起飞，也可以在香港停留几天，姊弟俩应该可以聚一聚。

于是，事情就这么定了。

在上海，我和弟弟再通了一次电话，长途电话里，弟弟说得很清楚：

“你搭机场的快车，到终点站就是中环，车站就在我们办公室的楼下，三点左右的时候，我会在附近等你。”

可是，我还是有些隐约的焦虑。

说也奇怪，虽然这半生几乎常去“闯荡江湖”，近十几年来更在蒙古高原上走了不少的路，与朋友约在布拉格或是大兴安岭见面都不会紧张，为什么独独对香港这个城市的空间有一份敬畏之感？总是不怎么放心？

这焦虑与不安，不知从何而来。难道是因为年幼时曾经在中环与姐姐走散了，一个人站在皇后戏院街边大哭，最后被带到警察局去等父亲来领回的那段记忆太强烈了，让我到今天还是余悸犹存？

好在，第二天，一切都如弟弟所说的那样清楚和简单。从上海飞到香港，先寄存了大部分的行李，只背个轻便的背包，从从容容的一个人，搭上洁净平稳的机场特快，下午三点，车到中环，当我走出车厢才刚在月台上站定的时候，不远处，就在栅栏之外，弟弟已经微笑着向我挥手了。

原来相约在香港见面可以是这样轻易和轻松的一件事啊！我不禁在心中暗自赞叹。然后，就在那一刻，我忽然意识到自己多年来对香港这个城市空间的敬畏与焦虑或许还另有原因，比迷途于中环的那段记忆还要更早一些，甚至更强烈一些——我曾经是那个牵着大人的衣裾在战乱的年代里来到香港的小女孩，在初初抵达之时，那些模糊又片段的暗影，到现在还压在她的心上。

/2/

1949 年的夏秋之际，我们这一家九口，两位外婆，父母和五个孩子，经过了漫长的旅程，从南京、上海、广州辗转来到香港，定居了五年。

家在湾仔，从皇后大道东拐进这一条狭窄的上坡路圣佛兰西丝街，左边就是秀华台的平台了。平台尽头，一幢新盖好的四层双拼式的公寓，我们住进左边的三楼，有一间比较大的客厅，三间卧室，从细长的走廊延伸过去，依序是浴室、一间小房间，最后就是还算宽敞的厨房了。刚搬进去的那一天，屋子里还留有刚粉刷好的气味以及薄薄的一层尘灰，什么家具都没有，是二姥姥用新扫帚把一间卧室地面上的浮灰先扫干净，铺上两层毯子，妈妈就把还在襁褓中的弟弟放在毛毯上，弟弟睡得很熟，阳光从窗户照进来，空中因而显出许多还在飞舞着的细尘，在暗红的瓷砖地面上，在空旷的房间里，幼小的弟弟好像显得更加幼小了。

那时候，我们的身份，应该都算是在战乱之中逃生的难民吧？但是，这五年居住在香港的时光，对我来说，还是甜蜜的幸福的童年。

屋前有块铺着水泥的空地，中间新种下去一棵凤凰木，树阴还很稀疏，幸好前面连接着另外一片更大的长方形的空地，属于左右两边各有两幢建筑的“东都大饭店”所有，是他们的中庭，也就是秀华台的平台。

平台上，四个狭长的花池一字排开，每个花池里都种着好几棵扶桑，浓密的绿叶间，不分四季地开着大朵的红花。这一块长方形的平台，由于阶梯的阻隔，汽车开不进来，就成了孩子们最安全的游乐场。

邻居的小孩都成为玩伴，开始的时候是我和妹妹同进同出，过了两年，弟弟也参加了进来。我们喜欢骑着三轮小车一遍又一遍绕着这四个花池兜圈子，要不然就是在凤凰木下和大家一齐玩那些捉迷藏啊、跳房子啊，好像永远也不会厌倦的游戏。每天日出而作，日入而息，勤勤勉勉地织造着自己的锦绣童年。

在右边靠山岩的墙边，还用围篱圈出一大块花圃，有个好脾气的园丁（我很快就学会了用广东话来称他为“花王”）在里面种了许多专供东都饭店摆设用的盆景和草花。围篱边还有好几株高大的木芙蓉，秋天来时会开出满树的花朵，早上纯白如雪，近午时分，花瓣就已经被晕染成浅粉，再逐渐转成樱般的绯红，到了傍晚，整朵芙蓉已经成为沉醉的酡颜，并且那红色还在逐渐加深逐渐变暗，园丁有时候看到天都快黑了，只剩下我一个人还在树下痴痴观望，就会笑着呵斥我：

“傻女，返屋企罗！明日再来睇。”

明日复明日，一秋再接一秋，童年的时光无限悠长，童年的天地无限辽阔，我们勤勉织造而成的锦绣始终折叠在记忆深处，光彩烂然，不离不变。

1954 年夏天搬迁到台湾，要隔了十年之后，我去欧洲读书的时候才第一次回来探视，那时童年的友伴还都住在原处。等到又隔了二十年，我再次回到香港，友朋都已星散，只有秀华台和旧居还在。

最近这十几年，我常去蒙古高原，回程如果在香港停留，总会抽出时间来张望一下。不过，像这样姊弟两人并肩站在香港街头回望我们的童年，却是 1954 年离开之后的第一次。

接近五十年的时光之后，第一次，我和弟弟在香港相会，一起重返湾仔。

/3/

从中环坐地铁到湾仔是段非常短的车程，当我们两人手牵手从修顿球场的出口走出来的时候，阳光正好，马路上熙熙攘攘的都是人群。左手边，球场上正在举行什么球赛，小小的场地上欢声震耳，这几乎就是我的从前，没有丝毫的改变。

弟弟说，其实，前几天他自己也来走过一回，只是他所拥有的线索比较模糊，沿着皇后大道东一路走来，始终没有找到秀华台，在附近绕了几圈就回旅馆了。

他说：

“我好像记得在街角有个凉茶店。”

童年的记忆终于在此叠合。

这时，我们刚好走到圣佛兰西丝街的街口，是的，就是这里，我指给弟弟看，那间曾经有着苦涩的凉茶和甘甜的陈皮梅的小店，门面还在原处，只是如今换成是卖家具的店了。

我们左转往坡上行去，斜坡陡峭依旧，可是，整个空间却显得出奇的狭小。在秀华台的平台前，我停了下来，转身对弟弟说：

“你看，就是这里了！台阶还在，花池也还在。”

尽管这眼前的空间如此狭隘如此破败，完全不能和记忆中的秀华台相比，尽管旧居和东都饭店都已经被拆除改建了，尽管这四个狭长的花池已经寸草不生，沦为被人堆置着建材与杂物的处所；可是，这中间隔了五十年的时光，在一座不断改换着面貌的小岛上，竟然还能留下一处旧日的街巷，留下四块浅浅地围着红砖边的长方形的轮廓，留下几级水泥的台阶，让我们能够前来与记忆中的童年时空相印证，应该也可以算是奇迹了吧？

天将暮，有行人走过，匆匆看了我们一眼。弟弟向我微笑，在斜阳里，他的发色已斑白。

/4/

在家中，我一直是那个极端外向的孩子，也常会被差遣出去买些小东西，夏天去买雪糕，冬天，在天气稍微有点阴冷的傍晚，晚餐前，父亲或是母亲就会征求外婆的意见：

“怎么样？今天晚上喝点酒吧？”

这时，我就自动上场了。拿了一张十元的纸币，飞也似的开了门，奔跑下楼，穿越过整个秀华台上的空地，从东都大饭店右边侧门的台阶走下圣佛兰西丝街，在斜坡下的一间士多买了酒之后，再沿着原路回去，但是步子就慢多了，因为双手中捧着一瓶不算太轻的酒。

我到现在还记得那种酒瓶，瓶身宽扁，上面接着一截窄而圆的瓶口，玻璃是透明的白，里面盛装着褐色的液体，是苏格兰的威士忌，十块港币一瓶。

这瓶酒对一个七八岁的孩子来说，是有些沉重，然而，当我小心翼翼地走完十几层台阶，再向右稍走个三五步，就到了平台上，隔着那四个开满了扶桑的花池，远远就望见了前方三楼上我们家亮着灯的窗户。如果不是外婆，就是妈妈或者爸爸靠在窗前，笑着向我挥手，抱着满满一瓶酒的我，也微笑了起来，心中很有成就感。

当然，也有失败的时刻。有一次，不知道为什么，整瓶酒忽然从我手中松脱，就坠落在台阶上碎成片片了，那玻璃碎裂的清脆声响，那瞬间满溢的酒香，那难以收拾的残局，那强烈的愧疚感，让我一路哭着往家里走回去。父亲早从窗前看见了我的哭脸，他在楼下门边迎着我，又交给了我一张十元的纸币，轻描淡写地说了几句：

“再去买一瓶就好了。我们来请人收拾。不哭，不是你的错。”

我果然就没有再哭了，转身又向坡下走去。等我再抱了一瓶酒走上台阶的时候，东都饭店的工友伯伯刚刚把酒瓶的碎片扫干净，只是那阶上的酒渍还在，酒香依旧扑鼻。

回到家里，一切都是温暖和光亮的，饭菜已经摆在桌上，父亲接过我手上的酒瓶，好像什么都没有发生过似的，开始给外婆斟酒了。

其实，大人们喝的也不算多，每人也不过三小杯而已。然而看着他们四个人彼此举杯，不时笑着说一两句劝酒的话，餐桌上就会慢慢漾开了一种愉悦和放松的感觉，恍如节庆。

要隔了许多年之后，我才明白，当年，就在家门之外，是一个何等波涛汹涌惊心动魄的世界，有多少人只是走错了一步，就可能从此万劫不复。而我的外婆和我的父母，他们在孩子面前，曾经是如何地力持镇定，如何地不动声色啊！

又要再隔了许多许多年之后，外婆、二姥姥、母亲和父亲都离开了人世，我才猛省，原来，这么长久以来，我竟然从来没有问过他们，从来没有问过一句，在那个流离伤乱的时代里，他们究竟是怎么熬过来的？

如今，每年清明，在四位老人家的墓前，我只能默默地各斟上一杯酒了。

墓园在台湾北海岸的山坡上，我们在园中种了香柏、含笑和红色的山茶。住在台湾的孩子，只有德姊与我，每年清明，在跪拜、叩首、祝祷等等的仪式都完成之后，我们会在园中的石凳上坐下，近看初春的山色，远眺海面的波光，在离去之前，再将供桌上的酒杯逐一举起，将杯中的酒恭恭敬敬地洒在墓前，那泼洒在地面上的酒所发出的香气，对我来说，是无比的亲切与熟悉，仿佛是从来没有离开过的记忆。

因为，清明的供品总是由我去准备的，那一瓶酒也是，每年，我买的都是同一个厂牌的苏格兰威士忌。

/5/

那天，在湾仔，我们走过了许多街巷。晚上，回到位于半山区的旅馆房间里，两个人都有点累了。弟弟开了一瓶红酒，我们各自拿了满满的一杯，坐在可以俯瞰香港夜景的窗前，默默地啜饮。

我们已经把房间里的灯都关了，把窗帘全部拉开，透过整片的大落地窗，窗外是难以计数更难以描摹的璀璨灯火，像是一幅无垠的壁画，也像是一座深不见底的舞台，我仿佛是台前的观众，坐在黑暗的角落里，默默搜寻着那曾经为我点亮过的一盏灯。

是的，每次回到香港，我总会觉得，童年的我，好像还生活在这个岛上，在那些熟悉又亲切的街巷里，在舞台的最深处，还有一盏为我点燃着的一直不曾熄灭的灯光。

选自九歌版《人间烟火》

七月十日

——2006年日记

国庆的庆祝活动是从七月十日开始，到十三日结束，今天是第一天。

我渴望能够看见在《蒙古秘史》中所记载的旗帜——九脚白旄纛，也称九斿白旗。

这象征和平的旗帜，在蒙文里的原音是“查干苏鲁德”。“查干”是“白色”，“苏鲁德”是“大纛”。书上说它是“金刚宝矛的下面装着圆盘，圆盘上钻出八十一个眼儿，每个眼儿里栽入白缨，用皮条联缀起来，外面再套进柄儿竖立起来，跟八个陪纛链在一起使其稳定。”（《成吉思汗祭奠》第222页）

这白缨，是以雄马的白色鬃毛束集而成。中间有一支主纛，旁边围绕着八支陪纛，和平的时候，是这九支旄旗作为国家的象征。

征战之时，则是由木华黎家族举起的“镇远黑纛”（又称四斿神矛）来指挥了。这是成吉思可汗的军旗，蒙文音“哈剌苏鲁德”。“哈剌”是“黑色”，是以九九八十一只枣骝公马的鬃毛束集而成的，黑纛的木柄是用笔直的柏木制成，有一支主纛，四支陪纛。这五支黑色的大纛，又有一义，称作是“灵魂的灵魂”，是军威的象征，也是天赐的神物，意思是说这镇远黑纛一出，天下所有生命的灵魂都将被它收服与降伏。

成吉思可汗的“哈剌苏鲁德”，如今还供奉在内蒙古鄂尔多斯伊金霍洛的成陵之中。

蒙古国供奉的“查干苏鲁德”，平日是在乌兰巴托政府办公大楼大门入口处，遇到国庆，则由马队请出，恭置于市中心的苏赫巴托广场之上，然后，再在举行“那达慕”时，移置在庆典会场的中央。

1991年，我和十六位台北的艺文界朋友，曾经应邀前去蒙古国参加那一年的国庆活动。好心的蒙古友人，帮我办了一张记者证，让我可以进入“那达慕”会场的里面，近距离拍摄各项选手们的活动。

我却对查干苏鲁德情有独钟。在蓝天白云的衬托之下，在风中微微扬起的九脚白旄纛实在美丽，接连拍了许多张，回到台湾之后还放大了好几张送给同乡。同年九月再去乌兰巴托之时，也分送给几位当地的朋友。

可是，底片不知给我放到什么地方去了。这一次，一定要再去试着拍摄一下。

十一点钟，其木格来到旅馆，带我和素英走路去到苏赫巴托广场。

天气晴和，广场上已经围起了警示的围栏，标出典礼场地的范围，由警察站岗，禁止一般民众进入。素英和我，把采访证件挂在胸前，其木格是我们的翻译，三人因此得以通过岗哨，终于进入会场，站在各国记者的行列之中，美梦成真，好不兴奋。不过，且慢，有状况了！我带了两个相机，一个小的数位，一个是用了许多年的单眼 Nikon。可是，典礼还没开始，我在拍场内那许多可爱的小马头琴手时，老相机就按不下去了。

恐怕是匆匆忙忙换底片的当下，又出了什么事。真是气人！大老远背着个这么重的东西来到蒙古，一卷底片刚拍完，就报废了。

这时，护送查干苏鲁德的马队已经慢慢走进来，只好拿起数位相机来拍吧，有什么办法呢！

数位相机的层次当然是比不上幻灯片，可是，它也有个好处，就是不用一直换底片，我因而得以捕捉到了马队的许多动作。

马队里主要的角色是那九个用右手举着九支白色旄旗进场的士兵，穿着古式的戎装，稳稳地骑着骏马成一直线前行，到了会场前方的中间，再一起将马头转过来，排成横列，手中的旗帜笔直，交给另外九个站到马前的兵士手上之后，他们才再下马。那动作真是好看，马匹也极为安静，动也不动。果真是马背上的民族，与马儿的沟通极为良好（不像我春天在波兰看见的马队游行，状况百出）。

会场中央，木制的台座早已摆好，九位士兵，现在是双手举着旗帜，跨着正步前行，在环绕了台座一圈之后，第一位举着主纛的队长，先登上台座，将旗帜插在中间的位置，他退下之后，其他八位士兵才再一起将八支陪纛插在外环，然后再退下。

蓝天白云之下，查干苏鲁德白色的毛斿在风中微微飘扬起来。

这时，另外有四个负责守护的士兵又跨着正步前来，在台座更外围的四个角落站定，右手握拳叉在腰间，左手握着佩刀的刀柄，同时一齐仰头，双目注视着旗帜，姿势就从此固定，再也不动了。（我自己忙着拍照，没替他们计时，不知道这一班要站多久？）

然后，马队离场，这时，场边的军乐队开始吹奏一首很缓慢很悠扬的曲子，其木格靠过来对我说，这是古老的军歌。乐队人员的穿着，和马队以及护旗的卫兵一样，都是古时候的戎装，不过设计的感觉很浓，主要的颜色是正红、稍深的灰蓝，还有金边，当然，还有头盔。

很有趣的一种时空交错。穿着古代戎装的兵士，与穿着现代制服的兵士和警察各司其职，都在等待典礼的开始。

典礼最重要的一刻，是成吉思可汗铜像的揭幕仪式。

在政府行政大楼与苏赫巴托广场之间（应该说是紧贴着行政大楼），新盖起一座窄而长的建筑，像有着许多柱子的高大走廊，高度与长度刚好遮住了原来的行政大楼，在这座建筑的中间，现在还蒙着蓝色布幔的，就是一尊巨大的成吉思可汗座像。走廊两端，各有一尊比较小的座像，在成吉思可汗右手那端是他的儿子窝阔台可汗，左手那端是他的孙子忽必烈可汗。在成吉思可汗座像前方，在两层平台之间，是宽阔的梯级直下广场。而梯级两方，各有一个长形的高台往前伸出，上面有两尊骑在马上的将军塑像，那两位将军的名字，我猜想一位是者勒篾，一位或许是孛斡儿出。

除了成吉思可汗的座像以外，旁边这四尊雕像都已完整的陈列在众人眼前，而众人却都在等待总统和总理以及贵宾的来临。

终于，典礼开始了，在致词、献花、奏乐种种仪式逐渐展开之际，不知道为什么，我的注意力却始终在那九支直直矗立的查干苏鲁德之上。每当有风吹过，那白色的旄缨也在风中扬起，像银丝一样的光芒在阳光下闪耀。

八百年了，从在斡难河源土地上矗起的那一刻，这查干苏鲁德就成为国旗的象征，一如赞歌中所称颂的：

由永恒的苍天所造化
成为大蒙古国的旗徽

这美丽而又独特的旗徽，曾经见证过辉煌灿烂的岁月，也曾经经历过被污蔑被埋藏的时光。八百年的沧桑都已过去，如今，它就矗立在广场中央，矗立在重新得回自由和独立的国土之上。在旗徽的后方，沿着宽广的阶梯，此刻，众所瞩目的焦点，就是在高处被蓝色丝缦所包裹着的可汗座像。

乐声起处，圣祖成吉思可汗铜像的揭幕仪式开始了。蓝色丝缦各从左右方被扯开，以极慢的动作，一寸一寸的从铜像上方往左右边降下，于是，我们先看见可汗的面容，然后是双肩，然后是双手放在两边的扶手上，最后静坐在宝座之上俯视着我们的可汗座像终于完整地显现出来，全场欢声雷动。

威严、肃穆而又带着一些些的慈和，这是坐在宝座上，拥有着三千万平方公里国土的大蒙古帝国可汗在后代子孙心中日夜揣想着的面容吧。在全场的欢呼声中，忽然，一阵疾风拂过，在圣祖座像目光俯视下的查干苏鲁德，那被日光照耀得丝丝发亮的九斿蓬松的白缨同时在风中飞掠而过，那姿态是我从来没能见过的美丽和昂扬。

晴空丽日之下，可汗座像的沉稳色调，与飞扬斿的查干苏鲁德的耀眼光芒，在我眼前，交织成一种庄严而又华美的氛围，我心中只觉得被强烈的孺慕之情所充满。面对着眼前这万众欢腾的典礼，我脑海在同时却浮现出另外一幅画面，极为安静、极为朴素，却充满着与此刻完全相同的感觉。

那是去年秋天，在内蒙古阿拉善盟，在那一片四万七千平方公里的巴丹吉林沙漠深处，一位牧民在他家中墙上所供奉的可汗画像。应该是台北故宫博物院所藏的那张的版本，但是印刷的效果比较粗糙。而在像前的供桌上，只摆着一个简陋已极的塑胶小水桶，让我暗自惊动的却是桶中满满插着的草叶与花。是牧民从沙地里采来的绿色沙柳和一朵又一朵圆绒绒的金黄色小花（他们叫做“七十颗纽扣”的小花朵），门窗外照射进地面的阳光反映到圣祖画像和黄色的花朵上，给二者添加了一层流动的柔光。如此简陋的材质，如此简单的供品，却不由得不令人肃然起敬，并且感觉到了那种极深却又极为沉默的孺慕之情。

请问，在这个世界里，有哪一位君王能像成吉思可汗一样，到今天还依然活在他每一个子民的心上?

是的，对于今天遍布在世界各个角落的一千万蒙古人来说，无论是飘泊在外的，或是世居故土的；无论是在拥挤的都市里工作，还是在空旷的草原上放牧，我们总是藏着一个神圣的名字在自己心中。

有人也许不停地诉说，有人也许终生保持沉默，但是八百年来，这个深深置放在我们心中的名字却从无变易，他如父如亲，如君王，也如神祇。

此刻，由蒙古国的艺术家所塑造出来的可汗座像终于呈现在众人的眼前，其木格过来邀我与大家一齐慢慢登上台阶，在更近的距离观看致敬。

典礼已经结束，所有在会场的人士都受到邀请往阶梯高处走去。可是我们其实并没能真正靠近可汗座像，因为在那里已经有脚程比我们快很多的同胞排起长长的一层又一层的队伍来了，每个人走到座像之前的时候，都双手合十，躬身以前额轻触铜像的基座，默祷片刻，才依依不舍地后退着离开。

队伍的阵列如此拥挤，就是因为每个人在亲近可汗座像时那短短片刻的忘我，也许只有两三秒钟，然而，对一个蒙古人来说，是多么珍贵的片刻啊！

那虔敬的队伍触动了我，反而不敢向前了。是的，能够迢迢千里来到这里，我已经享有太多的恩宠：心愿已足，不可再多有贪求，应该把位子让出来，让别的同胞能够更往前一步吧。

其木格这时也若有所感，在我耳边轻轻地劝说：

“席老师，我们下去吧。”

我们两人相对微笑，转身准备往台阶之下走去，却不禁被眼前出现的景象所震撼，竟然同时惊呼起来：

“啊！”

天哪！站在台阶高处，往下看去，才发现眼前的苏赫巴托广场已是一片人山人海。原来在广场周边拦起的警戒线已经撤下，所有的群众从四面八方聚集，正缓慢地朝向可汗座像走来，在阳光下，色彩缤纷，如一片铺展开来的锦绣织成的花毯。在花毯之间，高高矗起，飘扬在风中的，远处是今日蒙古国的国旗、乌兰巴托的市旗，而在近处，则是闪着金光，闪着银光的九斿白缨所组成的查干苏鲁德——从八百年前一直传延到此刻的大蒙古的旗徽。

在旗徽下的群众已经离我们很近，微仰的面孔上都带着笑容。我相信，整座广场上的群众也都有着同样的笑容，不急不赶，缓缓地随着大家往前移动，这就是“参与”的心情。

在这一刻，所有的蒙古子孙，都别无他求，只想和周围的人站在一起，缓缓前行，缓缓地感受终于实现了的这种在心中期待已久的“参与感”——是一种把整个人都缓缓包裹了起来的愉悦和温暖。

这一刻的愉悦和温暖，足够我们反刍一生。

从阶梯上往下走的时候，人群中有人叫我的名字，原来是父亲家乡的乡亲，十七年前（1989）第一次踏上蒙古高原时曾经见过的一位阿姨与她的先生。然后又有两三位内蒙古的蒙古人，可能是在电视的访问里看过我，也过来彼此问好；广场的那一边，正在忙着录影的赛纳和他的工作团队，是我们昨天就在历史博物馆里碰个正着的，这些还都是极少的一部分，环顾周遭，我想，应该还有许许多多从内蒙古、新疆、青海、布里雅特蒙古、喀尔玛克蒙克、图瓦、阿尔泰以及世界各地前来奔赴这一场盛会的蒙古人吧。

在晴空丽日的抚慰之下，在查干苏鲁德的召唤之下，在圣祖成吉思可汗的俯视之下，这一刻，我们每个人终于都如愿以偿了。

选自尔雅版《2006席慕蓉》

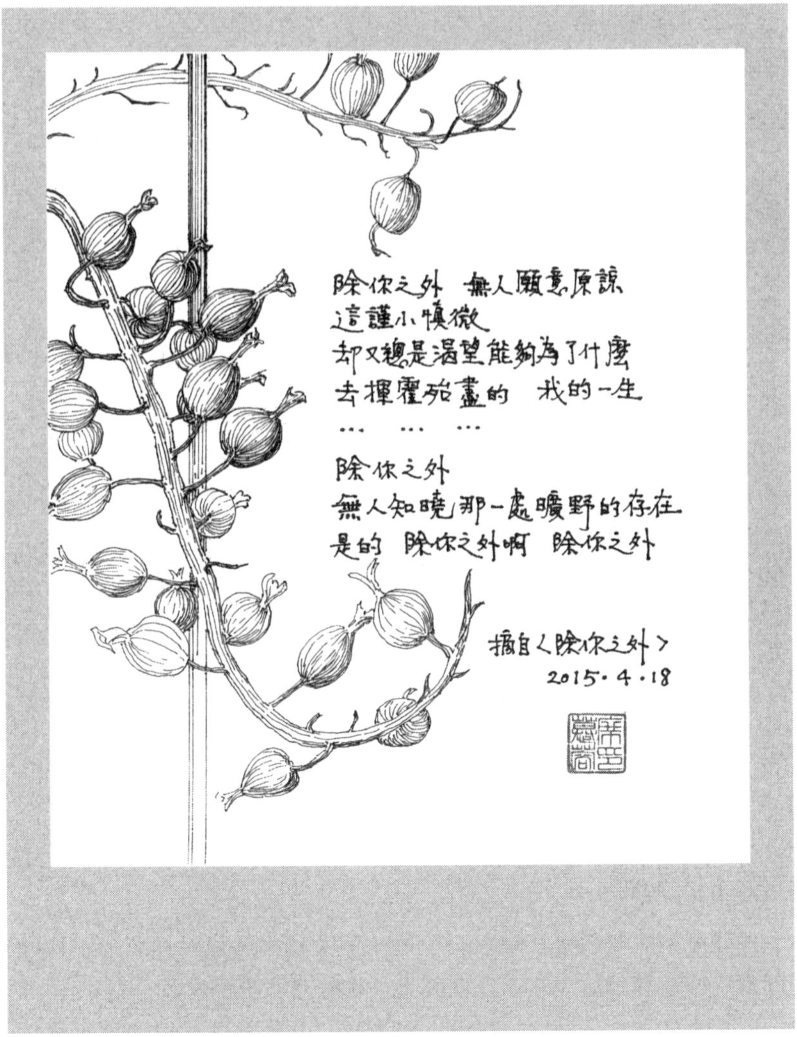
除你之外 無人願意原諒
這謹小慎微
卻又總是渴望能夠為了什麼
去揮霍殆盡的 我的一生
…… …… ……
除你之外
無人知曉那一處曠野的存在
是的 除你之外啊 除你之外
摘自〈除你之外〉
2015·4·18

七月十四日

——2006年日记

早上等候其木格的讯息，她已经找到车子与驾驶了，是我们原来希望的越野车。在蒙古国，一离开乌兰巴托，最好还是要有一部底盘较高，性能较好的越野车才能上路。

约好下午四点出发，我觉得有点晚，但是，事前的准备工作也确实要做好才行。

素英和我，去旅馆附近的老百货公司买干粮和途中要喝的水。这个百货公司好像是1924年建的，可真够老了。

记得1990年第一次来蒙古国，没带靴子，我的蒙古朋友阿玛赛亚就带我到这间百货公司来选购。我对店内宽阔的楼梯印象深刻，因为，我去到的那天，从一楼到三楼排队排得很长，都是些十几二十岁的小伙子，笑嘻嘻地紧贴着楼梯一边的扶手排着队伍。这么多人也不怎么吵闹，好像是电影开演之前排队的观众一样，也不争不抢。

我一面从他们让出的空间拾级而上，一面问阿玛赛亚这是怎么回事？她回答我说：

“公司新到了两百双皮手套，是男用的，所以这些孩子们排队等着购买呢。”

那时公司里的货样不算多，不过也还够我这个观光客买一双靴子，又买了一件黑紫羔羊皮所做的大衣，后来在蒙古好几个寒凉的晚上都是靠它们来渡过的。

如今的百货公司越开越多，与从前相比真是不可同日而语，货品大部分从中国和韩国进口，不过欧美与日本的东西也不少。

商品也不采配给制了，楼梯上看不见排队的队伍，当年那些笑嘻嘻的小伙子，如今该都已成家了吧？

下午四点，驾驶拉夏先生准时前来，车子状况也不错，素英、其木格和我，一车四人就往肯特省出发了。

方向应该是往东然后再往北。第一站是诗人那察克道尔济（1902—1934）的出生地 Gungaluut。这里原该是美丽的草原，可是，八十年代的时候，在这里成立了一个煤矿区，二十多年来开采而造成的土石，已经堆积成连绵的山丘。苏俄的工程人员进驻时，盖了许多粗糙的公寓楼房，成为一个没有什么特色的干涩的小城。

巴格诺尔（蒙语意为“小湖”）就是这个煤矿区的名字。

诗人坐姿的铜像竖立在区公所前的小广场中心，周围是杂乱的建筑。

多么悲伤的诗人！他所写的那首长诗《我的祖国》曾经激发了多少蒙古人对这块土地的热爱，对自己民族的自豪。而他也因为作品的巨大影响力被逮捕入狱，妻离女散，即使后来被释放了，精神也难以恢复，终于在一个晚上孤独地死在乌兰巴托的街头。

站在他的出生地上，站在铜像之前，我只希望诗人诗中所歌颂的祖国，千万别背离了他的期望才好。

重新上路出发，下一个目的地是呼和诺尔（蒙语意为“青湖”），是年轻的铁木真被自己本部的大呼里勒台会议，推举为可汗的地方。那年是 1189 年，管辖的是以三河之源为中心的蒙古乞颜部地区。在会议上，成吉思可汗“根据战争、生产和生活的需要，建立箭筒、饮膳、牧羊、帐幕车辆、家人丁口、佩刀、调度军马、放牧马群和远箭近箭九个重要机构”。（《蒙古民族通史》）

在路上停车，拉夏先生指给我看远远绕着一处山崖流过的克鲁伦河，他说蒙古历史上有名的五大河流是土拉、鄂嫩（古称斡难），克鲁伦、鄂尔浑以及色楞格河，问我见过其中几条河流。

土拉河在乌兰巴托就可见到，鄂尔浑河在 1990 年去哈剌和林故都的路上见过了，克鲁伦河在内蒙古呼伦贝尔西边就已经可以看见，鄂嫩河是我们这次行程的主要目标，马上就能见到，那么，对我来说，探访色楞格河将会是下次前来蒙古时的计划之一了。

我们先去克鲁伦河边走一走，阳光很强，河水闪着明锐的细碎波光。在河岸上，已经有了两三部车，是城市里的家庭带着孩子到河边来享受野趣，这是夏季，最舒服的季节，没有人能够逃避乡野的诱惑。

在路边的一个小饭店里，吃到新鲜又美味无比的牛肉汤面。是大概只有十五六岁的两个小姊妹做的，从生火、和面到拿上桌来，好像也没有多久，可是用的真是烧柴的大灶，现擀现切的面条。除了这一碗汤面之外，再加上一碟羊肉馅饼，蒙古话称做“Hosho”。这一顿吃下来，每个人都觉得好有滋味，上车的时候神清气爽，觉得可以有力气走到天涯海角。

不过，接下来就没这么如意了。

出发本来已经太迟，拉夏先生开得也不快，常常时速都只有五十公里。我们沿路又想拍照，看到羊群，看到美丽的草原就会央求停车，下来和骑在马上的牧羊人攀谈，这样耽搁了几次之后，天色就逐渐不那么明亮了。

拉夏先生和其木格，原来和我们一样，都是第一次来肯特省，所以，大家都必须帮忙看路标。

终于见到路边有小小标示“呼和诺尔三十五公里”之时，我们都欢呼起来，赶紧随着路牌指示的方向左转离开公路。

当车子走下公路之时，日已近暮，左前方的山影变得很暗。我们跟着一条草原上的小路走进有松树的区域，走着走着，林子越来越密，当看到一块长方形白色的小路牌子写着“呼和诺尔二十八公里”的时候，才发现车子已经顺着林间小径上了山了。这时，天色已经全黑，山中都是松林，开了车灯，只觉得在灯光的范围里，小路无限曲折，两旁全是直直矗立无穷无尽的斑驳树干。素英在前座已经睡着了，其木格和我坐在后座，透过身边的窗户往两侧望过去，虽是暗黑一片，可是又觉得在这黑暗里仍能隐隐感觉到树影幢幢，在逼视着我们，也在逼近着我们……

其木格小声问我：

“慕蓉老师，你不害怕吗？”

我很诚实地回答她，如果是在别的国家遇到这样的情况，我会害怕，我本来就是个胆小的人。可是，每次来到蒙古高原，知道自己是置身在祖先的土地上，再黑的夜晚，我都还能安心面对。

其木格听到我这句话时，好半天没有回答。然后，她问我：

“你在台湾有受到歧视吗？”

什么意思？

她再补充一句：

“你在台湾，有因为是蒙古人而受到歧视吗？”

哦！原来如此。

我正要解释给她听的时候，右前方出现了“呼和诺尔十八公里”的小路牌，好消息！应该不远了。

不过，森林却是越来越密，我想，如果白天过来，应该是极为美丽的地方吧。

回过头来重拾刚才的话题，我对其木格解释，在成长的过程里，在台湾，我以“席慕蓉”这个个人的身分，并没有受到丝毫歧视。（初中时数理不好被老师骂，那是活该，不算是歧视）。但是，当我和对方都隐入各自所属的族源群体之时，蒙古族群在汉文化所形成的族群之前，确是受到歧视。（譬如在初中地理课那次强烈的感受）

但是，这么多年生活下来，我倒比较没有从“被歧视”这样的观点来看待，我一直觉得，我们这个族群是“被误解”的成分要来得更多一些。

可是，年轻的其木格，一直生活在蒙古国的其木格，为什么会突然问出这样的问题？现在，反倒是我很想要弄明白了。

在暗黑的森林里，其木格慢慢向我说出她的遭遇。原来，在来台湾求学的过程中，在课堂上遇到过许多莫名其妙的说法与待遇，其中的荒谬、蛮横、无理与无知，让她难以承受。

其木格说，她因此有了很深的感慨，从自身的遭遇，想到一直生活在台湾的这些蒙古人，所受的委屈，会不会比她的更多？

两人在后座用中文小声地交谈，车外的林木始终深暗浓密，拉夏先生忽然回过头来说：

“刚才的路牌说的是十八公里，可是从那里开始，我已经走了三十八公里了。”

（当然，拉夏先生说的是蒙文，必须其木格帮我翻译才行。）

我们一齐往前方张望，似乎不可能有人烟，甚至一丁点儿的灯光。于是我说还是往回走吧，回到公路上，找一间旅馆投宿，等明天白天的时候再回来寻找比较安全。

回头走时，半路上出现了一处旅游营地，有十几顶蒙古包，我们车子靠近营区栏杆，一是为问路，二是如果有空房，就不必回去公路上，在这里过夜也行。

那时已经是晚上十一点多了。被车灯惊醒的管理人员，从毡房里出来，告诉我们今夜已经客满。（的确，栅栏外停了不少部车），他们指点一条路可以另寻他处。

拉夏先生不太放心，走了一会儿之后，看见前面有一顶毡房，于是又准备再去问路。

已经接近午夜，这座蒙古包灯火全熄，应该是早已入睡了。可是，拉夏先生把车子几乎紧贴着毡房的外缘停住，马达不熄，打开右侧车窗轻声问了两次：

“狗绑好了没有？狗绑好了没有？”

原来，这是草原上的习惯，来客总是远远招呼着主人。因为守家的狗非常凶，必须先把它绑好，来客才敢下马，靠近。

这传统的招呼没有奏效，房内一无动静。

等了一会儿，还是不行。干脆用现代方式，轻按几声喇叭。马上，从毡房底下的空隙，看见有了暗暗的灯光，有人影晃动，然后门开了，出来的男人还在扣着衣扣，蒙古袍子是刚穿上身的，动作有点慢，是那种刚从床上被叫醒的恍惚，却也不生气。

真的！这位先生一点也不生气，很仔细地给我们轻声指了路，等我们连连道谢，把车子开走了之后，我回头张望，看见他又转身进去睡觉了。(有个扣子好像始终没扣起来)

祝他有个好梦。

我们重新往山上走，走了很久，依然是无止无尽的松林，很暗很黑，而在林梢之上，是银白的云层堆叠在宝蓝色的夜空中。

忽然看见一块小路牌在路边，可是方向却是背对着我们，把车子驶过去，再回头转过来用灯光一照：

“呼和诺尔十八公里”！

我们又回到原地了。

快两点了吧。拉夏先生应该很累了。我提议停车，就在车上睡一夜好了。其木格说，其实不必“一夜”，因为四点多钟天就应该亮了。

拉夏先生想把车子驶开小路，到远处一块较宽的草地去停车休息。我觉得不妥，应该停得靠近路边，这样万一路上有车过来，我们还来得及打灯号让他们暂停。

最后听了我的建议，就在路边的草地上停车熄火，四个人坐在车里，竟然也能入睡。

是睡着了，因为听见马达声的时候，我们几乎是惊跳起来的。

想不到，在半夜两点多钟的时候会有一部卡车驶进山中，看见我们打的灯号，车子也停了下来。

好极了，是要给呼和诺尔的旅馆送货的，我们赶快跟在后面。也不知是其木格还是素英说的，到了旅馆找到床，谁都不要叫她，她要睡饱了才起床。

这个愿望并不容易达到。因为，走了一阵子，前面的货车又抛锚了，看样子一时并不可能修好。于是，向他们打听了方向之后，我们这辆车再单独向前出发。

也许是我和其木格又开始继续交谈，也许是前座的素英又睡着了，所以我们都没注意拉夏先生到底又开了多久，行行重行行，这山路似乎无止无尽……

不过，总有惊醒的时刻，好像四个人都在同时起了疑心："这山路到底有完没完?"

就在此时，前方出现了一块竖立着的小路牌，我们都坐直了，车子急急驶上前去。车灯终于照清楚了上面写的蒙文，四个人一起惊叫。我发誓，我已经学会了这上面所有的字，因为，这路牌已经出现过三次了：

"呼和诺尔十八公里"。

我们再一次回到原地。

快睡吧，快睡吧，我说，什么都别想了，赶快去找个地方停车睡觉。

拉夏先生让车子滑离山路，在几棵松树之前停下了车，熄火，互道晚安。

车窗外好像露水都已经快浮在草面上了，有一种近似霜白的颜色铺在上面，四周无边寂静，偶尔有一两声轻声的鸟鸣，短又快速，然后复归沉默。快接近黎明了吧？其实，睡不睡也无所谓。

还是睡着了，而且极沉。

朝霞照醒了我。原来，拉夏先生昨夜（不！应该说是刚才）特意选择了一处面向东方的坡上停的车，所以，我睁开眼睛之前，已经感觉到了一种光照，然而，却没想到是如此鲜活如此旺盛的霞光。太阳其实还没升起，可是那样热烈的大片的红霞已经布满在天边，如果不是车子前面还有几棵直立的松树那安静的黑色剪影，让我有了一些空间概念的话，我恐怕真是不知此身究竟是在何方了。

选自尔雅版《2006 席慕蓉》

十月二十三日

——2006年日记

去上蒙文课。

学会了写自己的名字。

在灯下，才刚写了上面这两行，忽觉悚然。这样简短的两行字，这样简单的事实，如果是发生在六岁那年，是极为欢喜的大事，也值得父母大书特书，把这一天定为孩子启蒙的纪念日。

可是，如果是发生在孩子已经六十多岁的这一年，父母都已逝去，她一个人在灯下，在日记本里郑重地写下这两行字的时候，还值得庆贺吗？

或许，还是值得庆贺的吧。

在南国的灯下，在不断滴落的热泪里，我一个人静静地自问自答。

或许，还是值得庆贺的吧。

选自尔雅版《2006席慕蓉》

关于挥霍

——写给锦媛

锦媛：

功课忙吗？我可以想像你在书桌前聚精会神的样子，还有周围那满满的书。

与你相比，我的阅读好像是太随兴了吧。有时候，会去买一本书只是因为书里的一句话。

前两天，在商务印书馆看到梁宗岱的《诗与真》，原来只打算稍微翻翻就放下来的，可是，忽然看到一个句子，就是但丁《神曲》里的第一句。

平常我所读到的这句，不外是："当我行走在人生的中途"、"当人生之中路"，或者是"当我三十五岁那年"这样的译文。

然而，梁宗岱译出的却是：

"方吾生之中途"……

这么端丽的句子，是对人心的一种碰撞。

能够译出这么美好的感觉的人，写的书应该也很可看，于是，我就买了这本书，并且在回淡水的捷运上，迫不及待地读了起来。

果然，虽说是远在民国十七年到二十五年这几年写成的文章，可是，一翻开来，有许多段落就好像是此时此刻专门在为我解说的一样，使我不得不一页页地细读下去。

在说到为什么钟嵘竟然只把陶渊明列为"中品"时，梁宗岱是这样解释的：

"……我以为大部分是由于陶诗的浅易和朴素的外表。因为我们很容易把浅易与简陋，朴素与窘乏混为一谈，而忘记了有一种浅易是从极端的致密，有一种朴素是从过量的丰富与浓郁来的，‘仿佛一个富翁的浪费的朴素’，梵乐希论陶渊明的诗是这样说的……”

锦媛，忽然之间，我就想到了你一再向我解释的“挥霍”，还有米兰·昆德拉所引用的捷克诗人杨·斯卡瑟的那段诗句：

诗人并不发明诗
诗在那后面的某个地方
许久许久以来它就在那里
诗人只是发现它

不知道为什么，忽然觉得心里有些地方亮了起来，而这个时候，我乘坐的这一列车也刚从关渡站后暗黑的隧道里右弯出来，眼前就是淡水河的出海口，对岸的观音山用很浓很重的大块的墨绿，把宽阔的河面反衬得明亮极了。

置身在这个物我仿佛都通体透亮的时刻：心里充满了难以言说的愉悦和感动，好像隐隐知觉了那个巨大的存在，可是，要向谁去道谢呢？

锦媛，这是多么幸福的时刻！心中所受到的碰撞不只一处，也不止一个方向；忽然间好像领会了许多东西，可是，在同时，又很明白这些领会是穷我一生也不可能把它们召唤出来，更不可能去一一解释清楚的。

锦媛，人生会不会有这样的刹那？忽然感知到了自己周遭如此巨大的存在，在无垠的时空之中，我的生命，只是那如沙如尘极为细小卑微的一点，而周遭的深邃、浩瀚与华美，对我来说，却都属必要，也都属浪费。

关于“挥霍”，你给我的一封信中引用了巴岱仪（G. Bataille，1897～1962）的一段话，我的了解是如此：

“有机体的存活，受地球表面的能量运作所决定。通常，一个有机体接受的能量都超过维持生命所需。这种过剩的能量如果无法转而供给另外的有机体成长，或者，也不能在一己的成长中被完全吸收，它就必然会流失，丝毫也不能累积。不论愿不愿意，它都必须或似辉煌或如灾难般地被挥霍殆尽。”

不论愿不愿意，每个生命，都必须激烈地以或悲或喜的方式，来释放自身那丰沛的过剩的能量。锦媛，这就是我所能了解的“挥霍”吗？

生命本身，是宇宙最深沉的秘密，是奢侈的极致！

有一年夏天，睡在花莲瑞穗的山中，夜晚仰望星空，发现星群聚集得又多又密，竟然有了像浮雕一般的厚度，又像是我们在湿润的沙滩上用力拨弄出来的大大小小深深浅浅的漩涡，那漩涡之中，星群的密集度，比梵谷所画的星空不知道要超过几千万倍！

从来没有见过那样的星空，在震惊的当下，我的心中也仿佛接受了一种难以言说的碰撞，觉得悲伤，却又感受到深沉的抚慰。

一如诗人所言：

“许久许久以来它就在那里。”

是的，它其实一直都在。那一刻，我只能说，好像是帘幕忽然被拉开一角，我才知道，环绕着我的竟然是如此幽深宽广的舞台。

海北的兄长，刘西北教授，也是位物理学家，二十多年前，他曾经对我说及一段他在实验室里所受到的触动。

那是更早以前，用电脑做计算越来越得心应手之时，有一次，他把原来是以字母来作区别的范围，都换成用不同的颜色来代替（譬如以深绿代替惯用的 A，以浅蓝代替 B 等等）。那天深夜，走进实验室打开电脑，忽然看见用颜色来作区隔的验算结果，竟然呈现出如蝶翅又如万花筒般的画面，繁复、炫丽、对称却又变化多端，那震撼让他久久不能平复。

我追问他做的是什么实验？他起先笑而不答，待我再问，他的说法却让我至今难忘。

首先，他声明，如果用正确的方式来向我解释，我是绝对不可能了解的。所以，他只能以错误的方式向我稍做形容，也许，我反而还可以试着去想像一下那实验的面貌。

然后，他说，我们每个人在轻轻一挥手、一回身之际，周围的空气里会有许多相对应的细小的力量，以无限繁复的方式延展或呼应着我们的动作；当我们行走之时，身前身后，有许多细微的、眼不能见的波动和变化也如影随形，宛如彩翼，宛如织锦的披风。

锦媛，这就是在物理学上可以演算可以证明的巨大的“挥霍”吗？

生命的面貌，远比我们所能见到的更为精细、繁复与华美。

锦媛，如果我在十字路口与你不期而遇，我们互相挥手的那一刹那，就会有隐形的蝶翅在空气中缓缓舒展，整个世界，为你的一颦一笑、一举手一投足，不断地变化着奢华无比的画面。

想像着这一幅画面，这原本是无比真实的存在，却由于我们自身的眼不能见、手不能触、耳不能听和心灵的无所感知而被忽略甚至被否定了的世界。锦媛，我因此而明白了，这世间的一切“隔阂”想必也是如此。

对“真”是如此，对“美”是如此，对“诗”更是如此。

所有的诗人在“发现”诗的过程里，都必须透过一己的生命，将现实中的触动重新转化。而由于生命的厚度不同，感知的层面与方向不同，(甚至包括那不甚自知的暗藏的信仰的不同)，呈现出来的，就会有千种不同的面貌，读者去阅读与品评之时，又会由于自身的差异而生发出更多的变貌来。

“南山”恒在，“菊”在秋天也总会绽放，但是，当诗人写出“采菊东篱下，悠然见南山”之后，便成为千古传诵的文字。

一首诗之所以会包容了这么多生命现象，被这么多的心灵所接受，也许不全是因为文字本身，而是在所有意涵之间的可见和不可见的牵连。心与心之间的触动，不也是会生发出一种难以言说的忧伤和喜悦？宛如透明的蝶翅，宛如隐形的织锦的披风。

所以，我们其实无权判定，何者是“纪实”，何者是“梦幻”。相对于宇宙的深邃与浩瀚，我们甚至也难以判断，何者为“广大”，何者为“狭小”了。

如果有人感知了你所不能感知的世界，因而亲近了你所不能亲近的“美”之时，请别先忙着把他的诗作归类为“梦幻”，因为，有可能，他的每一字每一句都是“纪实”。

当然，我们也无法断定，那些激昂慷慨，所谓掷地有声的诗篇；那些在诗中以豪侠和烈士自许，期盼着自己的诗笔能如刀如剑的诗人们，在此刻是否更近于“梦幻”？

这渺小的一生，在巨大无比的时空里，简直难以定义。

齐邦媛教授说：“对于我最有吸引力的是时间和文字。时间深邃难测，用有限的文字去描绘时间真貌，简直是悲壮之举。”

可是，每当新的触动来临，我们还是会放下一切，不听任何劝告，只想用自身全部的热情再去写成一首诗。

所谓的“挥霍”，是否就是这样呢？

回答我，锦媛。

慕蓉 2004·5·23

选自圆神版《宁静的巨大》

对照集

/之一/

年初二，是回娘家的日子。

应该是三年前吧？也是个年初二、我开车到淡水市区买些青菜，从顶好超市出来之后，有位满面笑容身材健硕的妇人向我打招呼，问我：

“怎么没回娘家？”

我并不认识她，可是我马上想起来她应该就是在这条街边摆摊的妇人，卖的是些在自家田里种的青菜瓜果，我们曾经有过几次照面。而这天是大年初二，心情愉快的她愿意向我打声招呼，不过只是把我当作邻居，向我释出她的善意而已。

我却整个人都呆住了。

我为她那样诚恳又自然的语气而呆住了，不知道微笑地向她搪塞了些什么，大概总不外是“新年快乐”或“恭喜恭喜”之类的吧，然后就匆匆进了停在路边的车子，匆匆开离，等到离开她的视野之后，一个人坐在驾驶座上，眼泪才开始不停地流下来。

我没有办法正面回答她。

因为，对她来说是天经地义再自然不过的世界，我却已经不能再置身于其中——

我已经没有娘家可回了。

可是，这是我早已明了的事实，应该不至于为此而突然落泪吧？

我只好揣想，是一种“对照”刺激了我。

多么羡慕她语气中的那种“理所当然”，在此时此刻，她认为每一个和她一样的妇人，都应该要回娘家去，这是规矩，也是权利，没有什么好怀疑的。

是她那正享有着的理所当然的幸福，让我羡慕，而在那瞬间，忽然省察到自己的羡慕，才是真正使我落泪的原因了。

这样的对照，会使人在猛然间不知所措。

就像曾经在报纸副刊上看到一位女作家在作品里所说的那句话，仿佛是一把匕首直直插入心中，她说：

“我不是那种插枝就可以存活的人。”

一句多么理直气壮的言语啊！

一句话，就可以概括我的一生，原来，我就是一株被插枝然后惶惶然存活了下来的人。

这样就可以解释，为什么无论做什么事情，我都要时刻检视以确定自己的行为没有什么差错才能心安，也许，这就是真正的原因了。

/之二/

曾经拍摄“骆驼骆驼不要哭”的蒙古国导演琵亚芭苏伦戴娃，又拍了一部新片“小黄狗的窝”。

在家里安安静静地看了两次，真的很喜欢。

这位年轻女导演的成功之处，就是她能够带领整个工作团队进入一个蒙古家庭而不惊扰他们，我们这些观众因此得以在最近最清楚的距离观看、聆听、会心与感动。

整部影片像是一篇节奏舒缓的散文诗。

让我落泪的是那一幕：在从夏营地转场到秋营地之时，两座毡房都已拆净，和所有的家当一起装上牛车，整队待发。从高处俯视，青绿的草原上只留下两块土色的圆形的印子，那就是这整个小家庭在其上生活过一个夏季的痕迹。然而，在出发之前，这对夫妇又重新走进已无一物的这片圆形印痕的中心，恭恭敬敬地再祭洒一次大地，当他们说出“美丽的杭盖草原，感谢你的收留”之时，我的眼泪就流下来了。

那应该也是猛然间的对照，让我观照到文化深处我所不曾触及的绝美的质素，因而悄然落泪了吧。

琵亚芭苏伦戴娃虽然年轻，却有整个蒙古高原做她的后盾，让她可以从容发挥，这是多么令人羡慕的幸福。

/之三/

对大部分的人来说，拥有一个故乡，是天经地义再自然不过的事。

可是，对有些人而言，故乡并不易得。

故乡并不易得。因为，她虽是一处空间，却更需要时间来经营。

首先，她必须是你祖先生活于其上的土地。然后，你必须在那里出生，在那里长大。当然，有一天你可能会离开了她，也许是九岁，也许是十九岁，或者是二十九岁，不过，这都没有什么关系了，因为，你已符合了所有的条件，取得资格，可以终生拥有这个故乡了。

但是，在我所属的这一代里，多的是如我一般的，所谓“此生已经来不及给自己准备一个故乡”的人，插枝之后，要如何存活呢？

虽然，往好的方面说，我们因此而拥有了许多处的“家乡”，对每一块曾经收留过我们的土地都心存感激。但是，在成长的过程里，那始终盘踞在灵魂深处的惶惶然，却是无所不在的啊！

/之四/

齐邦媛老师对我说过：

“故乡可以是一片土地，但更应该是那一群人，那些在你年少时爱过你，对你有所期许的人。”

她说：

“锦衣，是穿给这些人看的，是你要向他们说，你不曾辜负这些期许。锦衣不是炫耀，而是真诚的展示。还乡，是为了重新面对他们，向他们证明，你已经努力去达成他们为你所设定的目标，实现了他们在你年少时就为你绘出的美梦。”

如此说来，故乡就不一定依存于空间，而是一段长长的时间了。

齐老师说：她在几十年前教过的学生，多年后千里寻访而来，为的就是要在老师面前又谦卑又骄傲地展示那一袭锦衣，这其实也是一种还乡，在精神上，齐老师就是他们青春时期的原乡。

这几十年时间所构筑而成的讯息上的空白，在此刻，却恰恰是一种富足。

多年之后，如果你发现还能拥有在你年少时爱过你、对你有所期许的那一群人，或者甚至是——那一个人的微笑与赞许，你就是被上天赐福的，能够拥有一处“青春原乡”的幸福者了。

/之五/

在电视的公益广告上，看到撒可努要原住民活出自信，大声呼唤出自己的名字，我不禁想到了内蒙古的作家鲍尔吉·原野那篇著名的散文《寻找鲍尔吉》。内文主要是叙述他以全名向银行兑现一张稿费的支票时所遇到的麻烦，其中有这样一段：

> 她笑了，向同事问：“你听说有姓鲍尔吉的吗？”她那同事轻蔑地摇摇头。她又问栅栏外排队的人：“你们听说有姓鲍尔吉的吗？”她那用化妆品抹得很好看的脸上，已经露出戳穿骗局后的喜悦。
>
> 我有些被激怒了，但念她无知，忍住。子曰：“人不知而不愠。”我告诉她：“我是蒙古人，就姓这个姓。”
>
> 她的同事告诫我：“就算你姓复姓，顶多姓到欧阳和诸葛这种程度，鲍尔吉？哼。”
>
> ……

撒可努和鲍尔吉·原野，他们两人完全符合要“拥有”一个故乡的条件，而且，据我所知，他们也没有因为什么突发的原因离开过这个故乡。同时，在这块土地上，他们的祖先居住的时间绝对比周围任何人的祖先要更为长久。

可是，即使是不离不弃不奔不逃，他们也没有多少退路了。时间并没有站在原住民这一边，那曾经被一代又一代的族人所深深爱恋过的美丽故乡，如今，正以飞快的速度在他们眼前在他们脚下消失。

在故乡的大地上失去故乡，这句话实在是不通顺到极点，可是，我好像也找不到别的句子来代替。

请问，朋友，你能帮我找找看吗？

选自圆神版《宁静的巨大》

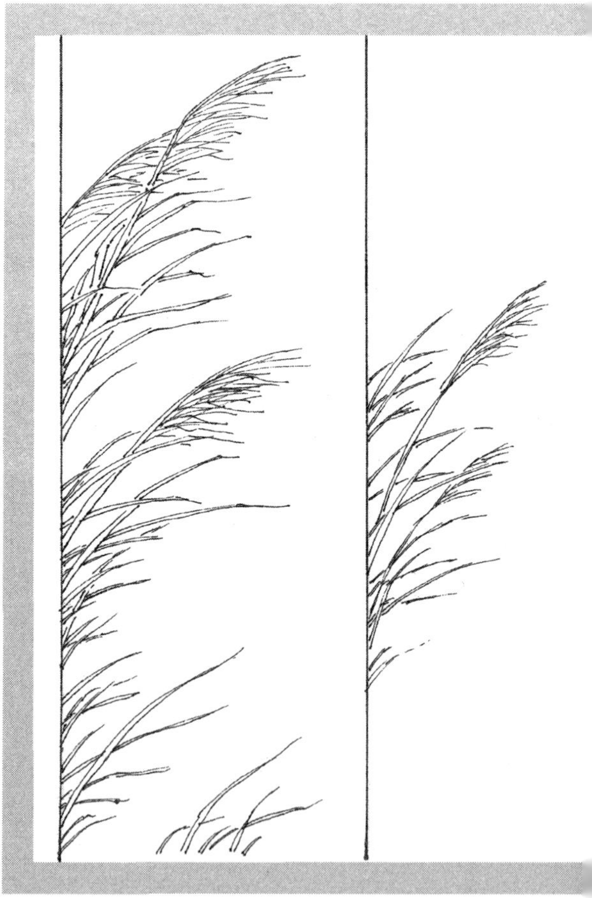

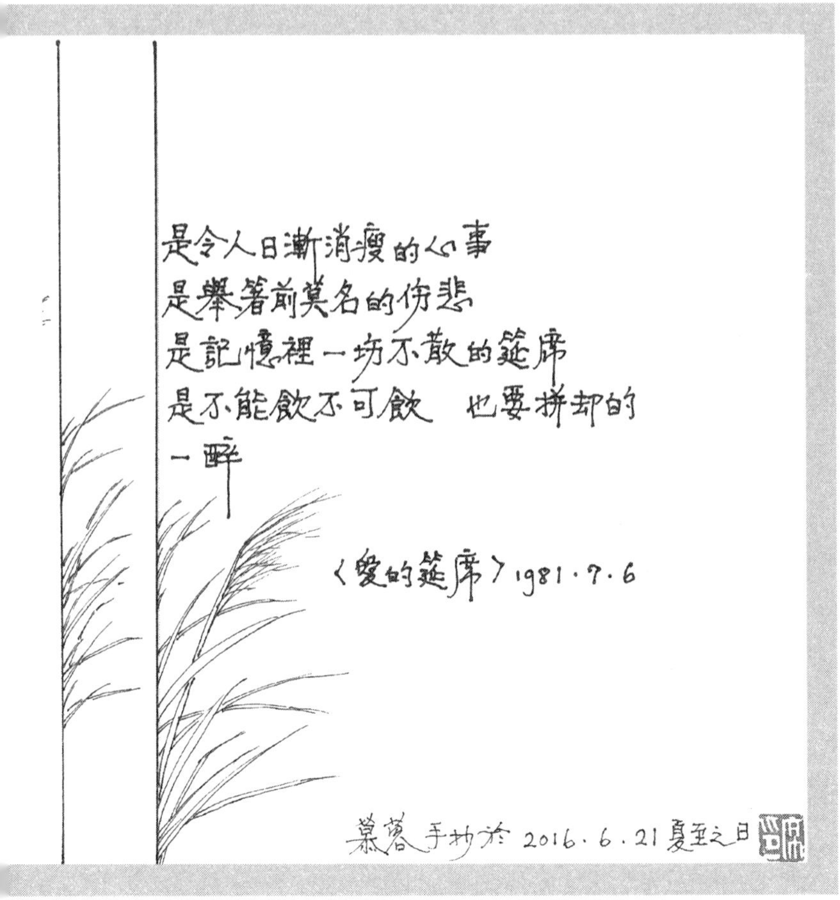
是令人日漸消瘦的心事
是舉箸前莫名的傷悲
是記憶裡一場不散的筵席
是不能飲不可飲 也要拼却的
一醉
〈愛的筵席〉1981.7.6
慕蓉手抄於2016.6.21夏至之日

走　　马

《史记·匈奴列传》中有这样一段记载，说是当汉朝初定中国之时，汉高帝曾经因为轻敌冒进，被冒顿单于的四十万骑精兵围困于白登，整整七天。

书上是这样形容匈奴的四十万大军：

“匈奴骑，其西方尽白马，东方尽青駹马，北方尽乌骊马，南方尽骍马。”

年轻的时候，这段文字只是一掠而过，并没有进到我的心里面去，也不能察觉，它和自己的生命有些什么实质的关联。

事情是慢慢开始转变的。

可以说是从1989年的夏天之后，初识原乡的土地，才逐渐发现游牧文化的源远流长。在蒙古高原上，眼前的天光云影映照着书中的历史陈迹，才知道千年不过是一瞬，这一切的一切其实代代紧密相传，一直到今天，还能从生活中见到许多几乎没有什么改变的证据。

无论是匈奴还是蒙古，最早的根源都来自亚洲北方阿尔泰语系文化的先民，在深受萨满教影响的这个文化领域里，几千年来，累积了许多极为美丽神秘的史实或者传说。

英雄与马，常常都是并列为其中的主角。

好友尼玛研究萨满教对游牧文化的影响已有多年，他说，萨满教信仰的中心是“和谐”。信众打从心底敬畏敬重宇宙间万物的运行和调节，长年生活在蒙古高原上的游牧民族，从大自然生生不息的现象中领会，唯有和谐才能臻此神功，因此，在许多行动中常会强调这一种“和谐”，以期能得到宇宙的祝福。

譬如白登之围里，匈奴的四十万大军就是以符合着方位的和谐颜色来整编马队，相信如此阵容必定可以增强战斗力。

这是绝对合理的。

从心理学上来说，无论是建立起战士的自信还是要使敌人丧胆，都没有比从西方奔涌而来的万匹又万匹接连不断的马队那样让人心魂震撼的强烈效果了，而且竟然是一色浑然的雪白！再往四周看去，东方是茸茸的青灰，北方是沉沉的黑，南方有溶溶的赤红……

《史记》上只用很少的字句简略描述了四十万匈奴铁骑的表面形象，其实，在颜色与方位之外，要组成这样的马队，还需要更深的用心。

这就要说到什么是“走马”了。

“走马”，在游牧文化里，可以解释成是马匹经过训练之后的一种独特的步法，同时，也可以认为是骑者与坐骑之间的默契。

有秉赋，又经过训练，懂得用这种步伐行走的马匹，万里崎岖也如履平地，特别禁得起长途跋涉，即使是长期日夜兼程，也能保持一定的速度。并且骑者与坐骑互相配合，在姿势与着力点上有了默契之后，行进之时，无论是人或马，都比较不容易疲累。

作战时，更要求一整个马队彼此之间也能建立起默契，无论是多少匹铁骑，进退也宛如一体，这样不但易于指挥，攻防的力量也会更为强大。

在我从朋友的引导以及书上的资料里一点一滴慢慢建立起一整幅画面的时候，史书上的白登之围就从表面的数字和颜色里走出来，成为一幕有声音有动作的辽阔场景了。

不只是那万匹又万匹从西方奔来的白色战马雪白的鬃毛如何在逆光处闪闪发亮，还要包括那远远传来如雷如鼓山鸣谷应的贴地蹄声，马队奔近时那如猎鹰般迅疾的速度，越过障碍时那如游龙一般的进退自如；旷野无边，悲风凛冽，最恐怖的是在狂风里狂猛逼近的几十万战士与战马都极端静默，不发出任何呵斥或者嘶鸣的声音，只有云影挪移之间兵刃上忽然反射出的几星寒芒，然后，就是那四面暗暗的合围……再读《史记》，如今的我每每为这一幕而神往。

依此，我也可以推想当年蒙古大军的三次西征，马队超乎寻常的速度应该是得胜的主要关键之一。不管是在花剌子模还是更西的土地，那些城堡里的守军原来以为还可以有十天或者半个月的时间来准备，却忽然间蒙古人就已经兵临城下了，并且正如海浪一般铺展开来，那难以置信的速度造成难以瞑目的灾劫，“怎么可能？”这个问题，恐怕是所有被征服的城池里每一个人心中共同的疑问了吧。

然而，时光疾驰，那速度比任何的铁骑还要迅猛还要无情，岁月淹没了一切，无论是匈奴还是蒙古，再广大的帝国，如今都只能是书页间的记忆了。

不过，“走马”的传统恒在，游牧文化的精神也恒在。

在辽阔的蒙古高原之上，历史以另一种方式在书写，许多美好的传统从未离去，仍然在牧民的生活里留存着，尽管从比例上看似乎是少数的，从参与的表现上看似乎是沉默无声的，可是，一旦深入草原，就会发现，那强韧的生命力其实无处不在。

2002年夏天，我在牧马人布赫额尔登先生与他的妻子乌云其其格女士家中做客。清晨起来，横越过缀满了露水的草原，眺望正从远处的山丘上陆续往饮水处走回来的马群，总数有五百多匹的马群之中，有老有少，有雌有雄，当然，还有已经去势的骟马，似乎是散漫杂乱，其实却井然有序地分批喝完了水，就又一转身，向远方不知道哪一片草原的深处缓缓走过去了。

这些野放的马一天要回来饮两次水，若是冬天有雪水可饮，它们甚至可以两三个星期都不回家，越走越远。不过，并不需要担心，这群习惯于野放的马，只认自己的主人，任何陌生人都不可能靠近，更遑论进入马群之中了。

五百多匹马中，有以儿马（雄马）为中心所建立的许多小家庭。本事大的儿马，可以拥有十几房妻妾，当然，也会拥有数目很多的儿女。它的任务就是要照顾和监督这个小家庭的温饱以及安全，并且不允许那些年轻的刚刚进入求偶期的儿马来抢夺或者诱拐它的妻妾。

我问布赫额尔登，在这马群之中，有几匹是接受过训练，可以用来乘骑的呢？

他说有四十多匹，也无需更多。那些有着长长鬃毛的儿马通常野性极强，不喜欢被约束。

平常只需要几匹骟马留在毡帐之旁供家人就近骑用，这些在腿上拴了马绊子的马不会走远，不过，一段时间之后，还是要把这些马匹放回马群里去，再换几匹出来。

我看过好友白龙用了几个冬天为布赫额尔登所拍摄的纪录片，其中有一段就是换马的过程：

布赫额尔登骑着一匹深棕色的马，手里举着长长的套马杆进入马群，选上了一匹全身雪白的马，当然，它并不愿意乖乖就范，所以在追逐了一番之后，再用套马杆在马颈上套住，强力地把它带离马群，然后就在远远的草地上，开始为两匹马换装。

主人把棕马身上的马鞍马镫马笼头什么的一样样卸下，再依先后秩序搭到白马的身上。我们真的可以看见白马的一脸闷气，不情不愿地让桎梏加身，却又始终站在原处，忍耐着，没有移动分毫。倒是那匹深棕色的马，随着身上负担的减少而越来越沉不住气，动个不停，等到最后，全身都光溜溜了，主人怜惜地为它拭净背上的汗水，再在它身上轻轻一拍，这匹马登时就撒开大步朝着马群跑过去。有趣的是，就在马群的边缘，它忽然站定，把两只前蹄朝天高高举起同时放声嘶叫了一下，然后才一头钻进群体之中，再也分辨不出它的身影了。

我想，这声嘶叫如果译成人言，可以是：“万岁！我回来了！”或者：“谢天谢地！终于自由了！”都不能算错吧？

我问白龙，为什么一匹马不能长期作为乘骑，必得要常常更换呢？

他是这样回答我的：

“对于牧马人来说，一匹马身上那种天生的‘野性’是非常重要的。

你固然可以说是蒙古人爱马疼马，不想让它多受委屈，所以不愿意长期驱使一匹马为己用。然而，真正的原因是不能让它失去了最宝贵的野性，你必须给它自由，让它重新加入野放的马群，因为那才是马儿真正的力量的源头。”

在茫茫天地之间，对于生命中那野性的本质的敬重，是游牧文化传承到今日也难以尽言的美丽与神秘之处。

在和谐之中贮存着野性，在野性之中诱导出和谐，这就是游牧文化的精神所在吗？

远处的草原上，布赫额尔登的两个孩子正骑在马上互相追逐，少年的身影在晨曦中特别显得轻捷灵巧，仿佛已经和身上的马匹成为一体。

我想，无论是今天的一个蒙古孩子和他的坐骑，还是两千年前匈奴王朝的战士与他们的战马，也许都一样明白，那真正的力量，就在于和谐与野性的并驾齐驱吧。

选自圆神版《宁静的巨大》

曼德拉山岩画

——写给晓风

晓风：

回来已经有四五天了，很想打电话给你，却又有点迟疑。这迟疑应该是缘于一种珍惜的心情吧。

我当然可以像往常一样，拿起电话就向你报告一切。每次从蒙古高原回来，这已经成为我很难改变的习惯了，尽管你有时说是在“享受”，有时候又说是在“忍受”，我都知道你其实还是愿意听我说话的。

可是，这一次，有些感觉让我舍不得用混乱的言语急匆匆地说出来，所以，还是先来写这封信，试着以文字来解释，应该是比较慎重一些吧？

晓风，就在十几天以前，我终于亲眼见到了曼德拉山的岩画了。

我不能用“如愿以偿”这样的意思来形容这次的会面。因为，我所见到的，远远超过我所期待的，整座曼德拉山，是一座史前岩画的宝库，是我从来无法想像的美丽、清晰、巨大和丰富。

这几年在书中的摸索与向往不能算，这一趟几千里的奔波不能算，这陡峭难行充满了碎石块的山壁不能算，这忍受着腰肌扭伤的疼痛、勉强自己攀爬上山顶的决心也不能算，这一切一切的努力，好像都不能拿来和我与它们终于相见时那心中的暗涛汹涌相比。

我是如此激动，却又不太能明白自己为什么会这样激动。

蒙古高原上有许多许多的史前岩画，学者推论创作的年代应该从纪元前三千年到一万年之间。这十几年来，我也零零星星地见过不少，在攀爬上内蒙古阿拉善盟右旗的这座曼德拉山之前，我才刚去了贺兰山的贺兰口，仔细观察了那一带的岩画，虽然很认真地聆听学者为我们所作的讲解，一边录音一边还不停地摄影，心里却还是很平静的。

我不知道为什么在曼德拉山会激动起来？

山上遍布的，原本多是浅灰色的很容易风化的花岗岩，可是，在许多处隆起的山脊上，却挤压出一条又一条有长有短的黑褐色的岩脉。有的矗立在云天之下，好像一道黑森森的石墙，有的石块滚落下来，就散置在我们眼前，那石面真是又光滑又平整，而石质更有一种难以形容的紧密和坚实，因而刻凿上去的画面可以极为繁复，却依然深浅分明，清晰可辨。

一幅又一幅有大有小忽左忽右忽高忽低地看过来，心里满溢着的都是欢喜与赞叹。等到终于来到这幅在许多画册上看过无数次的，被学者们视为游牧文化里最早的部落聚居场景的岩画之前，看到这块黑褐色的巨石斜斜地横置在砂质的土地上，有多少年了？好像从来也没有改变过姿势似的。晓风，在那一刻，我忽然觉得心中疼痛，继而无法抑止地颤抖了起来，不禁热泪盈眶。

在那一刻，是什么在突然槌击我心？是感怀于那已永不复返的千年又千年的时光？是揣想那究竟有多少人来遇见过嗟叹过然后又离开的场景？还是，惊诧于眼前这历经风霜，却不曾减损了丝毫美丽的如此朴拙天真的图像？

晓风，多希望你也在我身旁。

你看，在这幅岩画里，这位刻凿的人是如何质朴地在妇人的身体中画出一个更小的人形，好来解释那生命的孕育。（妇人身躯居于画面的正上方，应该是母系时代的作品吧？）你看他如何认真地诉说着一代又一代家族的绵延和繁殖，他们是如何居住在至今仍然可以在北欧和北亚地方所见到的毡帐或者桦皮帐之中，而那些美丽的坐骑，可能是精心装饰了的马，也可能是带着斑点的鹿……

天色向晚，风吹过来已经带有寒意，同行的朋友正各自在山顶上散开，我知道前面还有许多幅在书中早已见过的精彩的岩画，可是，站在刻凿了这幅岩画的石块之前，总觉得依依不舍，总想要顺着凿痕再来一遍遍地温习画面上所刻画出的种种细节。

我是如此激动，却又不太能知道自己为什么会这样激动。

一直要等到隔了好几天之后，穿过沙漠，穿过绿洲，在我反复自问的路途上，才忽然间有了些领会。

晓风，不管学者要如何去解释与分类，说这是宗教上祈求的仪式也好，说它们是美术史上的活化石也好，说这些都是至今犹不可解的天书也好，我真正想要向他们请教的，却只有一个问题：

“为什么这些岩画可以存留到今天？”

为什么？世间许多事物都在时光的流转中消失了，为什么这些岩画却存留了下来？是什么让它们不会消失？又是什么让它们不肯消失？

记得在前几年初初见到红山文化遗留下来的那座圆形祭坛之时，我心中也有着同样的惊动。生活在蒙古高原上的先民，曾经整整齐齐在祭坛外围，以长方形的石块砌下三道环形边线，竟然可以历经五千五百年的时光而依然完好如初！

是什么力量在支持着它们的不离与不变？

而在曼德拉山的山巅，所有的岩画也都在原位，好像当年那些刻凿的人才刚刚离开，我们就闯了进来似的。

是什么力量让这些岩画依然拥有青春的容颜？在这不断变幻着的时空之中，是谁在选择可以消失或者不可以消失的诗篇？

是的，晓风，在曼德拉山的山巅，我所见到的，应该就是人类最早最早的诗篇了吧？

当年那些刻凿的人，应该就是世间最早最早提起笔来的诗人了。

他们应该是一个又一个诚挚和敏锐的灵魂，努力想要在日出日落之间，把握住那有限的时光，在精心选择好了的稿纸之上，一字一句地刻画出自己极为珍惜的记忆和愿望。

晓风，还记得泰戈尔的那句诗吗？

“你是谁啊，你，一百年后诵读我诗篇的人？”

在这里，我只需要更改一个字：

“你是谁啊，你，一万年后诵读我诗篇的人？”

我想，我应该是听见了。

是的，晓风，那天，站在蒙古高原之上，站在曼德拉山的史前岩画之旁，我想，我应该是听见那句问话了。

有人从悠远的时光里回身轻轻问我：

“你是谁啊，你，一万年后诵读我诗篇的人？”

作为一个被他的作品所深深感动了的读者，我应该也已经在当时就回答了吧？

是的，那天，在向晚的乱石嶙峋的峰顶，我不是以虔敬的心、以无法抑止的颤抖和热泪回报给他了吗？

晓风，多希望那时候你也在我身旁，我相信你或许会有不一样的回答，多么渴望能与你分享。

这就是为什么想先写信给你的原因了。

祝福。

慕蓉 2005·10·19

选自圆神版《宁静的巨大》

玛丽亚·索

——与一位使鹿鄂温克女猎人的相遇

2007 年 5 月 3 日傍晚飞到北京，气温是摄氏三十二度。兆鸿来接我，她说这两天是突然热起来的，有点反常。

第二天中午，我们两人飞到内蒙古东北部的海拉尔，气温就低了许多，在摄氏十度上下。不过，白天穿上风衣，外面再加上一条羊毛围巾，也就可以出门活动了。

可是，昨天，5 月 7 号，我们两人加上瑞霞，再加上司机先生，一车四人，从海拉尔出发，往东直奔大兴安岭，进入山区之后，寒意就逐渐加深。

越往北走越冷，冷到我最后终于求饶了。恳求司机先生暂停，打开后车门，好让我从箱子里找出毛衣和毛裤来匆匆穿上才算好过了一些。

到了大兴安岭北麓的满归镇，发现尽管气温这么低，公家经营的旅馆却已经按照规定停供暖气。瑞霞说，这样的话，晚上睡觉恐怕我这个南方人会受冻。于是，我们就去找了一家私人开的小旅舍，设备虽然差了一点，为的就是房间里还有暖气。

今天一早，从满归启程，光是从各人的穿着上就可以看出来处。我是从台湾来的，羽绒衣和毛裤都已经上身了；兆鸿是常住北京的汉人，穿了呢子大衣，戴上前几天临时才买的毛线帽；而瑞霞却只是在短袖的线衫外面加了一件薄外套而已，到底是在大兴安岭上土生土长的鄂温克人，这样的温度，对她来说，实在算不上寒冷，到了冬天，真正的低温是要降到零下三十几度或者更低呢。

我们此行的目的，是要去拜访一位我心仪已久的人物——使鹿鄂温克的精神领袖，八十多岁的女猎民玛丽亚·索。

●

我们顺着林业局开的产业道路往山中的猎民点寻去，远山和近处的路旁山林间竟然都还有积雪。

“这些积雪，平常要到几月才会完全溶化?”我问瑞霞，她却说：

“是新下的雪，恐怕就是昨天晚上才刚刚下来的一场雪。”

已经是五月八号了，在大兴安岭北麓的春天还会降雪。想像着昨夜，沉睡在林中小镇里的我，浑然不知绵绵密密的雪花在暗夜里正寂然降下。

从车窗往外看去，山中有积雪，河岸有冰层，左下方就是激流河了吧？厚厚的冰层才刚从河中央裂开一条大缝，隙缝间水流的颜色是灰蓝色的，让两旁的冰雪显得更为洁白。

山路两旁都是再生的白桦林，细瘦修长的枝干上还没发新叶，远处近处都是密密的一大片，却又直直矗立在眼前，真的很像是一张还没着色的风景画稿，满满的都是用铅笔勾勒从深到浅的细密直线。

点缀在其中的几点翠绿，是樟子松的幼树，就在路旁一株两株的挺立着，绿得让人心疼。

我问下车拍照的兆鸿，为什么不给这终年常绿的樟子松拍几张？她的回答是：

“这些人工种植的行道树有什么好拍的?”

瑞霞听了不禁哈哈大笑，她说：“唉呀！这年头儿还有什么人会到这里来种行道树啊?”

在嬉笑的语气背后，为什么会让我觉得眼前呈现出来的景象却正是悲伤的现实？

●

是的，这年头儿，人口越聚越多，强者打着各种主意前来掠夺，弱者也携儿带女在此蚕食一切剩余的资源，还有谁？还有什么人会替使鹿鄂温克人的前途着想呢？

鄂温克人属于阿尔泰语系族群中的一支，有学者说他们可以上溯到三千多年前的古代民族肃慎的族系。

鄂温克人居住的区域极为辽阔，从西伯利亚的森林、苔原，一直到大兴安岭、黑龙江和外兴安岭一带，还包括呼伦贝尔草原。

在中国境内的鄂温克人大概有两万六千多人，以索伦部人数最多，其次是通古斯部，而人数最少的，就是使鹿鄂温克人了。

他们的祖先，最早最早，是在西伯利亚境内勒拿河上游的森林苔原地带生活，在 1689 年中俄签订《尼布楚条例》之前，开始往南迁移，经漠河而进入大兴安岭北麓，在激流河流域之旁的山林间生活，由于他们总是有驯鹿为伴，所以被称为使鹿鄂温克。最初来到兴安岭时有七百多人，如今却变成不到两百人的族群了。

三百多年来，他们与世无争，在山林间狩猎、采集，并且养着驯鹿，平日以灰鼠皮和猞皮等猎获物，再加上鹿茸等物资，与苏俄或者中国的商人交换生活所需，因此又被称为鄂温克猎人。

几百年来，驯鹿都是他们乳制品的来源以及交通驮运的工具。驯鹿身躯高大，却十分温顺，并且只是吃食森林中的苔藓与蘑菇，猎民也只是拣取林中的枯枝生火取暖，打猎也从不敢贪多。可是，即使如此小心谨慎、如此谦卑谦顺地过着极为低调的日子，这个世界还是越来越容不下他们。

●

是的。这五十年来，无数的人次来到大兴安岭所为的只有一个目的，就是“掠夺”。

掠夺，包括私下与公开的行为，包括个人与政府的策略，包括物质与精神的层面，包括无知与有意的欺压和毁灭。

先是林业局的霸业。

几十年的疯狂提高生产目标，将一整座蜿蜒伸展在二十二万平方公里土地上的大兴安岭砍伐得几乎面目全非。这座南北超过一千公里、东西也横跨几百公里的巨大山岭，已经丧失了“巨树的故乡”这个美好称号。原始林消失了，整座大兴安岭布满了交织如罗网般的产业道路，山中多添了许多小镇甚至一座又一座的林业大城，进来了难以计数的人群。就以鄂伦春自治旗这一个小范围来举例，原住民鄂伦春人的人口数不到两千，周围却是快速增长到三十万的汉人移民。

在这几十年间增长的人口以及所谓“现代文明”的压力，其实还不只这一百五十倍的重量，还有地方政府许多蛮横的措施。譬如根河市过去就把医药方面的废弃物一卡车一卡车的运到稍远处的森林里面去，就倒在土地上，也不掩埋，也不做任何处理，逐日逐月逐年的倾倒，累积成让我即使亲眼看见也无法置信的恐怖泥沼。

更恐怖的是，这些人有一天忽然“悔悟”了。他们决定要少砍些树，要发展观光业，叫游客来大兴安岭“看”树。同时决定要珍惜自然资源，开始“封山育林”。

奇怪的是，封山育林的第一个行动，反倒是先要把这世代与人无争的一百多个鄂温克猎民赶出山林。

从前自豪于只要用半个早上，大队人马就可以伐平净空一整个山头的林业局，如今就是看上了这一处林木尚称茂密的猎民乡。当然，不能就这么拿过来，还是得把事情做得漂亮一点。

于是，再配合上地方政府，在根河市附近挪出一块平地，盖了一批外表看起来还不错的房舍，红瓦白墙的小平房，就展开了一场所谓“提升猎民生活水平，接受现代文明”的迁徙行动了。

由于市政府早已喜滋滋地发布了新闻，订于 2003 年 8 月 10 日举行迁徙庆典，连北京中央电视台的工作人员都赶来了，可是，山上的猎民却都不愿意配合。

因为，人下山还勉强，驯鹿这种只吃林中藓苔为生的动物下山之后，要如何存活？

千百年的生活形态，不是你们这些官员说说就可以改变的。

眼看日子越来越近，官员们只好一批又一批地进入山林，跑到猎民点上来做劝说的工作，目标对准八十高龄的女猎民玛丽亚·索，想以她作为榜样，只要她点头，其他的就好办了。

谁知玛丽亚·索始终不肯点头，到了最后，干脆带着驯鹿群走进山林深处谁也找不到的地方去了。

官员们只好转移目标，去催逼、去劝说其他的猎户们。

终于，有些人心软了。于是，大队人马带着车辆把猎民和驯鹿以最快的速度运下山，刚好来得及让从全国各地飞来的记者们，可以报道这几乎持续了一整天包括晚上的篝火晚会等等的庆祝活动之后，这事情就算结束了。

是的，整个迁徙行动好像就为的是这一天的新闻报导，而也确实只剩下这一天的新闻，因为，第二天之后，由于许多基本生存条件付诸阙如，驯鹿有病死的有饿死的，大部分的猎民又陆续地搬回山林中去了。

但是这些猎民没有一个人能回到原来的“家”去。他们的原居地敖鲁古雅乡区的山林已经马上被林业局接管，谁也回不去了。

那年（2003）的 9 月 25 日，我赶到大兴安岭去探看的时候，有几位猎民神色黯然地告诉我，现在临时栖身的这片山林自然状况很差，几乎没有什么苔藓，驯鹿为了吃食要越走越远，非常辛苦。

而原先天天和颜悦色来劝说他们的那些官员们，此刻一个人影也不见。猎民气不过，自己找到根河市政府去，等了许久，好不容易见到一个官员，也只能得到几句极为不耐烦的搪塞的言语。

我的猎民朋友们说：

“早知道就应该学玛丽亚·索，跟她一样，无论什么好话都别信就对了。”

是的，玛丽亚·索的判断如今证明是正确的。

八十多岁的女猎人，除了宣示使鹿鄂温克人在激流河流域的居住权之外，她真正坚持的，应该是超越这一切之上，对自己族群文化的珍惜与信仰吧。

●

“我们到了。”瑞霞说。

车子就停在路旁，在我们左边是一大片覆盖着厚雪的草地，稍远处是长得略显稀疏的落叶松的树林，林子里面更深的地方有一个用绿色棉布搭起的方形帐篷，旁边还有另外两个较小的三角形像是古老的“仙人柱”一样的帐篷远远地散置在林中，这应该就是玛丽亚·索所居住的猎民点了。

另外一部车子也赶到了，我们在稍早经过的小山镇上买的干粮和蔬果，此刻正由车上的朋友们往外搬呢。远处帐篷里有人向这边走过来，也来帮着搬运。

雪不算深，只是地面不平，我一脚高一脚低地往前试探着走去，心里也带着一些难以理清的忐忑不安。

我听过一些，也读过一些关于玛丽亚·索的报导，但是，对于她来说，我却是个陌生人，这样突如其来的拜访，实在是一种打扰，让我有些心虚。

可是，我又很想见她，不单是要向她表达敬意，也想向她传达我所得来的讯息。

好在瑞霞与玛丽亚·索相识已久，有她的带领，应该稍稍缓解一些唐突之感了吧。

不过，初初见到玛丽亚·索之时，我还是什么话也说不出来。

她就静静坐在帐篷里的一侧，虽然只是一位瘦削、苍老与静默的妇人，却依然让我心生敬畏，不敢多言。

因为，她所经历的生活，于我已是不可触及的神话。

在大兴安岭激流河边出生长大的女子，是十个孩子里唯一的女儿，却善射善猎，从小就在山林间奔跑飞跃，脚程之快捷，连男人看了也要为之惊叹。

受尽父母与丈夫的疼爱，自己也孕育了三男四女，她有过美好的黄金岁月。四十多岁的时候，勤奋持家的她，曾经拥有过成群的数都数不过来的驯鹿。每当春季，各种花色皮毛的小鹿羔儿们一只又一只地出生，那种喜悦与感恩的幸福滋味，原本是她所应得的。

而此刻，就在我眼前，山林已遭浩劫，曾经在山林中奔跑飞跃的女猎人，白发已如霜雪，一目已眇，却依然不肯屈服，寂然端坐在自己的帐篷里，隐隐有着一种慑人的气势。

原本在静坐之时带着愁容，可是，当她凝神听完了瑞霞对兆鸿和我两人的介绍之后，却在瞬间展现出极为欢愉的笑容。那笑容如此光耀，让整个帐篷的我们这些人好像都被照亮了一样，尤其是我，好像完全放松了，所有的不安都已消释，她还对着我们说了几句话，瑞霞转译给我听：

“怪不得今天早上我就有预感，知道会有人来，果然你们就出现了。”

是吗？

我们是她原来就准备着要接纳的访客吗？

于是，借着瑞霞以及刚好也在此做客的玛尼女士两位的翻译，我缓缓向这位女猎人说出自己对她的仰慕之情，同时，我还带来读者对她的祝福。因为，我曾经发表过两篇关于使鹿鄂温克人遭逢困境的文字，得到了读者的一些反应，其中也有对玛丽亚·索用一生来坚持的信仰所表达的敬意。我多希望她能知道，即使是在那么遥远的地方，在台湾，也有不少朋友正关心着她。

兆鸿也是一样，面对着玛丽亚·索，说了许多心里的话。

她都在静静地聆听。

老人的亲人有的已经故去，如今只有长子和两个女儿还在。不过，现在陪伴在她身边的，是她已寡居的二儿媳妇王英。

在这个猎民点上，还住着几位使鹿鄂温克人，有六十多岁的巴拉杰伊和她的女儿柳霞以及儿子维佳。

在谈话中，巴拉杰伊也参加进来，大家坐在一起，聊着各人的近况，聊着山林的近况，包括这刚刚下来的一场雪。慢慢地，小小帐篷里的氛围变得温暖而又放松，有人开始一首又一首唱起从前爱唱的歌来。巴拉杰伊和玛尼都试着用汉语给兆鸿和我翻译歌词的大意，古老的民歌词句简洁，却又好像还藏着很多字面以外的意思。

几首之后，瑞霞开口请求玛丽亚·索给大家独唱一曲，出乎我意料之外，老人竟然笑着答应了。

静默沉思片刻，她就开始唱了。真是不可思议，八十多岁的年龄，声音却是出奇的年轻、有气力，并且出奇的干净！

唱完之后，我们不禁欢呼鼓掌。

想不到，还有更大的惊喜在后面等着呢。

原来，曲调是旧有的，歌词却是极为新鲜，刚刚才填上去的，玛尼抢着把它译出来：

非常可爱的姐妹们
从那么遥远的地方来看我
好像是长了两个翅膀从远方飞来
见到你们　我感到非常亲切
我这孤独的老妇人
只有小鸟会来与我相见
但是你们怎么像长了翅膀一样
从那么遥远的地方飞来

谢谢你们啊　长了翅膀的小妹妹们

来看我　来看我这贫穷的老妇人

玛尼的翻译是直白，然而如此流畅，可见原文也很接近这种感觉。

在这一刻，我真是受宠若惊，心中充满了温暖，而且也真的觉得自己好像长了翅膀一般的愉悦和自由。我的天！要说谢谢的，绝对不是玛丽亚·索，应该是我、应该是我才对！

在简朴的言语之中，为什么会含有这样纯净的如诗一般的质地，要怎么解释？是一种长期与大自然和谐共生的潜移默化吗？

在这种资产和禀赋里，谁才是贫穷？谁又才是真正的富足呢？

大自然的赏赐其实是很丰盛的。

玛丽亚·索招待我们这一群不速之客的飨食，有她自己烤的“咧巴”(是俄文里的“面包”转音而成的称呼)，切成块状长条，沾着浓浓的鹿奶吃，入口香醇。瑞霞说，如果在秋天，还会有刚做好的各种浆果的果酱。媳妇王英用朋友们带上山来的大白菜，加上干肉，炖煮了一锅热汤，放在小碗里分给每个人。

虽然是简单的饮食，并且就在这帐篷之内的小小空间，可是却好像什么都有了，并且也真的什么都够了。

悄然在心中自问，我还要无限制地去扩展自己的物质欲望吗？

玛尼在帐篷外面呼唤着我们，她说：

“出来看看刚生下的小鹿羔儿吧。”

春天，五到六月，正是母鹿的生产时节，小小鹿羔儿有各种各样的颜色，有的深棕，有的真是粉嫩柔白，好看极了。它们吃饱了奶，用短皮带拴着，正在雪地上打盹呢。

只有一只小鹿对着我们走上前来，并且在它所认定的安全范围里，前前后后地跟随着我们。

玛尼说：

“好可怜！妈妈不要它了。都是前几天那两个英国人太兴奋了，不听劝，靠它太近。”

小鹿初生时，如果沾染到人的气味在身上，母鹿就会因此而弃养。

可怜的小小弃儿，一生就此变调。当别的鹿宝宝吃足了母奶安心睡去的时候，它却一直在林中寻寻觅觅，跟随在人类身边，索求着它可能永远也得不到的那种安慰。

玛尼转过头来对我说：

“你相信吗？小鸟真的会常常飞来找玛丽亚·索，有时候停在她肩膀上，有时候还会吃她放在手心里的瓜子仁，我都看见过好几次呢。”我相信，生命与生命之间是有着默契与和谐。

林中散卧着刚回来的鹿群，就躺在雪地上，它们头上有深有浅的大犄角的毛色，和周围落叶松灰褐色的树干是同一个色系，这应该也是一种和谐吧。

一回头，看见玛丽亚·索远远地向我们走来，左手牵着一只驯鹿，右手上拿着一件折叠起来的什么。

再走近一点，才看出来那是一件绿色带着细花边的使鹿鄂温克女人的传统服装。

我明白她的好意。

这几年，上山探访的人其实不少，中外的记者与学者都有，实在也让她不胜其烦。

所以，我更不希望增添她的困扰。

对我来说，能见到本人，就已经心满意足了，怎么还敢提出这样的要求，让她穿上自己民族的服装照几张相片呢？

想不到，她却牵着驯鹿带着衣服向我走来，在铺满了霜雪的林间，是何等难得的画面！

感受到她的鼓励，我马上举起相机，捕捉了就在眼前的美好光影。

等她在原来的衣服外面加上了那件民族服装之后，在我身旁，还加入了一位年轻的摄影家顾桃先生，是玛丽亚·索在八十年代就认得的一位朋友顾德清先生的孩子，如今从事纪录片的工作，是两代的友谊了。

顾桃人高马大，举起他的录影机绕着玛丽亚·索和她的驯鹿，也不停地拍了起来。

有那么一刻，玛丽亚·索被我们这两个摄影者的连声惊叹逗得开怀大笑之时，我好像看见在她身后的那只驯鹿也眯起眼睛跟着笑了。

有这种可能吗？

不过，不管怎么说，在这个五月的下午，在铺满了霜雪的林间，我们的主人玛丽亚·索，确实是十分愉快的。

●

我读了一些报导，也看过一些学者们的研究纪录，好像许多人都在叹息。他们都在说，使鹿鄂温克在现代中国是不得不趋向灭亡的族群，玛丽亚·索的坚持是最后最后的回音。

可是，据我的了解，就在今天，在其他的国家里，与这些使鹿鄂温克人同源，或者同属一个文化圈里的许多族群，他们还在用着自己的古老传统方式在好好地生活着。从西伯利亚到蒙古高原，甚至在挪威、瑞典、芬兰和俄罗斯的森林、苔原之上，一直到今天，还有着成千上万的驯鹿在奔驰、在成长。

这些国家难道不是正走在现代文明的轨道上吗？为什么，他们的人民和政府却并不会认为这些以放养驯鹿为业的族群必定会趋向灭亡？

所以，问题并不在于“现代文明”的到临，问题恰恰就在于“假现代之名而行使最不文明的掠夺行为”的到临！

还有个更严重的问题是中国的人口实在太多太多了，这二十年来，个人的自由逐渐不再受到限制，就开始往外扩散，东南沿海已达饱和，因此，内蒙古与新疆各地，就成为无数人求生存甚至求发财的一条捷径。

如今，漫山遍野都充满了前来“掠夺”的人群！

鄂温克猎民的枪支，已经在2004年被当地的警察带着搜查证前来，挨家挨户地收走了。失去了枪支的猎民除了自己难以防身之外，也无法再保护驯鹿不受熊和其他野兽的威胁。但是，所有的偷猎者却都带着枪、带着刀上山来，射杀猎民所放养的驯鹿。那枪声在林间回响，却不见有任何警察前来捉拿。

更有人带着粗糙的套索在林中做成许多陷阱，有人甚至用进口油丝绳做成恐怖的“吊套”，能够在瞬间把重达四五百斤的猎物吊了起来，游走的驯鹿是最大最多的受害者。

动物之外，他们还成群结队前来采集山中的植物，蘑菇、野菜和野果。原来林中的浆果采下山去作为果酱或者点心的话，所需数量还不会太大。但是，如今竟然设了酒厂，那可是需要一卡车一卡车运送工人上山来采集的，这种种行为，不是掠夺，还能是什么？

悲哀的是，所有的产业道路，当年都是由使鹿鄂温克的男人们带队做向导，一条又一条慢慢修筑起来的。那时候，赶着驯鹿，为工程队伍将修路的工具一批批驮到森林里面去的猎人们，他们之中恐怕没有任何人会料想到今日的灾劫吧？

●

不过，在这一刻，在这个五月的下午，我们的主人玛丽亚·索，好像暂时并不想去理会这个问题，她只想对我们善尽她的待客之责。

其他的朋友也都聚拢过来，顾桃安排着要给大家拍个团体照，巴拉杰伊的女儿柳霞和儿子维佳也来参加。维佳是位安静的青年，喜欢画画，翻开他的速写本，那一幅幅对鹿的素描，线条细致精确，几段在图象角落上书写的文字就像诗句一样，令人惊艳，是何等的才情！

只是，再往下翻看，有几幅素描，他画的都是被偷猎者的细绳套套住，因而困死在陷阱里的驯鹿的尸骸。

这丑陋阴险卑鄙的现实，要硬下心肠用多少时间的凝神观察，才可能以精细描绘的线条转移到速写本里，而此刻的我们，是要继续翻阅下去，还是暂时把它合起来？

只为，今日的聚会多么难得，那刚刚才萌发的欢乐情绪，我们实在舍不得让它就此消散。

玛丽亚·索站在众人的中心，她提议说：

“我们来跳舞吧。”

于是，在她的歌声引领之下，大家与她一起，手牵着手，就在雪地上转着圈子跳起舞来。歌是古老的重复着的调子，舞是简单的舞步，可是为什么却让我觉得心神愉悦而又温暖？

加入的人逐渐增多，圈子也越来越大，年轻的顾桃举着他的录影机，就在这圈子内外钻进钻出地拍摄着，不过，好像谁也不理会他。

是的，我们由得他去拍摄，来不及理会他。眼前专注的只是怎么样聆听玛丽亚·索领唱的歌声，努力试着去与她相合；脚下的地面还是像我早上刚到时那样高低不平，可是却不再是我的障碍了。转着圆圈，我们的舞步却能越来越快，好像听到玛尼在呼叫：

“跳起来，跳起来！”

我就跳起来了。

我真的跳起来了，就在铺满了白雪的山林之间，在春日的大兴安岭北麓之上。

这是在我几十年的生活里从来没有经历过的忘我的感觉，多么新鲜的感觉！

可是，在同时，为什么又有一种奇妙的触动掠过我心，幽微而又模糊，却似曾相识？

●

这应该是一场再也无法复制的相遇了吧。

在回程的路上，我才猛然省觉，玛丽亚·索给我的这一天，是非常特别的一天。

其实，所有的阴影，所有现实的逼迫，都并没有消逝，都还在我们四周。

今天的探访，本来也很可能会像其他那些来客的探访一样，最后都聚焦在女主人的忧伤、愤怒以及她的控诉之上。

那本来也是大家关心的所在，更是我以为我必须达成的采访任务的主要内容。

可是，为什么，从见面的那一刻开始，我所经历的却大不相同？

从玛丽亚·索那朵光灿的笑容开始，这一天的相聚就完全不一样了。

我一直不能知道，究竟是什么原因，是何种触动让她接纳了我？

我只知道，她给我的款待无比丰盛。

在这一天的相聚里，我们的主人玛丽亚·索下定决心，要把周围的阴影和逼迫都暂时搁置起来，只向我展现，那属于使鹿鄂温克人文化里原有的美好本质。

那是她极为珍惜的生命本质啊！

在告别的时候，玛丽亚·索紧紧握住我的手，一再叮嘱：

“我只是希望你能记住，我们使鹿鄂温克人有这么好听的歌，这么活泼的舞蹈。我们原来是一个非常快乐，和大自然很亲近，在精神上很富足的民族，我希望你能记住，一定要记住。”

与她相拥，我不禁热泪盈眶。

可敬的玛丽亚·索，尊贵的女猎人，我答应你，你给了我这么难得的一天，我一定会记住，绝对不会忘记。

可是……

可是，此刻在回程的山路上，我却在心中不断自问，这刚刚经历过的一切，难道除了去努力记住以外，就再也没有任何其他方法让它可以继续绵延存活下去了吗？

车窗外，在公路的右下方，解冻了的激流河正匆匆向前方流去，刚刚听到的那首鄂温克民歌就在耳旁：

左边是狼　右边是野兽和狍子
我们　我们是鄂温克猎人在山岭上
一起奔跑着　奔跑着
生命向着前方……

选自圆神版《宁静的巨大》

附录：席慕蓉散文写作年表

1982年3月《成长的痕迹》(尔雅)。

3月《画出心中的彩虹》出版（尔雅)。

1983年10月《有一首歌》出版（洪范)。

1985年3月《同心集》出版（九歌)，与刘海北合著。

10月《写给幸福》出版（尔雅)。

1988年3月《在那遥远的地方》出版（圆神)。

1989年1月《信物》出版（圆神)。

3月《写生者》出版（大雁)。

1990年7月《我的家在高原上》出版（圆神)。

1991年5月《江山有待》(洪范)。

1994年2月《写生者》因大雁出版社停业，改由洪范重新出版。

1996年7月《黄羊·玫瑰·飞鱼》出版（尔雅)。

1997年5月《大雁之歌》出版（皇冠)。

6月散文选《生命的滋味》、《意象的暗记》、《我的家在高原上》由上海文艺社出版，此为对大陆出版社正式授权的第一次，之前许多版本均为盗印（但是，之后的盗版也没有减少)。

1999年12月《与美同行》出版（上海文汇)。

2000年 蒙古国前卫出版社出版蒙文版的《我的家在高原上》。

2002年2月《金色的马鞍》出版（九歌)。

6月内蒙古人民出版社出版蒙文版的《胡马·胡马》。

12月《走马》出版（上海文汇)。

2003年2月《诺恩吉雅》出版（正中)。

2004年1月新版《我的家在高原上》出版（圆神)。

9月《人间烟火》出版（九歌)。

2006年6月《同心新集》（与刘海北合著）由上海三联出版社出版。

2007年3月日记《2006席慕蓉》出版（尔雅）。

2008年7月《宁静的巨大》出版（圆神）。

2009年4月北京作家出版社出版《追寻梦土》、《蒙文课》两本散文选。

2010年2月《席慕蓉精选集》出版（九歌）。

图书在版编目（C I P）数据

前尘·昨夜·此刻 / 席慕蓉著. -- 武汉 : 长江文艺出版社, 2017.10
（席慕蓉散文）
ISBN 978-7-5354-9816-8

Ⅰ. ①前… Ⅱ. ①席… Ⅲ. ①散文集－中国－当代
Ⅳ. ①I267

中国版本图书馆 CIP 数据核字(2017)第 164830 号

责任编辑：杨 岚 钱梦洁 黄文娟　　责任校对：陈 琪
封面设计：漠里芽　　责任印制：邱 莉 胡丽平

出版：长江出版传媒 长江文艺出版社
地址：武汉市雄楚大街 268 号　　邮编：430070
发行：长江文艺出版社
电话：027—87679360
http://www.cjlap.com
印刷：湖北新华印务有限公司

开本：640 毫米×970 毫米　1/16　印张：22.25　插页：2 页
版次：2017 年 10 月第 1 版　　2017 年 10 月第 1 次印刷
字数：253 千字

定价：36.00 元